Karin Bell wurde 1980 in Siebenbürgen geboren. Heute lebt sie mit ihrer Familie im Schwabenländle, doch ihr Herz schlägt seit vielen Jahren für Amerika. Ihren ersten Roman schrieb sie, nachdem sie als Jugendliche mehrere Wochen bei Verwandten in Michigan verbrachte. Seitdem lässt sie das amerikanische Lebensgefühl nicht mehr los.

KARIN BELL

Zeitreise ins Herz

Ein humorvoller Zeitreise-Liebesroman
in New York

Überarbeitete Neuausgabe Oktober 2024

Copyright © 2024 dp Verlag, ein Imprint der
dp DIGITAL PUBLISHERS GmbH
Made in Stuttgart with ♥
Alle Rechte vorbehalten

Zeitreise ins Herz

ISBN 978-3-98998-234-5
E-Book-ISBN 978-3-98998-221-5
Copyright © 2022, dp Verlag, ein Imprint der
dp DIGITAL PUBLISHERS GmbH
Dies ist eine überarbeitete Neuausgabe des bereits 2022 bei
dp Verlag, ein Imprint der dp DIGITAL PUBLISHERS GmbH
erschienenen Titels Manhattan Love (ISBN: 978-3-98637-834-9).

Covergestaltung: Fenja Wächter
Umschlaggestaltung: ARTC.ore Design
Unter Verwendung von Abbildungen von
adobe.com: © NotjungCG, © Scanrail, © Masson
shutterstock.com: © Songquan Deng
Lektorat: Ulrike Maria Berlik
Satz: dp DIGITAL PUBLISHERS GmbH
Druck und Bindung: Books on Demand GmbH, Norderstedt

Vorwort

Ein Zeitreise-Roman aus dem New York der 1950er Jahre, wo doch alle von Schottland und Highlander träumen – mich eingeschlossen?

Ja, denn ich liebe New York, aber noch mehr faszinieren mich die 50er Jahre.
Eine Zeit in der ich gerne gelebt hätte, trotz gewissen Einschränkungen und Entbehrungen.
Keine Welt in der sich alles immer schneller dreht und vielen der Wertekompass fehlt.
Erst nach Fertigstellung dieses Romans ist mir aufgefallen, wie viele Themen ich unbewusst eingebaut habe, die für uns heute völlig normal sind – eine junge Frau aus den 50ern jedoch sehr überfordern.
Ich wünsche euch eine schöne Reise und hoffe, dass euch Nanny Applebee ebenso verzaubert wie mich.

Alles Liebe
Karin Bell

1

Amy

New York 1959

„Ich liebe deine Croissants, mmh, die sind einfach so lecker", schwärmte Amy mit vollen Backen und entsprach in diesem Moment so gar nicht dem Frauenbild der 50er-Jahre. Auch verhielt sie sich an diesem Sonntagmorgen nicht so, wie es die Gesellschaft von einer jungen alleinstehenden Frau erwartete. Sie redete mit vollem Mund, steckte immer noch in ihrem Pyjama, war unfrisiert und empfing in diesem Aufzug sogar Besuch!

Peggy sah ihre Nachbarin amüsiert an. „Mein Angebot steht noch. Kündige deinen Job und fang bei uns in der Bäckerei an."

„Hach, so sehr ich eure Backwaren liebe, aber nein, Sarah und Thomas kommen an erster Stelle!" Beim Gedanken an ihre Schützlinge breitete sich ein liebevolles Lächeln auf Amys Gesicht aus. „Ich vermisse die beiden bereits jetzt."

Sie konnte ihr Glück immer noch nicht fassen, dass sie direkt nach ihrem Abschluss bei den *Midtown Nannies* vom Fleck weg vermittelt worden war. Seitdem war sie ein Teil der Familie Moore, die in der Upper East Side, unweit des Central Parks, ein wunderschönes Stadthaus bewohnte. Amy lebte ihren wahrgewordenen Traum – sie war endlich Nanny – und an den meisten Tagen fühlte sich ihr Job nicht wie Arbeit an, sondern wie pures Vergnügen. Die Zwillinge – beide fünf – waren entzückend und sie liebte es, Zeit mit ihnen zu verbringen. Bei schönem Wetter unternahmen sie lange Ausflüge in den Park, besuchten den Zoo oder das *Conservatory Water*, und wenn es regnete, igelten sie sich ganz einfach zu Hause ein. Bauten aus Decken Höhlen, malten oder Amy las ihnen aus Kinderbüchern vor – und dafür wurde sie mehr als großzügig entlohnt. Nicht nur, dass Amy selbst ihre hellste Freude an all dem hatte, nein, noch vor einem Jahr hätte sie nicht einmal im Traum daran gedacht, dass sie sich jemals eine eigene kleine Wohnung würde leisten können – und jetzt besaß sie sogar derart Luxus wie ein eigenes Radio.

„Du siehst sie doch heute Abend", spielte Peggy auf Amys heutigen Dienstplan an, „und so ein freier Vormittag kann nicht schaden – wir können zusammen frühstücken, Musik hören ..."

Wie auf Kommando sprang die blonde Frau vom Stuhl auf und schaltete das Radio an, das auf dem Küchenbuffet stand. Ihr Haar hatte sie wie immer zu voluminösen Pin-up-Curls aufgedreht und zusammen mit ihrer offenherzigen rot karierten Gingham-Bluse und den Caprihosen wirkte sie wie ein wahrgewordener Männertraum. Amy dagegen erregte mit ihrer Nanny-Uniform keinerlei Aufmerksamkeit – was in ihrer Nachbarschaft in Hell's Kitchen vermutlich auch besser war.

„Dream Lover!", rief Peggy erfreut, als sie nach kurzem Suchen fündig wurde.

Bei der vertrauten Melodie von Bobby Darins Hit, der seit Wochen rauf und runter gespielt wurde, breitete sich wie immer ein wohliges Kribbeln in Amy aus. Selten hatte ein Song sie derart berührt – auch wenn sie zugeben musste, dass der Text ein wenig kitschig war. Es war vielmehr die Melodie, die sie direkt ins Herz traf.

„Wie läuft's denn mit deinem Dreamlover?", fragte Peggy, als sie wieder Platz nahm.

„Du meinst Danny?"

Peggy kicherte. „Klar meine ich Danny, oder hast du etwa weitere Verehrer, die du vor mir versteckst?"

Amy nahm einen Schluck von ihrem Kaffee, um Zeit zu schinden. Sie wusste selbst nicht genau, was da zwischen Danny und ihr war. „Wir waren zweimal zusammen im Central Park spazieren und haben ein Eis gegessen", erwiderte sie nachdenklich. „Anschließend hat er mir einen Strauß Rosen vor die Haustür gestellt – zumindest glaube ich, dass er von ihm war."

„Keine Karte?", hakte ihre Freundin kopfschüttelnd nach.

Amy hob die Arme. „Vielleicht ist sie abgefallen, oder Danny ist zu schüchtern, um seine Gefühle in Worte zu fassen."

„Oder er ist ganz einfach zu bequem", erwiderte Peggy und rollte mit den Augen. „Audrey würde sich nie mit abgeschnittenem Grünzeug zufriedengeben."

Amy verzog das Gesicht, denn der Vergleich hinkte. Sie selbst war weder eine Audrey Hepburn noch Danny ein zweiter Gregory Peck. Sie bezweifelte, dass ihr Verehrer überhaupt Vespa fahren konnte wie der Schauspieler, der dies während seiner Dreharbeiten in Rom eindrucksvoll bewiesen hatte.

„Wir treffen uns morgen Nachmittag, vielleicht gesteht er mir dann seine Gefühle." Allein die Erinnerung an ihr letztes Rendezvous ließ ihren Puls rasen. Danny war einfach zu süß und sah in seinen Jeans und dem roten Blouson – er eiferte ganz eindeutig James Dean nach – umwerfend aus. Ihr Mund verzog sich amüsiert. Mr. Moore, ihr Arbeitgeber, würde sich nie in eine Jeans oder gar ein saloppes weißes Shirt zwängen. Der Geschäftsführer der Bank of Manhattan verließ das Haus stets im Anzug und mit Hut.

Peggy schenkte ihrer Nachbarin ein warmes Lächeln. „Ich freu mich so für dich. Ehrlich gesagt, habe ich mir in letzter Zeit etwas Sorgen um dich gemacht. Du arbeitest rund um die Uhr – und sag mir jetzt nicht, dass es sich nicht wie Arbeit anfühlt."

Amy schnitt eine Grimasse, denn genau das hatte sie sagen wollen. „Nanny zu sein ist mein Traumjob – ich liebe einfach alles daran!"

„Trotzdem solltest du auch ab und zu mal an dich denken." Peggy zwinkerte ihr frech zu und Amy wusste sofort, auf was ihre Freundin anspielte – ihr Verständnis von Spaß. Dazu zählten nicht nur geheime Tanzveranstaltungen in Brooklyn, sondern auch heiße Zungenküsse mit einem gewissen Randy, der seinen Kontrabass genauso wild bearbeitete wie Jerry Lee Lewis sein Piano.

Aber auch diese Tatsache hatte Amy bisher nicht überzeugen können, sich an ihrem einzigen freien Abend auf den Weg nach Brooklyn zu machen. Stattdessen erledigte sie ihre Hausarbeit, die unter der Woche liegen geblieben war, und verfolgte die News im Radio.

Während sich Peggy die Füße wund tanzte, saugte Amy alles über diese Raumfahrt-Agentur auf, die man erst letztes Jahr gegründet hatte, um schneller als die Russen im Weltraum zu sein. Ob es dieser NASA wohl gelingen würde, als Erstes einen Menschen ins All zu schießen?

Allein die Faszination, dass so etwas überhaupt möglich war, ließ ihren ganzen Körper kribbeln, wie es sonst nur Bobby Darin mit seinem Hit schaffte.

„Alles klar?", hakte Peggy mit einem liebevollen Lächeln nach. „Lass mich raten, du denkst schon wieder an die Zwillinge."

Amy verzog entschuldigend den Mund. „Nein, gerade eben musste ich an die Rakete denken." Dabei verschwieg sie, dass sie sich schon auf den Fernsehapparat der Moores freute, der zu den Acht-Uhr-Nachrichten immer angeschaltet wurde und ihr das Tor zur Welt öffnete.

„Oh, Amy, was soll ich nur mit dir machen?" Peggy erhob sich mit einem herzhaften Lachen, dann sah sie ihre Freundin mit schiefgelegtem Kopf an. „Dann wünsche ich dir heute Abend viel Spaß bei den Moores, auch wenn ich dich lieber beim Tanzen dabei gehabt hätte.“

***

Amy knöpfte den obersten Knopf ihres hellblauen Blusenkleids zu, das mit dem weißen Kragen sehr an eine Schwesternuniform erinnerte, und prüfte erneut den Sitz ihrer Frisur. Während der Arbeit trug sie ihr brünettes Haar hochgesteckt und nicht wie in ihrer Freizeit offen, sodass es ihr in leichten Wellen auf die Schulter fiel. Einzig ihr leicht toupierter Pony war geblieben und lenkte den Blick auf ihre ausdrucksstarken Augen.

Amy schnappte sich ihre dunkelblaue Kostümjacke, die ebenso wie die blickdichten Strumpfhosen und das braune Hütchen zum Outfit der *Midtown Nannies* gehörte, und verließ gegen siebzehn Uhr gut gelaunt ihre Wohnung. Nach einem kurzen Fußmarsch erreichte sie die U-Bahn-Station, in der es noch stickiger war als in den aufgeheizten Straßenschluchten von New York. Essensgerüche vermischten sich mit abgestandenem Tunnelmief. Amys Blick fiel auf einen müden Arbeiter mit Schirmmütze, der gerade von seinem Sandwich abbiss und mit einem Schluck Koffein-Brause aus der Flasche nachspülte.

Wenige Augenblicke später rauschte die Bahn an, die sie direkt in die Upper East Side zu ihrem Arbeitsplatz bringen würde.

Als sie wieder ins Freie gelangte und in die East 75th Street einbog, fühlte sie sich wie in einer anderen Welt.

Die Häuser hier waren gepflegt und vor allem lungerten hier keine zwielichtigen Gestalten auf dem Gehsteig herum. Amy zog sich trotz der Hitze ihre Jacke über – schließlich musste sie auf einen respektablen Auftritt achten – und drückte den messingfarbenen Klingelknopf. Dabei kam sie nicht umhin, den kirschroten *Pontiac Bonneville* zu bewundern, der direkt vor der Eingangstreppe des imposanten Stadthauses parkte. Mr. Moores verchromtes Spielzeug glänzte nicht nur mit einer Servolenkung und einem Automatikgetriebe – was auch immer das bedeutete –, sondern besaß auch ein Radio samt elektrischer Antenne.

Amy schüttelte über ihre Faszination an technischem Schnickschnack amüsiert den Kopf, dann wurde ihr von Sarah die Tür geöffnet.

„Miss Applebee!“ Die Kleine hüpfte aufgeregt auf und ab, während sie Amy ins Haus zog. „Dürfen wir heute Abend etwas länger aufbleiben, wenn Mom und Dad ins Theater gehen?“

„Ausnahmsweise“, ertönte Mr. Moores tiefe Stimme amüsiert, der schon ausgehfertig im dreiteiligen Anzug in die Eingangshalle trat, dann wandte er sich mit einem dankbaren Lächeln an Amy. „Guten Abend, Miss Applebee, und vielen Dank, dass Sie heute an Ihrem freien Tag einspringen können.“

„Das mach ich doch sehr gerne“, erwiderte Amy ehrlich, denn ein Abend mit den Zwillingen war ihr eindeutig lieber als ein Besuch in einem lauten Klub.

„Wenn Miss Applebee nichts dagegen hat, dürft ihr heute Abend auch die *Ed Sullivan Show* anschauen.“

Amys Herzschlag setzte für einen Moment aus – hatte sie eben richtig gehört, sie durfte sich die Fernsehsendung ansehen, von der sie bis jetzt nur aus Zeitungsberichten oder dem Radio gehört hatte? Die Show, in der vielversprechende Talente wie Elvis eine Chance bekamen. Heute war eindeutig ihr Glückstag. Wie hoch war die Wahrscheinlichkeit, dass ihr absoluter Liebling Bobby Darin erneut auftreten würde?

Sie zwang sich innerlich zur Ruhe, auch wenn sie es nun kaum mehr bis zwanzig Uhr abwarten konnte.

Mr. Moore, der ihre Freude erkannt haben musste, schenkte ihr ein joviales Lächeln und verließ kurz darauf schmunzelnd die Eingangshalle.

Amy schlüpfte aus ihrer Jacke und hängte diese an den verspiegelten Garderobenschrank.

„Spielen wir heute wieder Friseursalon?", fragte Sarah mit aufgekratzter Stimme. „Mom hat mir neue Schleifen gekauft."

„Und was machen wir mit deinem Bruder?" Amy kicherte leise. „Ich glaube nicht, dass er sich von mir frisieren lässt."

„Pfui, Schleifen!" Als hätte Thomas nur darauf gelauert, sprang er aus dem Garderobenschrank. Auf dem Kopf trug er den besten Hut seines Vaters.

Schnell griff Amy nach dem guten Stück und legte es sicherheitshalber auf der Hutablage ab. „Hallo, Thomas, na du bist mir einer, mich so zu erschrecken." Amy legte sich in einer theatralischen Geste die Hand auf die Brust.

Der Junge grinste verlegen, ehe er Amy kurz drückte und dann wie von der Tarantel gestochen ins Wohnzimmer preschte.

Okay, so wie es schien, hatte sich Thomas heute noch nicht ausgetobt. Da das Wetter perfekt und es zum Park nur ein Katzensprung war, beschloss Amy, mit den beiden noch einen Abstecher zum *Conservatory Water* zu machen. Thomas könnte seine heiß geliebten Miniatursegelboote beobachten, während sie Sarah eine der neuen Schleifen ins Haar flocht. Danach würden sie zu Abend essen und anschließend die *Ed Sullivan Show* anschauen.

„Hallo, Amy!" Mrs. Moore schwebte in einem eleganten Cocktailkleid die Treppe herunter. Beim Anblick ihrer Chefin stockte Amy der Atem, Mrs. Moore sah aus wie Grace Kelly höchstpersönlich.

Das Ehepaar würde später vor dem *Majestic Theatre* garantiert alle Blicke auf sich ziehen.

„Hallo, Misses Moore, Sie sehen umwerfend aus!"

„Vielen Dank, Amy. Hach, ich freu mich schon so auf die Vorführung. Ein Glück, dass wir noch Karten bekommen haben."

Amy lächelte selig, denn sie war nicht minder glücklich über ihr heutiges Abendprogramm.

Der kleine Thomas kam mit seinem Vater aus dem Wohnzimmer und stellte sich neben seine Schwester, die fasziniert auf die hochhackigen Pumps ihrer Mutter starrte.

„Können wir, Liebling? Das Taxi ist gerade gekommen", bemerkte Mr. Moore nach einem bewundernden Blick auf seine Frau, ehe er sich seinen Hut von der Ablage schnappte und ihr kurz darauf in ihren Cardigan half.

„Das nenn ich mal gutes Timing." Sie zwinkerte Amy verschwörerisch zu und wandte sich anschließend an ihre Kinder. „Sarah und Thomas, ich erwarte von euch, dass ihr auf Miss Applebee hört und euch benehmt."

Die Kinder nickten synchron.

„Machen Sie sich darüber keine Sorgen, Misses Moore", erwiderte Amy schnell, denn was das anging, hatte sie noch nie Probleme gehabt. Im Gegenteil, die Kinder blühten auf, wenn man sie nicht permanent zurechtwies.

Wenige Minuten später verließen ihre Arbeitgeber gut gelaunt das Haus und Amy packte eine Umhängetasche für ihren Ausflug in den Park. Darin verstaute sie neben etwas Proviant und Trinken, auch ein Notfallset und einen kleinen Ball. Sie half den Kindern beim Anziehen der Schuhe – Sarah wollte natürlich ihre neuen roten Lackschuhe ausführen –, dann machten sie sich auf den Weg zum Park. Unter der Woche verbrachten sie einen Großteil ihrer Zeit unter den schattigen Bäumen und beobachteten die Eichhörnchen, die sich manchmal sogar bis zu ihrer Picknickdecke trauten. An Tagen wie diesen konnte sie sich nicht vorstellen, glücklicher zu sein. Sie spürte den warmen Händedruck der Zwillinge, die links und rechts neben ihr liefen, und die Sonnenstrahlen auf ihrem Gesicht. Für einen Moment fragte sie sich, ob sie selbst irgendwann einmal Mutter von zwei bezaubernden Kindern sein würde.

Am Ende der East 75th Street überquerten sie die 5th Avenue und schlüpften in den Park. Direkt hinter der Hecke befand sich das *Conservatory Water*, ein kleiner See, der in sanften Hügel und Kirschbäumen eingebettet war. Zum Areal gehörten ebenfalls das *Kerbs Memo-*

rial Boathouse, wo man ferngesteuerte Modellsegel-
boote ausleihen konnte, und mehrere märchenhafte
Skulpturen, die sich unweit des Sees befanden. Darunter eine von Hans Christian Andersen und die frisch
eingeweihte Bronzefigur von Alice im Wunderland.

Sarah und Thomas liebten es, auf der beliebten Attraktion herumzuklettern, die ausdrücklich dafür gemacht wurde.

Amy nahm mit den Kindern auf einer Bank direkt am
See Platz. Wie zu erwarten, war an diesem sommerlichen Sonntag sehr viel los. Mütter mit Kleinkindern
tummelten sich auf dem Rasen und stolze Väter ließen
es sich an ihrem freien Tag nicht nehmen, ihren Spröss-
lingen vorzuführen, wie man ein Segelboot geschickt
über den See manövrierte. Auch wenn die Herren allesamt schicke Hüte trugen, erkannte Amy auf den ersten Blick, dass es sich dabei hauptsächlich um Männer
aus der Arbeiterklasse handelte.

Mr. Moore hatte für derart Ausflüge keine Zeit. Unter
der Woche verließ er das Haus, noch bevor Amy kam,
und kehrte erst spät am Abend von der Bank zurück. Es
versetzte ihr einen Stich, als sie Thomas' sehnsüchtigen
Blick bemerkte. Dem kleinen Jungen war offensichtlich
aufgefallen, dass sich heute besonders viele Väter Zeit
für ihre Familien nahmen. Auch wenn sie als Nanny
stets ihr Bestes gab, wusste sie, dass sie die mangelnde
Aufmerksamkeit durch nichts aufwiegen konnte,
ebenso wenig wie die liebevolle Zuwendung, die sich
Thomas von seinem Vater wünschte.

Obwohl Amy voller Respekt für ihren Arbeitgeber
war, überkam sie auf einmal eine nie da gewesene Wut.

Mr. Moore hätte heute durchaus Zeit gehabt, mit Thomas in den Park zu gehen – immerhin war Sonntag.

Sie legte dem Kleinen fürsorglich den Arm um die Schulter, woraufhin er sich automatisch an sie kuschelte. Aber so lief das Geschäft nun mal. Aus diesem Grund gab es Nannies, damit sich wohlhabende Menschen nicht um die Erziehung ihrer Kinder kümmern mussten.

Die Vorfreude auf die *Ed Sullivan Show* verpuffte aufgrund dieser Tatsache augenblicklich und der so selbstverständlich vorhandene Luxus und die Statussymbole der Moores verloren schlagartig ihre Faszination.

„Amy, bindest du mir meine neue Schleife ins Haar?“

Amy lächelte, denn wieder war Sarah das persönliche „Du“ herausgerutscht – sie korrigierte sie nicht, da es ihr nichts ausmachte. Stattdessen schnappte sie sich eine der roten Samtschleifen aus der Tasche, die perfekt zu den Lackschuhen der Kleinen passten, und unterteilte das Haar in mehrere Strähnen, während ringsum glückliche Familien ihren freien Tag genossen. Heute fiel es ihr besonders auf, wie sehr sie tatsächlich aus der Masse herausstachen. Amy in ihrem hellblauen Blusenkleid und die gut gekleideten Kinder, die zwar alles hatten, aber im Grunde sehr einsam waren.

Nach einem Abstecher zur Bronzeskulptur kehrten sie pünktlich zum Abendessen zum Stadthaus zurück und Amy schüttelte beim Anblick des glänzenden *Pontiac Bonneville* ärgerlich den Kopf.

Vielleicht lag es an all diesem Luxus, dass sie die Zwillinge so sehr mit Liebe überschüttete. Denn das war es doch, was wirklich zählte, Liebe und Verständnis.

Nachdem sie die Kinder abgeduscht und in frische Pyjamas gesteckt hatte, schnappte sich Amy die Platte mit dem kalten Braten, den Mrs. Moore für sie vorbereitet hatte, dazu frisches Brot und Mixed Pickles. Heute würden sie ausnahmsweise im Wohnzimmer essen. Sie wollte auf keinen Fall etwas von der Vorstellung verpassen, wenn sich ihr die Gelegenheit einmal bot.

Nachdem Amy den Fernsehapparat mit dem Zauberstab – wie sie die Steuerung ehrfürchtig nannte – angestellt hatte, nahm sie samt Platte zwischen den Kindern Platz. Mr. Moore würde sie umbringen, wenn auch nur ein Stückchen vom kalten Braten auf dem Polster landete, aber gerade waren ihr die Konsequenzen egal. Während sich die hungrigen Kinder bedienten, starrte die junge Frau fasziniert auf die Mattscheibe, die ihr in wenigen Sekunden das Tor zur Welt öffnen würde.

Gebannt hielt Amy die Luft an, als Ed Sullivan um Punkt acht Uhr die beliebte Sonntagabendshow anmoderierte und kurz darauf ein junger Künstler namens Paul Anka die Bühne betrat. Diese Erfahrung war kein Vergleich zum Radio. Obwohl das Bild schwarz-weiß war, wirkte es dennoch so real ... Es war, als würde der Mann sie direkt ansehen, nur allein für sie singen – und ja, bei Gott, sie würde keine Sekunde zögern, den Kopf an seine Schulter zu legen und ihm die Worte ins Ohr zu flüstern, die er hören wollte.

***

„Sie sind entlassen!", zischte Mr. Moore ihr zu, als die Wanduhr im Wohnzimmer zwölf schlug.

„Es tut mir …", stammelte Amy und sah hilflos zur Treppe, die ins Obergeschoss und zu Mrs. Moore führte.

Sie hatte die Kinder vor einer Stunde zu Bett gebracht, aufgeräumt und die *Ed Sullivan Show* zu Ende gesehen und anschließend auf die Rückkehr der Eltern gewartet. Aber dann war alles aus dem Ruder gelaufen.

Noch während sich Mrs. Moore überschwänglich bei ihr bedankte, hatte Amy die anzüglichen Blicke ihres Arbeitgebers auf sich gespürt. Sie hatte nur eins und eins zusammenzählen müssen, um zu wissen, dass er etwas getrunken hatte. Da es sie erstens nichts anging, ob sich die beiden im Theater einen Drink genehmigt hatten, und es zweitens schon ziemlich spät war, hatte sie sich ihre Jacke geschnappt, um zu gehen. Doch Mr. Moore hatte ihr plötzlich mit einem breiten Grinsen den Weg versperrt und unanständige Dinge gesagt, die sie nicht einmal vor Peggy wiederholen könnte. Klar, sie hätte ihren Boss auch einfach ignorieren und lächeln können, aber sie war einfach zu schockiert gewesen … und hatte ihm, ohne nachzudenken – eine geknallt! Was war nur in sie gefahren?

Langsam löste sich Amy aus ihrer Schockstarre. Ihr Blick fiel auf den roten Handabdruck, der wie zum Beweis auf Mr. Moores Wange leuchtete, und mit jeder weiteren Sekunde wurde ihr klar, dass ihr Leben, wie sie es geliebt hatte, und die Zeit mit dieser Familie für immer vorbei waren.

2

Amy

New York 2022

Unruhig wälzte sich Amy im Bett und öffnete kurz darauf langsam die Augen. Sie fühlte sich seltsam benommen, dazu kamen hämmernde Kopfschmerzen und eine nie da gewesene Müdigkeit. Wie lange hatte sie geschlafen?

Bevor sie einen Blick auf den Wecker werfen konnte, wurde sie von einem helltönenden Hupen direkt unter ihrem Schlafzimmerfenster aufgeschreckt. Nach diesem Signal ging es allerdings erst richtig los, als hätte der Fahrer eine Kettenreaktion ausgelöst. Es konnte sich bei dem Störenfried nur um Mr. Lombardi aus dem Obst- und Gemüseladen von gegenüber handeln. Der Ladeninhaber besaß als Einziger in ihrer Straße ein Automobil. Okay, die Bezeichnung Vespa mit Pritsche traf es besser, aber immerhin konnte er mit diesem kleinen hellblauen Gefährt seine frischen Waren direkt am Hafen abholen – so wie in seiner Heimatstadt Neapel vor vielen Jahren.

Schlagartig setzte sich Amy auf. Nur dass ihr Nachbar dies für gewöhnlich bereits am frühen Morgen tat und auch niemanden weckte, wenn er von seinem Einkauf im Großmarkt zurückkehrte. Mittlerweile war ihr Zimmer jedoch lichtdurchflutet, was so viel bedeutete, wie ...

Nach einem Blick auf den Wecker fluchte Amy leise auf. Mist, es war bereits halb elf und sie hatte eindeutig verschlafen! Verschlafen! Sie, Jahrgangsbeste der *Midtown Nannies*, die niemals zu spät kam und ihre Prüfung sogar mit Auszeichnung bestanden hatte. Für diese Leistung war sie sogar mit einer goldenen Anstecknadel in Form eines Regenschirms geehrt worden. Für gewöhnlich gab es die Anstecker nur in Silber.

Für einen Moment drehte sich das Zimmer, als ihr klarwurde, was das bedeutete. Sie hatte gegen eine der wichtigsten Regeln verstoßen. Verlässlichkeit. Diese Missachtung wog in den Augen ihrer Chefin beinahe genauso schwer wie „unsittliche Träumereien über den Arbeitgeber".

Amy sog scharf die Luft ein. Nicht nur, dass sie unentschuldigt fehlte, sie hatte auch keinen triftigen Grund dafür. Sie war weder krank, noch musste sie sich um irgendeine Tante kümmern – sie hatte schlichtweg verschlafen.

Schnell sprang Amy aus dem Bett und schnappte sich ihr Kleid. Wenn sie die Strumpfhosen ausnahmsweise wegließ und sich beeilte, dann wäre sie innerhalb einer Viertelstunde aus dem Haus. Mrs. Moore wollte sich mit einer Freundin im weltbekannten Plaza treffen – zum Mittagessen. Sie verzog amüsiert den Mund, denn dort servierte man bestimmt keinen kalten Braten. Abrupt hielt Amy inne, als sie sich plötzlich an gestern Abend erinnerte. Ihr Vesper auf der Couch und die *Ed Sullivan Show*. Erschrocken schlug sie die Hand vor den Mund, als plötzlich ein weiteres Bild vor ihrem geistigen Auge auftauchte – Mr. Moore mit einem leuchtend roten Handabdruck im Gesicht.

Amy taumelte zurück zum Bett, als sich ein Puzzleteil ans andere fügte. Sie hatte ihren Boss geohrfeigt und war arbeitslos!

Ihre hämmernden Kopfschmerzen verstärkten sich bei dieser Erkenntnis. Sie würde Thomas und Sarah nie wieder sehen, sie hatte nicht einmal die Gelegenheit gehabt, sich von ihnen zu verabschieden. Amy ließ ihren Tränen freien Lauf, was mussten die beiden nur von ihr denken? Kurz überlegte sie, sich einfach bei Mr. Moore zu entschuldigen. Die Kinder brauchten sie und sie brauchte eine Familie, um die sie sich kümmern konnte.

Nach unendlichen Minuten setzte sie sich wieder auf, während sie überlegte, wie sie am besten vorgehen sollte: Peggy um Rat fragen und anschließend musste sie sich auf den Weg zur Agentur machen, vielleicht konnte man noch irgendetwas retten.

Erneutes Dauerhupen lenkte ihre Aufmerksamkeit zurück zum Fenster. Was bildete sich dieser Lombardi nur ein? Amy erhob sich mit wackligen Beinen und zog die Gardine zurück. Was sie sah, ließ sie schockiert zurücktaumeln, denn von ihrem Nachbarn und seinem Pritschenwagen fehlte jede Spur. Auch wenn sie am ganzen Leib zitterte, setzte sie erneut einen Fuß vor den anderen und riskierte einen zweiten Blick. Sie blinzelte. Nein, das konnte nicht wahr sein, bestimmt befand sie sich noch im Traum und der Vorfall mit Mr. Moore war nie geschehen. Ihr Mund verzog sich zu einem erleichterten Lächeln. Dennoch wunderte sie sich über das Bild, das sich ihr hinter der Scheibe bot. Argwöhnisch kniff sie die Augen zusammen, dann aber schmunzelte sie über ihre eigene Fantasie. Waren die Petticoats und weitschwingenden Röcke etwa über Nacht aus der Mode gekommen? Ebenso die taillierten Blusen und Twinsets? Stattdessen trugen die beiden jungen Frauen skandalös enge Hosen und derbe Stiefel, wie sie nur Männer aus den Docks hatten, und dazu Shirts mit überdimensionalen Schriftzügen. Amy schüttelte den Kopf. Sie konnte sich zwar nicht erklären, wer oder was ein Hollister war, aber zumindest in ihrem Traum hatte sich das weiße Shirt auch bei den Frauen durchgesetzt – James Dean wäre sicher mächtig stolz.

Aber nicht nur die hutlosen Herren auf ihren verchromten Tretrollern verstörten sie zunehmend, sondern auch die schwarzlackierten Geländewagen, die überhaupt nichts mit den holzverkleideten Jeeps, wie sie sie kannte, gemein hatten.

In diesem Moment wurde Amy klar, dass sie weder träumte noch eine derartige Vorstellungskraft besaß – es war alles real.

Peggy, sie musste zu Peggy.

Ohne Schuhe stürmte Amy aus der Wohnung, rannte über den Flur und drückte den Klingelknopf, auf dem der Name Peggy Rogers stand. Erleichtert atmete sie auf, dabei entdeckte sie eine druckfrische Ausgabe der

New York Times, die neben der Fußmatte lag. Montag, las sie. Doch was ihr Herz wirklich in Aufregung versetzte, war das Datum:

01. August 2022.

Gerade als sich Amy bücken wollte, wurde die Tür von einer weißhaarigen Dame geöffnet, die nach einem Blick auf Amy regelrecht erstarrte.

Für einige Sekunden sahen sich die Frauen stumm an, die alte Dame auf ihren Gehstock gestützt, während Amy gegen ihre Ohnmacht ankämpfte. Auch wenn ihr Verstand ihr sagte, dass dies unmöglich sein konnte – Peggy war über Nacht unmöglich um mehrere Jahrzehnte gealtert –, erkannte sie sofort ihre Freundin in dem vom Leben gezeichneten Gesicht. Es war der Glanz in ihren grünen Augen, der unverändert schien und trotz der tiefen Falten Lebensfreude und Neugierde ausstrahlte.

„Peggy?", fragte Amy mit bebender Stimme und griff nach deren Hand, die leicht auf dem Knauf des Gehstockes zitterte.

Die alte Dame schien immer noch unter Schock zu stehen. Nach unendlichen Minuten fragte sie. „Wie kann das sein? Du hast dich kaum verändert, seit du wie vom Erdboden verschwunden warst."

Beim Klang von Peggys Stimme schossen ihr erneut Tränen in die Augen, denn auch sie konnte ihre Verwirrung und Angst nicht mehr zurückhalten. Was hatte das zu bedeuten, dass sie die letzten dreiundsechzig Jahre einfach weggewesen war? Das konnte unmöglich sein. Sie hatte gestern gearbeitet und war wie immer mit der U-Bahn brav nach Hause gekommen.

„Am besten gehen wir rein", forderte Peggy sie nach einem schnellen Blick ins Treppenhaus auf. „Und dann erzählst du mir alles von Anfang an."

Amy folgte ihrer Freundin ins Wohnzimmer und nahm auf der Couch Platz. Interessiert sah sie sich um, denn auch dieser Raum wirkte vollkommen fremd. Peggys ganzer Stolz – ein Highboard aus Teakfurnier mit integriertem Barfach und Glasschiebetür – war von einem Tag auf den anderen einem glänzenden weißen Etwas gewichen.

„Du hast gleich drei Zauberstäbe?" Amys Stimme überschlug sich förmlich, als ihr Blick am Tisch hängen blieb.

Peggy lachte herzhaft und nahm neben der jungen Frau Platz. „Heute nennt man sie Fernbedienung."

Amy sah sich irritiert um, doch sie konnte nirgends einen Fernsehapparat entdecken. Vielleicht hatte Peggy die hölzerne Flimmerkiste in dem glänzenden Etwas verstaut. Noch ehe sie weitergrübeln konnte, griff die alte Dame nach einer der Fernbedienungen und zeigte damit zur Wand.

Amy konnte nicht glauben, was sie da sah. Mit offenem Mund verfolgte sie, wie sich die Fläche in dem schmalen Rahmen in ein bewegtes Bild, nein, in eine riesige Leinwand verwandelte.

„Die anderen beiden Zauberstäbe verwende ich kaum, hundert Sender reichen ja völlig aus. Aber meine Enkelkinder haben mir zum Achtzigsten dieses Familienabo bei Netflix geschenkt, da wählst du dein Programm selbst."

Amy sah verwirrt zurück zur Wand, wo gerade zwei Kinder mithilfe von winzigen Zauberkästchen Kontakt zueinander aufnahmen. Ihr Herz setzte für einen Schlag aus. Handelte es sich dabei etwa um einen tragbaren Fernsprechapparat?

Besorgt sah Peggy ihre Freundin an, dann schaltete sie den Fernseher entschlossen aus.

„Das war genug für heute. Nicht dass du mir noch vom Sofa kippst ... und jetzt erzählst du mir, was passiert ist. Ich war all die Jahre krank vor Sorge, dachte, du wärst tot." Peggy griff nach Amys Hand und sah ihr ins Gesicht. „Aber du hast dich kein bisschen verändert." Die alte Frau schlug sich die Hand vor den Mund. „Bist du Teil eines geheimen Experiments?"

Amy lachte herzhaft. „Aber nein, wie kommst du denn darauf?"

Die alte Frau lachte nervös, dann klärte sie ihre Freundin auf. „Die ganze Situation erinnert mich irgendwie an diesen Film mit Mel Gibson – ein Testpilot des US Army Air Corps. Hach, der Film war so traurig. Der Gute wurde zu lange eingefroren, in einer Kapsel, und ist erst fünfzig Jahre später wieder aufgewacht. Stell dir das mal vor, er hat sein ganzes Leben verpasst!"

„Also daran würde ich mich erinnern." Amy schüttelte schmunzelnd den Kopf. „Warum sollte man dazu gerade mich auswählen? Außerdem geht so was nur in Hollywood."

Peggy hob hilflos die Arme. „Aber wie bist du dann in diese missliche Lage gekommen?"

„Peggy, ich weiß es nicht. Ich bin heute Morgen wie immer in meinem Bett aufgewacht. Erst gestern haben wir noch zusammen gefrühstückt und Bobby Darin gehört, erinnerst du dich nicht?"

Obwohl die Situation mehr als beunruhigend war, kicherte die alte Dame wie ein junges Mädchen. „Das glaube ich kaum. Ich habe mir gestern früh *Good Morning America* angesehen." Ihr Mund verzog sich zu einem schelmischen Lächeln und für einen Moment wirkte sie wie die junge Peggy. „Ryan Gosling war zu Gast, das konnte ich mir nicht entgehen lassen."

Amy erwiderte Peggys Lächeln, auch wenn sie mit diesen Informationen überhaupt nichts anzufangen wusste. Aber so viel war sicher, es musste sich bei diesem Gosling um einen sehr attraktiven Mann handeln. Amy schmunzelte, denn ihre Freundin hatte trotz des fortgeschrittenen Alters immer noch dieses verräterische Leuchten in den Augen.

Für einige Sekunden sahen sich die Frauen nachdenklich an, ehe Peggy fragte. „Was sollen wir jetzt nur machen?"

„Ich geh erst mal zur Agentur!", erwiderte Amy schnell. Vielleicht fand sie dort eine Antwort auf alles. Dieser Albtraum hing eindeutig mit dem Vorfall von gestern Abend zusammen, dessen war sie sich sicher. Vielleicht hatte die Kündigung eine Art Trauma in ihr ausgelöst und sie fantasierte.

Peggy schüttelte bedauernd den Kopf. „Ich fürchte, da muss ich dich enttäuschen. Die hat bereits in den Siebzigern wegen sinkender Nachfrage geschlossen."

„Geschlossen? In den Siebzigern?" Amy spürte, wie Panik in ihr aufstieg. Das konnte unmöglich sein. Die New Yorker Agentur war eine Institution und konnte sich vor Aufträgen kaum retten. Es gab sogar Wartelisten. Jede wohlhabende Familie in der Upper East Side, die etwas auf sich hielt, beschäftigte eine *Midtown Nanny*. „Nein, das kann nicht sein, ich muss mich selbst davon überzeugen! Ich kann mir kaum vorstellen, dass all die feinen Damen ihre Kinder auf einmal selbst versorgen."

Peggy schnalzte mit der Zunge. „Dann begleite ich dich. Die Welt da draußen ist nicht mehr so, wie du sie kennst."

Amy lachte nervös und bemerkte selbst, wie fremd sie dabei klang. Hatte sie etwa den Verstand verloren? Für einen Augenblick hoffte sie, dass es wirklich so war, denn die Wahrscheinlichkeit, dass sie sich plötzlich im Jahr 2022 befand, war einfach zu verrückt. Oder vielleicht doch nicht? Wenn Menschen über eine große Distanz mit winzigen Zauberkästchen kommunizieren konnten und man bereits in den Fünfzigern versucht hatte, Raketen ins Weltall zu schießen, war es vielleicht auch möglich, Menschen in die Zukunft zu ...

Nein, stopp, rief sie sich zur Vernunft, ihre Fantasie ging mal wieder mit ihr durch. Dennoch sah sie Peggy für einen Moment nachdenklich an, ehe sie fragte. „Was ist mit der Rakete passiert? Ist es ihnen gelungen?"

Peggy machte große Augen. „Du meinst, ob die Rakete 1959 den Orbit durchbrochen hat?"

Amy nickte nur, denn etwas in Peggys Stimme verursachte ihr Gänsehaut.

„Oh, nicht nur das, meine Liebe. Mittlerweile waren auch schon Menschen auf dem Mond und es gibt diesen Marsrover."

Ihre Gedanken überschlugen sich geradezu, vielleicht gab es für alles eine wissenschaftliche Erklärung und sie war nicht verrückt geworden. Allein diese Erkenntnis beruhigte sie etwas.

Sie erhob sich und strich ihre Kleidung glatt. Erst jetzt fiel ihr auf, dass sie immer noch barfuß in ihrem Blusenkleid steckte und nicht in einem schwingenden Sommerrock samt Petticoat, wie es gerade Mode – ähm gestern Mode gewesen war.

„Bist du sicher, dass ich dich nicht begleiten soll?", hakte Peggy erneut nach.

Amy schüttelte vehement den Kopf. Nein, auf gar keinen Fall. Auch wenn Peggy noch einen rüstigen Eindruck auf sie machte, wollte sie sie nicht unnötig strapazieren. Den Weg zur Agentur in Midtown fand sie auch ganz allein.

„Ich melde mich später bei dir – es wird sich schon alles aufklären."

****

Zwei Stunden und gefühlt tausend seltsame Seitenblicke später – sie trug ihr schönstes Kleid, um die Agenturchefin zu besänftigen – fand sich Amy völlig überfordert vor dem Gebäude in der 8th Avenue wieder. Von der Nanny-Agentur fehlte jedoch jede Spur. Sie war bereits mehrmals die Straße abgelaufen, aber trotz der stark veränderten Fassade gab es keinen Zweifel, dass es sich um dasselbe Backsteingebäude handelte. Dennoch gab sie sich nicht geschlagen. Vielleicht konnte man ihr trotzdem weiterhelfen – und wenn es nur eine neue Adresse war.

Argwöhnisch kniff Amy die Augen zusammen, denn sie hatte so eine Art von Ladenlokal noch nie gesehen. Die Kunden bestellten, bezahlten und wurden in einen Wartebereich umgeleitet, wo sie sich wieder mit ihren Zauberkästchen beschäftigten. Die Angestellten hinter der Theke allerdings hatten mächtig zu tun. Zuerst verewigten sie sich mit einer Kritzelei auf diesen Bechern, anschließend drückten sie Knöpfe und zogen an Hebeln, dass es nur so dampfte und schäumte. Von der Neugierde angetrieben, trat Amy näher und wagte sich schließlich in den Laden, in dem es zuging wie in einem Taubenschlag. Sie wurde mit der Masse mitgeschoben und plötzlich wusste sie es. Kaffee! Das hier war ein Kaffeehaus.

„Was darf's für dich sein?", hörte sie den jungen Mann hinter dem Tresen in einer fast unerhörten Vertrautheit fragen, bevor er ihr frech zuzwinkerte.

„Ähm, Kaffee", stammelte sie, völlig aus dem Konzept gebracht und warf einen Blick nach oben zur rettenden und gleichzeitig sehr verwirrenden Anzeigetafel.

„Small, medium, large, hot, cold brew oder doch lieber einen Iced Latte Macchiato bei der Hitze?" Er legte fragend den Kopf schief.

Nervös wanderte Amys Blick zwischen der Tafel und dem, wie sie zugeben musste, sehr attraktiven jungen Mann hin und her, der es irgendwie geschafft hatte, sein Haar ohne jegliche schmierige Pomade in Form zu bringen – benutzte er etwa Haarspray? Nur weibliche Filmstars und Frauen wie Peggy benutzten dieses Zaubermittel aus der Sprühdose, aber doch kein junger Bursche aus Midtown.

„Dein Name?", fragte er leicht ungeduldig nach.

„A-Amy", stammelte sie, „ein Kaffee."

Der Mann kritzelte A-Amy auf einen extragroßen Becher und füllte diesen randvoll mit schwarzem Kaffee. Erst jetzt fiel ihr auf, dass sie kein Geld eingesteckt hatte. Wie sollte sie diesen Riesenbecher bezahlen? Man würde sie festhalten und die Polizei rufen. Panisch sah sie sich um und verfolgte mit großen Augen, wie der Mann neben ihr einen Blaubeermuffin allein mit seiner Uhr bezahlte. Gab es etwa noch winzigere Zauberkästchen, die man am Handgelenk trug? Der Laden begann, sich um sie zu drehen, sie musste hier raus. Es war eine Sache, Mr. Moore zu ohrfeigen und dafür gefeuert zu werden, aber eine Diebin war sie nicht. Nein, sie war Nanny Applebee und beste Absolventin der New York *Midtown Nannies* des Jahrgangs 1959.

***

Völlig erledigt erreichte Amy eine Stunde später das sechsstöckige Gebäude, das in einer Nebenstraße lag und in dem sich ihre kleine Wohnung befand. Sie konnte nicht mehr mitzählen, irgendwann hatte sie damit aufgehört, aber zwischen Midtown und Hell's Kitchen wimmelte es nur so von diesen neuartigen Kaffeehäusern, die über Nacht wie Pilze aus dem Boden geschossen waren!

Rein intuitiv öffnete sie den Briefkasten, nahm die Post heraus und lief in den ersten Stock. Sie musste sich erst einmal hinlegen und dann etwas essen oder andersherum. Ob ihre Lebensmittel noch gut waren – immerhin waren dreiundsechzig Jahre vergangen. Amy war mittlerweile so müde, dass sie über ihren Witz nicht einmal mehr lachen konnte. Vielleicht sollte sie sich einfach ausschlafen, und wenn sie aufwachte, wäre dieser Spuk endgültig vorbei. Keine Zauberkästchen, aufgeschäumte Macchiatos oder dergleichen.

Sie legte die Briefe beim Hereinkommen auf der kleinen Kommode neben der Garderobe ab und schlüpfte aus ihren flachen Pumps mit Pfennigabsätzen. Gerade als sie sich auf den Weg in die Küche machen wollte, fiel ihr Blick auf einen Umschlag, der mit seinem unverkennbaren marineblauen Logo aus allen herausstach.

Für einen Moment war sie wie erstarrt. Sie hatte Post von der Agentur bekommen? Wie konnte das sein? Augenblicklich war sie hellwach und öffnete mit zittrigen Fingern das Kuvert. Als ihr Blick am Datum hängen blieb, schnappte sie kurz nach Luft. Das war wohl ein schlechter Scherz? Dort konnte unmöglich der 01. August 2022 stehen. Die *Midtown Nannies* existierten nicht mehr, sie hatte es gerade erst mit eigenen Augen gesehen. Amy schüttelte ungläubig den Kopf, als sie den Brief überflog – man gab ihr nach all dem noch eine Chance und sie sollte ihre neue Stelle bereits morgen antreten?

3

Alex

„Danke, Mom, dass du einspringen konntest", bemerkte Alex mit liebevollem Blick, als er ins Wohnzimmer trat und sich im Laufen die Krawatte zuband. „Dieser Fall bringt mich noch an meine Grenzen."

Er setzte sich zu seinen Kindern an den Küchentresen und fühlte sich mit einem Mal noch schlechter als sonst. Er hatte schon so kaum Zeit für die beiden, dabei hatte er das Angebot seines Vorgesetzten nicht einmal angenommen. Als ob er aktuell dafür den Kopf hätte. Auch wenn es ihm schmeichelte, dass man ihn zum Partner der Kanzlei machen wollte, hatte er dankend abgelehnt. Seine Kinder kamen an erster Stelle – sie hatten schon genug durchgemacht.

In den letzten Monaten war er nicht einmal im Stande gewesen, ihnen ein richtiges Essen zu servieren. Allzu oft, wenn ihm alles zu viel geworden war, hatte er ihnen lieber Geld mitgegeben oder etwas bestellt. Aber damit war jetzt Schluss. Er musste wieder Verantwortung für sein Leben übernehmen und dazu gehörte auch, dass er endlich seine Trauer überwand. Doch wie sollte das gelingen, wenn ihn jede bittersüße Erinnerung schmerzte wie am ersten Tag?

„Hast du weitere Bewerbungen erhalten?", holte ihn seine Mutter aus den Gedanken und stellte ihm einen dampfenden Teller mit Rührei und Speck vor die Nase.

„Danke, Mom, und nein", Alex schnappte sich das Besteck, „seit zwei Wochen kam nichts mehr rein. Liegt wohl an den Sommerferien. Nannies scheinen besonders jetzt sehr gefragt zu sein." Hätte man ihm noch vor einem Jahr gesagt, dass es so schwierig sein würde, an eine qualifizierte Nanny zu kommen, hätte er denjenigen für verrückt erklärt. Es war nahezu unmöglich. Dabei hatte ihn der Onlineauftritt dieser Vermittlungsagentur sofort überzeugt. Man warb mit prominenten Kunden und zahlreichen Referenzen, und da er nur das Beste für seine Kinder wollte, hatte er es direkt dort probiert. Jedoch waren die Vorstellungsgespräche, die er in den letzten Wochen durchgeführt hatte, allesamt ernüchternd gewesen. Dennoch musste er beim Gedanken an die letzte Dame schmunzeln. Die ältere Frau hatte mit ihrem strengen Dutt und dem gestärkten Kostüm ausgesehen als käme sie direkt von der Militärakademie. Während Ryan und er Mühe damit gehabt hatten, nicht zu lachen, hatte Lilly die Frau nur mit großen Augen angesehen. Innerhalb weniger Minuten war klar gewesen, dass die Chemie zwischen ihnen und dem Feldwebel nicht passte. Was seine Kinder brauchten, war eine Nanny mit Herz und Humor, die sie mit viel Einfühlungsvermögen auf andere Gedanken brachte.

Alex schaufelte sich etwas Rührei auf die Gabel und kostete anschließend vom Speck. Sie musste auch gar nicht kochen, das schaffte er schon selbst – oder eines der Take-away-Restaurants in New York. Sie sollte nur nett sein und sich mit seinen Kindern verstehen.

„Ich weiß nicht, warum du überhaupt eine Nanny suchst. Ihr habt doch mich!" Annalise Carmichael lächelte ihren Sohn und die Enkelkinder strahlend an.

„Ich will auch keine Nanny", protestierte Lilly mit vollem Mund, „und Ryan nur eine junge Frau, die hübsch ist."

Ryan, der bis eben beim Löffeln seiner Cornflakes stumm aufs Handy geschaut hat, sah grimmig auf.

Alex' Herz zog sich zusammen, denn gerade wirkte der Vierzehnjährige wie ein Abbild seiner Mom. Er hatte nicht nur ihre Augenpartie geerbt, sondern auch dieselben vorwitzigen Sommersprossen auf der Nase. Alex musste schlucken, denn an Tagen wie diesen übermannte ihn die Trauer um Megan ohne Vorwarnung. Trotz seines inneren Aufruhrs verzog er amüsiert den Mund, denn die Sechsjährige, die ganz nach ihm kam, ließ sich von Ryans Blick nicht einschüchtern.

„Ryan hat mit seinem Freund telefoniert", klärte sie ihren Dad weiter auf, „und er hat recht. Außerdem muss sie lustig und nett sein. Versprichst du uns, dass unsere Nanny nicht aussehen wird wie Nanny McPhee – mit langen Zähnen und dicken Warzen im Gesicht?"

Alex lachte herzhaft, als ihm klarwurde, dass seine Tochter auf einen Film anspielte, den sie sich erst kürzlich angesehen hatten. „Darauf gebe ich dir mein Wort, mein Schatz, und ich verspreche dir auch, dass sie keine Zauberkräfte hat."

Ryan schüttelte nur den Kopf und widmete sich wieder seinem Smartphone. Für einen Moment war Alex versucht, seinen Sohn daran zu erinnern, dass Handys am Tisch eigentlich tabu waren, aber er schluckte den Satz herunter. Er wollte sich nicht schon beim Frühstück mit ihm streiten. Auch wenn sich der Teenager nach außen hin nichts anmerken ließ, wusste Alex, dass sein kleiner Junge untröstlich war, denn man hatte ihm das Liebste auf der Welt genommen – seine Mom.

„Ich kann später mal rumtelefonieren", schlug Annalise mit fröhlicher Stimme vor und wechselte einen wissenden Blick mit ihrem Sohn. Okay, auch er konnte seiner Mutter nichts vormachen, dabei sah er mittlerweile wieder wie ein Mensch aus. Die Wochen, in denen er unrasiert und in Jogginghosen durchs Haus geschlichen war, waren zum Glück vorbei. Seine Mom hatte ihm mit liebevollem Nachdruck wieder die Spur eingestellt – wofür er ihr für immer dankbar war.

Umso wichtiger war es, dass er endlich eine Nanny fand. Er wollte seine Mom entlasten, auch wenn sie immer wieder beteuerte, dass sie ihnen gerne zur Verfügung stand. Nicht nur jetzt in den Sommerferien, sondern jederzeit. Aber dennoch musste er eine schnelle Lösung finden. Lilly kam im Herbst ebenfalls in die Schule und es war wichtig, dass sie bis dahin wieder zu einem geregelten Tagesablauf fanden. Eher früher, denn besonders jetzt in den Ferien kümmerte sich Annalise rund um die Uhr um Lilly und Ryan.

Warum hatte er auch ausgerechnet jetzt diesen Fall angenommen? Während er im Büro schwitzte, fiel seinen Kindern daheim die Decke auf den Kopf. Er würde gleich heute mit Daniel reden, ob er seinen Urlaub nicht doch um eine Woche vorziehen könnte. Früher waren sie jeden Sommer verreist – aber in diesem Jahr war alles anders.

„In unserem Freundeskreis gibt es zwei Familien, die Kindermädchen beschäftigen. Ich frage später gleich mal nach. Vielleicht haben wir bei einer anderen Agentur mehr Glück."

„Danke, Mom. Das wär toll!" Alex erhob sich und stellte den Teller, von dem er kaum etwas gegessen hatte, auf der Arbeitsplatte ab. Er hatte total die Zeit vergessen. Wenn er sich nicht schleunigst auf den Weg machte, würde er noch zu spät zu seinem Meeting kommen.

Er drückte Lilly einen Kuss auf den Scheitel und klopfte Ryan kumpelhaft auf die Schulter. „Ich wünsch euch viel Spaß, Kinder, und verspreche euch, dass es heute nicht zu spät wird."

Er schenkte seiner Mom ein dankbares Lächeln, ehe er sich sein Sakko und die Aktentasche schnappte und wenige Augenblicke später das Haus verließ.

Das Haus, in das sich Megan auf den ersten Blick verliebt hatte, weil es sie so sehr an Holly Golightlys Zuhause aus „Frühstück bei Tiffany's" erinnerte. Nicht einmal der schwindelerregende Preis und die umfangreichen Renovierungsmaßnahmen hatten sie abgeschreckt, weil es schon immer ihr beider Traum gewesen war, in der Upper West Side zu leben. Fünfzehn Jahre war es nun her, seit sie das Brownstone gekauft und monatelang liebevoll restauriert hatten. Alex konnte nicht abstreiten, dass ihm die Schulden zu Beginn schlaflose Nächte bereitet hatten. Doch wie der

Zufall es wollte, hatte er nach dem Examen schnell einen guten Job gefunden und war heute, dank seines guten Gehalts in der Kanzlei, nahezu schuldenfrei. Doch all das spielte jetzt keine Rolle mehr, denn mit Megan war auch ein Teil des charmanten Gebäudes gestorben.

Seine Kehle schnürte sich zu, als er sich immer weiter vom Haus entfernte, in dem seine Kinder gezeugt wurden. Megan würde sie nicht aufwachsen sehen, sie wurde genauso wie Lilly und Ryan um ihre gemeinsame Zeit beraubt – und schuld war ein einziger unachtsamer Moment. Er atmete tief ein und aus in der Hoffnung runterzukommen, aber an der Ecke Central Park West, an der sich das *American Museum of Natural History* befand, bekam er kaum noch Luft. Nach einem Blick zum strahlendblauen Himmel, der einen heißen Sommertag versprach, schwor er, sich ab sofort mehr Zeit für seine Kinder zu nehmen. Die Sommerferien waren geradezu perfekt, um von allem etwas Abstand zu gewinnen. Vielleicht könnten sie am Wochenende nach Coney Island fahren. Lilly hatte noch nicht einmal richtig schwimmen gelernt, denn nach dem Unglück vor einem halben Jahr war für sie alle die Zeit stehen geblieben.

Alex stieg die Treppe zur U-Bahn-Station hinab, die sich direkt vor dem Museum befand, und ging während des Wartens noch einmal die Stichpunkte zum Fall durch. Als Anwalt für Familienrecht hatte er tagtäglich mit persönlichen Schicksalen zu tun, doch erst jetzt wusste er, wie es sich wirklich anfühlte, wenn eine Familie auseinandergerissen wurde. Die letzten Monate hatten ihn selbst auf der Arbeit sensibler und einfühlsamer werden lassen, auch wenn seine Mandanten noch nie nur ein Termin im Kalender gewesen waren. Er hatte das Gefühl, dass er erst jetzt ein richtig guter Anwalt war – was ihm allerdings auch eine Menge an Extraarbeit einbrachte. Ganz offensichtlich sprachen sich solche Dinge schnell herum.

Nach wenigen Sekunden rauschte die U-Bahn heran und wirbelte einen Schwall heißer Luft auf. New York im Sommer war wirklich eine Qual, besonders wenn man wie er zu neunzig Prozent seiner Zeit in einem dunklen Anzug steckte. Alex griff sich automatisch an den Hals und lockerte die Krawatte etwas, anschließend stieg er in die Bahn, wo er gegenüber einer älteren Dame Platz nahm. Er grüßte sie freundlich, doch die Frau war so sehr in eine Zeitschrift vertieft, dass sie ihn nicht wahrnahm. Um sich ebenfalls etwas die Zeit zu vertreiben, schnappte er sich seine AirPods, die er immer bei sich hatte, und öffnete die Playlist auf seinem Handy.

Früher hatte er oft Musik gehört, doch jetzt fand er nur noch auf dem Weg zur Arbeit oder in den späten Abendstunden, wenn die Kinder im Bett waren, die Zeit dazu.

Zwanzig Minuten und sechs Songs später erreichte er schließlich die Station am Washington Square Park, in deren Nähe sich die Kanzlei befand. Erleichtert verließ er die voll besetzte Bahn, in der es mittlerweile ziemlich stickig geworden war, und lief eilig die Stufen hinauf. Wie zu erwarten, war in dem riesigen Park einiges los. Bei schönem Wetter traf man hier schon am frühen Morgen auf die unterschiedlichsten Künstler, die entweder für sich malten oder auf den Touristenansturm

warteten. Aber der Park war auch ein beliebter Treffpunkt bei Einheimischen, immerhin gab es unter den
Bäumen genügend Tische für eine Partie Schach oder
ein schattiges Plätzchen für eine gemeinsame Yoga-
stunde auf dem Rasen. Kaum zu glauben, dass der Park
Anfang der 60er-Jahre ein beliebter Treffpunkt für Mu-
siker gewesen war, und sogar Bob Dylan hier gespielt
hatte.

Alex erreichte den Dreh- und Angelpunkt des Parks,
wo sich der große Springbrunnen befand. Um diese
Zeit war noch nicht viel los, aber gegen Mittag, wenn
die Sonne über Manhattan brannte, würde es hier vor
Besuchern nur so wimmeln. Zum Glück war das Plan-
schen im kühlenden Nass ausdrücklich erlaubt.

Sein Blick wanderte zum dahinterliegenden
Washington Square Arch, einem mit Marmor überzo-
genen Triumphbogen. Augenblicklich verzog sich sein
Mund zu einem Lächeln, als er dort die fünfköpfige
Acapella-Gruppe entdeckte, die in ganz New York ihr
Publikum unterhielt. Auch wenn er mit den Männern
noch nie ein Wort gewechselt hatte, fühlte er sich irgendwie mit ihnen verbunden, immerhin „kannte" er
sie bereits seit fünfzehn Jahren, seit seinem ersten Tag
bei *Scheffler & Johnson*.

Für einen Moment lauschte Alex einem alten Doo-
Wop-Liebeslied aus den 50ern, das einige umstehende
Frauen zu Tränen rührte. Mit einem Schmunzeln
fischte er etwas Kleingeld aus der Sakkotasche und
machte sich, nachdem er das Geld in den Kontrabass-
koffer geworfen hatte, wieder auf den Weg.

Er liebte es hier in Greenwich, vielleicht weil es mit
seinen kleinen Cafés und den von Bäumen gesäumten

Straßen an die Upper West Side erinnerte. Dennoch war diese Gegend um einiges hipper, wie er amüsiert zugeben musste, und zog mit seinen Galerien nicht nur Künstler und Jazzmusiker an, sondern auch viele Touristen.

Hier befand sich nicht nur *Joe's Pizza* aus Spiderman, nein, regelmäßig besuchten Filmfans aus aller Welt die Bleeker Street, um sich davon zu überzeugen, ob es die Nr. 177 A auch wirklich gab – Dr. Stranges Adresse aus dem Marveluniverse. Die Hausnummer gab es tatsächlich, allerdings ohne Sanctum Sanctorum.

Es war nichts Ungewöhnliches, wenn man im Village einfach einen Straßenabschnitt sperrte – für die Drehteams und ihre Schauspieler aus Hollywood. Für ihn waren die Absperrbänder und Premium-Trailer, die sich in den Seitenstraßen befanden, nichts Besonderes mehr, auch nicht ein Promi wie Bradley Cooper, der es sich in der Mittagspause ebenfalls in *Joe's Pizza* schmecken ließ.

Alex betrat das unter Denkmalschutz gestellte Cast Iron Gebäude, in dem sich die Kanzlei befand. Das ehemalige Lagerhaus aus dem 19. Jahrhundert glänzte mit einer für diese Zeit typischen gusseisernen Fassade, hinter der sich mehrere lichtdurchflutete Lofts verbargen.

Der Inhaber hatte gleich zwei der insgesamt fünf Stockwerke angemietet und ließ sich dieses Prestige auch einiges kosten.

„Guten Morgen, Alex!", begrüßte ihn ein grauhaariger Mann im maßgeschneiderten Anzug, der gerade an der Kaffeemaschine in der Teeküche hantierte.

„Hallo, Daniel", erwiderte Alex mit einem Lächeln.

Mr. Scheffler war nicht nur sein Boss, sondern mittlerweile auch ein guter Freund. Er war es gewesen, der ihm damals, frisch von der Uni eine Chance gegeben und an ihn geglaubt hatte. Heute war er zwar nicht mehr grün hinter den Ohren, nahm sich aber Daniels Ratschläge immer noch sehr zu Herzen. Besonders wenn es sich, wie in den letzten Monaten, um private Belange handelte. Was hätte er nur ohne dessen Verständnis und Anteilnahme getan?

„Wie gehts Lilly und Ryan? Haben sie in den Ferien Spaß?" Daniel schnappte sich seine Tasse Kaffee, die unter dem Auslauf dampfte, und sah seinen Angestellten interessiert an.

Allein beim Gedanken an seine Kinder zeichnete sich ein liebevolles Lächeln auf Alex' Lippen ab. „Darüber wollte ich mit dir reden, Daniel. Ich werde auf dein Angebot zurückkommen und doch früher Urlaub machen."

„Prima, wurde aber auch Zeit! Und mach dir keinen Kopf, deine Fälle übernehme ich."

„Danke, Daniel." Alex fuhr sich mit der Hand übers Gesicht. „Ich hätte nie gedacht, dass sich die Suche nach einer Nanny so schwierig gestalten würde."

„Immer noch keine passende gefunden?"

Alex schüttelte den Kopf. „Nein, leider nicht. Aber vielleicht hat meine Mom mehr Glück, sie will heute noch einige Bekannte fragen."

„Ich drück euch die Daumen. Eine gute Nanny ist wirklich viel Wert ... aber du kannst auch jederzeit aus dem Homeoffice arbeiten, wenn es dir irgendwie hilft."

„Danke, vielleicht komme ich darauf zurück, aber noch habe ich die Hoffnung nicht aufgegeben, dass wir irgendwo eine Nanny finden, die einfühlsam, herzlich und liebevoll ist."

Als sich die Männer kurz darauf trennten und Alex sein Büro betrat, sah er sich voller Stolz um. Beruflich hatte er fast alles erreicht, was er sich jemals erträumt hatte. Er war ein hervorragender Anwalt und in Daniels Augen der beste Anwärter als neuer Partner. Alex schnitt eine Grimasse. Wäre dieses Angebot ein halbes Jahr früher gekommen, hätte er auch ohne zu zögern zugestimmt. Er wusste, dass Megan ihn voll und ganz unterstützt hätte. Doch gerade jetzt stand dieser nächste Schritt absolut nicht zur Debatte. Vielleicht in einigen Jahren, wenn Lilly und Ryan aus dem Gröbsten herausgewachsen waren oder er wieder jemanden fand, der ...

Alex schüttelte energisch den Kopf. Nein, daran wollte er nicht denken. Allein die Vorstellung an eine andere Frau löste Schuldgefühle in ihm aus. Er hatte Megan so sehr geliebt und ein Geisterfahrer hatte alles zerstört. Beim Gedanken an jene Nacht und die Polizisten, die vor seiner Tür gestanden hatten, lief es ihm wieder eiskalt den Rücken herunter.

Alex ging zum Schreibtisch und packte die Unterlagen aus. Er musste die Trauer beiseiteschieben und sich auf seinen Neun-Uhr-Termin konzentrieren – einen Unterhaltsstreit. Er schnaufte laut auf. Als ob Geld irgendetwas ändern würde.

Unwillkürlich wanderten seine Gedanken zur Acapella-Gruppe im Park, die immerzu von der großen Liebe sang.

Ob seine Mandantin auf dem Weg zur Kanzlei wohl schon einmal an der Gruppe vorbeigekommen war? Einer Sache war er sich auf jeden Fall sicher, dass diese Art von Songs sie im Moment wohl eher kalt ließ. Sie wollte den Vater ihrer Kinder vernichten und war überzeugt davon, dass hohe Alimente sie über den Kummer und Schmerz hinwegtrösten konnten. An Tagen wie heute fragte er sich ernsthaft, was ihn damals geritten hatte, Anwalt für Familienrecht zu werden.

4

Amy

Nach dieser Horrorfahrt, auf der man sie angestarrt hatte wie ein exotisches Exemplar, verließ Amy mit einer Mischung aus Verwirrung und Amüsement die Bahn.

Broadwaydarstellerin, dass sie nicht lachte. Sie war nicht nur die schlechteste Schauspielerin überhaupt, nein, allein der Gedanke, auf einer Bühne zu stehen, löste Schweißausbrüche in ihr aus. Dennoch fühlte sich Amy geschmeichelt, dass man sie für Mary Poppins höchstpersönlich gehalten hatte.

Natürlich kannte sie die Bücher, aber dass es das zauberhafte Kindermädchen auch ins Musical geschafft hatte, war ihr neu. Sie musste Peggy später gleich danach fragen, und ob es wirklich möglich war, mit diesen Zauberkästchen Fotos zu schießen. Ein aufdringlicher Musicalfan direkt neben ihr hatte dieses Ding mit langem Arm von sich gestreckt und unverschämterweise von ihnen beiden ein Bild gemacht – es grenzte beinahe an Zauberei.

Amy rückte sich ihren Hut zurecht und verließ eilig die Subway Station am *Museum of National History*. Diese Haltestelle lag der Adresse im Schreiben am nächsten. Auch wenn sie sich heute mit gemischten Gefühlen auf den Weg gemacht hatte, war dieser Brief von der Agentur ihre einzige Chance. Sie wollte endlich Licht ins Dunkel bringen, eine Erklärung für die letzten vierundzwanzig Stunden finden, denn leider hatte sich ihre Hoffnung, dass alles nur ein böser Traum war, nicht erfüllt. Sie war immer noch in der Zukunft und Peggy uralt.

Als Amy ins Freie trat und ihr Blick automatisch zum Treppenaufgang des Museums wanderte, schnappte sie überrascht nach Luft. Roosevelt! Er war immer noch da! Es fühlte sich an, als würde sie einen alten Freund wiedersehen. Während sie auf die Treppe zuging, ließ sie die Bronzestatue, die Theodor Roosevelt auf einem Pferderücken zeigte, nicht aus den Augen. Vergessen war die Horrorfahrt in die Upper West Side. Sie hätte weinen können vor Glück, denn nach all den Veränderungen, die sie ringsum wahrnahm, freute sie sich riesig, den 26. Präsidenten der Vereinigten Staaten wieder zu sehen.

Nach einigen Minuten der Wehmut bog sie schließlich in die West 81st Street ab, wo sich die Adresse der Carmichaels befand. Laut Schreiben der Agentur suchte die Familie bereits seit Monaten verzweifelt nach einer Nanny mit Humor.

Amy schüttelte kurz den Kopf, denn das Lachen war ihr nach der fristlosen Kündigung gründlich vergangen, dabei war sie der fröhlichste Mensch überhaupt.

Sogar so fröhlich, dass es selbst Peggy an manchen Tagen zu viel wurde, wenn sie mit einem breiten Lächeln im Gesicht durch die Gegend tanzte.

Amy holte erneut den Brief ihrer Chefin heraus und schüttelte ungläubig den Kopf. Sie konnte sich nicht erklären, wie dieses Schreiben in ihrem Briefkasten gelandet war – beinahe fünfzig Jahre nach Schließung der Agentur. Aber sie war nicht blind, sie erkannte ganz eindeutig Ms. Watsons Schrift. Und an der Signatur gab es ebenfalls keinen Zweifel, nur ihre Chefin machte aus einem öden „W" malerische Kalligrafie. Die royalblaue Tinte kam stets aus demselben Füllfederhalter, dessen Spitze leicht kratzte. Der Brief war echt, daran bestand kein Zweifel, und diese Tatsache beunruhigte sie noch mehr. Als ob sie ausgerechnet jetzt einen neuen Job suchte! Ihr Leben glich einem Albtraum, aus dem sie nicht erwachte. Und entgegen Peggys Ermahnungen hatte sie sich alleine aus dem Haus geschlichen. Ihre Freundin würde sie umbringen, und sie hegte auch überhaupt keinen Zweifel daran, dass die Achtzigjährige dazu fähig war.

Vor einem Brownstone mit hübsch bepflanzten Blumenkästen blieb Amy stehen und drückte den Klingelknopf, der sich am Torbogen des schmiedeeisernen Zauns befand. Auch wenn ihre Stimmung alles andere als fröhlich war, musste sie beim Anblick des pinkfarbenen Tretrollers lächeln. Ganz offensichtlich wohnte hier ein kleines Mädchen. Ob sie wohl im selben Alter war wie Sarah? Amy schluckte, denn jetzt erst fiel ihr auf, dass sie den Gedanken an die Zwillinge den ganzen Morgen verdrängt hatte.

Ihr blieb keine Zeit zum Grübeln, denn die Tür wurde schwungvoll von einer älteren Frau geöffnet, die sie sichtlich überrascht ansah.

„Oh, na das ging aber schnell! Kommen Sie bitte rein. Mein Name ist Annalise Carmichael."

Innerlich atmete Amy erleichtert auf, denn allem Anschein nach hatte man sie erwartet, der Brief war – entgegen Peggys Befürchtungen – also doch echt.

Sie folgte der Frau ins Haus und sah sich kurz neugierig um. Der Flur erinnerte sie ein wenig an die Eingangshalle der Moores, nur dass sie hier weder einen verspiegelten Garderobenschrank noch eine Ablage entdecken konnte, um ihren Filzhut abzulegen. Tatsächlich gab es hier nur eine einfache Hakenleiste an der Wand, die unter dem Gewicht der Jacken fast zusammenbrach, und darunter eine gigantische Auswahl an Schuhen, unordentlich in Form eines Haufens aufgetürmt.

Ach du meine Güte, schoss es ihr durch den Kopf, als sie gleich mehrere elegante Paar Herrenschuhe in dem Berg entdeckte. Mr. Moore wäre durchgedreht, hätte man sein Lieblingsmodell vom besten Ausstatter in ganz New York so malträtiert. Feinstes Büffelleder direkt aus Venetien, maßgefertigt und eine Anschaffung fürs Leben. Schnell wandte Amy den Blick ab – sie hatte noch nie so einen Überfluss gesehen – und schimpfte sich innerlich für ihre schlechte Manieren. Vor lauter Sorge um die Schuhe hatte sie sich noch nicht einmal vorgestellt.

„Verzeihen Sie bitte, ich bin Amy Applebee von den *Midtown Nannies.*" Ihr Mund verzog sich zu einem höflichen Lächeln, während sie das Kuvert nervös in den

Händen hielt. Am besten war es wohl, wenn sie der Frau direkt erklärte, dass es sich hierbei um ein großes Missverständnis handelte und sie nicht auf der Suche nach einer neuen Anstellung war.

„Sie können sich gar nicht vorstellen, wie froh ich bin, dass es so schnell geklappt hat." Annalise musterte Amy interessiert. „Und dann noch in Uniform! Sie sehen darin bezaubernd aus. Ich dachte, so etwas gibt es heute nicht mehr."

„Oh doch. Die Uniform ist Pflicht", erwiderte Amy voller Stolz und schien für einen Moment vergessen zu haben, dass sie sich nicht mehr in den 50er-Jahren befand. „Aber ich muss Sie leider ent..."

„Grandma?" Ein Junge im Teenageralter kam die Treppe heruntergepoltert und blieb nach einem abschätzenden Blick auf Amy stehen. Automatisch hellte sich ihr Gesicht auf, denn trotz seiner Coolness – er trug wie die Teenager in der Bahn ebenfalls diese abgesägten Zahnbürstenköpfe im Ohr – wirkte er ebenso sympathisch wie verletzlich.

„Du kommst genau richtig, Ryan! Das ist Miss Applebee von den *Midtown Nannies*."

Der Junge kam näher und musterte sie ebenso erstaunt wie seine Großmutter kurz zuvor. „Ist Ihnen bei dieser Hitze nicht warm mit diesem Hut?"

„Ryan!" Annalise schnalzte tadelnd mit der Zunge, dann wandte sie sich mit einem entschuldigenden Lächeln an Amy. „Tut mir leid, aber wir haben die Hoffnung auf eine passende Nanny fast aufgegeben ... nach all den Bewerberinnen in letzter Zeit."

„Kein Problem", erwiderte sie lächelnd und wandte sich dann an Ryan, „und ja, im Sommer ist er wirklich etwas warm, aber dafür ist er sehr kleidsam und spendet mir Schatten." Sie zwinkerte ihm verschwörerisch zu. „Nur die Krempe mag ich nicht, darin sammeln sich im Winter Schneeflocken und im Frühling Blütenstaub."

Amy, rief sie sich zur Vernunft, *du bist nicht hier, um über deinen Hut zu sprechen, sondern um zu erfahren, wie die Carmichaels zur Agentur gekommen sind.*

Eine erste Gefühlsregung – ein amüsiertes Grinsen –, die so schnell wieder verschwand, wie sie gekommen war, huschte über Ryans Gesicht und erfüllte Amy mit Freude. Sie wusste nicht warum, aber in diesem Augenblick wünschte sie sich nichts mehr, als diesen Jungen glücklich zu sehen.

„Am besten gehen wir ins Wohnzimmer, Miss Applebee. Mein Sohn und Lilly müssten auch demnächst runterkommen."

Ehe Amy protestieren konnte, war die ältere Frau mit ihrem Enkel im angrenzenden Zimmer verschwunden. Für einige Sekunden war sie hin- und hergerissen, noch konnte sie gehen, schließlich befand sich die Tür nur wenige Schritte hinter ihr. Unschlüssig drehte sie sich um, dann sah sie zurück zum Wohnzimmer, dabei fiel ihr die Wand über der Treppe auf, an der etliche gerahmte Fotos und Kinderzeichnungen hingen.

Irgendetwas an dieser Galerie zog sie magisch an. Waren es die bunten Kritzeleien, die man mit Reißnägeln einfach so in die kostbare Tapete gedrückt hatte? Im Hause Moore unvorstellbar!

Sie entdeckte ein gerahmtes Familienfoto und darauf einen sehr jungen Ryan, der ein rosafarbenes Bündel im Arm hielt. Es konnte sich bei dem kleinen Mädchen nur um seine Schwester Lilly handeln, die Mrs. Carmichael kurz zuvor erwähnt hatte. Ein seltsames Kribbeln breitete sich in Amys Körper aus. Noch bevor ihr Blick auf die blonde Frau fiel, spürte sie, dass dieser Familie etwas Schlimmes widerfahren war. Kurz schnappte sie nach Luft, denn das Kribbeln verwandelte sich in einen Schauder und untermauerte ihren Verdacht.

Schritte auf dem Treppenabsatz ließen sie erschrocken herumfahren.

Der dunkelhaarige Mann, der sie überrascht ansah, war ganz eindeutig derselbe wie auf dem Foto – auch wenn er heute um einiges älter wirkte.

„Entschuldigung, kennen wir uns?" Er kam mit einem Mädchen, das sich wie ein Äffchen an seinen Rücken klammerte, die Treppen herunter.

„Mein Name ist Amy Applebee, ich komme von den *Midtown Nannies*."

„Oh, na das ging ja schnell", erwiderte er genauso überrascht wie seine Mom und blieb vor ihr stehen. Sein Blick wanderte für einen Sekundenbruchteil zum Foto an der Wand und dann zurück zu Amy – bestimmt hatte er mitbekommen, wie sie es angestarrt hatte.

„Nun, ich bin ehrlich gesagt auch etwas überrascht", stammelte sie und schenkte dem Mädchen ein breites Lächeln. „Ich habe nicht so schnell mit einem neuen Auftrag gerechnet." *Vor allem nicht nach der schallenden Backpfeife*, fügte sie in Gedanken hinzu.

„Auf jeden Fall sind wir sehr froh, dass es so kurzfristig geklappt hat." Der dunkelhaarige Mann im Businesshemd und Krawatte fuhr sich müde übers Gesicht, ehe er sie mit zerknirschter Miene ansah. „Der Termin muss mir wohl entgangen sein.“

Er ließ seine Tochter herunter, die Amy daraufhin fasziniert von oben bis unten musterte. „Bist du unsere neue Nanny?“

Amy ging in die Hocke, um mit der Kleinen auf Augenhöhe zu sein. „Du musst Lilly sein. Ich denke, dein Dad wird mir erst noch ein paar Fragen stellen wollen, bevor er mich einstellt.“

Bevor er mich einstellt? Hatte sie das eben laut gesagt? Was war nur in sie gefahren?

Das Mädchen strahlte sie durch ihre Zahnlücke hindurch an und Amy wusste, dass es mit jeder Sekunde unwahrscheinlicher wurde, dass sie noch die Flucht ergriff. Ryan und Lilly brauchten sie! Sie würde ihre persönlichen Probleme für ein paar Tage hintanstellen und dieser Familie helfen – schließlich hatte sie als Absolventin der *Midtown Nannies* vor vielen Jahren einen Eid abgelegt. Das Wohl „ihrer“ Kinder über ihr eigenes zu stellen.

„Ich liebe dein Kostüm, es sieht aus wie das von Mary Poppins.“ Lilly sah Amy neugierig an. „Fehlt nur noch der Regenschirm.“

Amy lachte herzhaft. „Oh, meinen Regenschirm habe ich heute zu Hause gelassen, dafür habe ich aber etwas anderes.“ Vorsichtig nahm sie ihr Hütchen ab, um ihre Hochsteckfrisur nicht zu zerstören, und zeigte es Lilly.

„Ich wette mit dir, dass Mary Poppins nicht so eine hübsche Anstecknadel hat.“

„Ist das etwa ein goldener Regenschirm?“ Lillys Augen wurden tellerrund.

Amy nickte stolz. „Hm, und das Erkennungszeichen der *Midtown Nannies*.“

Erst jetzt fiel ihr auf, dass Mr. Carmichael sie die ganze Zeit über nachdenklich angesehen hatte. War sie etwa zu geschwätzig? Von Kolleginnen wusste sie, dass Männer auf allzu unnötige Informationen durchaus allergisch reagierten.

Sie erhob sich schnell und strich das Kostüm glatt. Doch auch jetzt ließ er sie nicht aus den Augen, was sie zunehmend nervöser machte. Vielleicht wog er in diesem Moment sorgfältig ab, ob eine Frau im Mary-Poppins-Kostüm wirklich die beste Wahl für seine Kinder war. Was das Zaubern anging, konnte sie ihn jedoch beruhigen, denn so etwas gab es nur im Film.

„Am besten gehen wir nach nebenan und unterhalten uns noch ein wenig, bevor ich gleich zur Arbeit muss“, schlug der Mann im Anzug lächelnd vor.

„Sehr gerne“, erwiderte Amy höflich und schimpfte sich innerlich, denn dieser Tag verlief so ganz anders als geplant.

Als hätte Lilly nur auf diese Antwort gewartet, stürmte sie unter Jubelschreien ins Wohnzimmer. „Wir haben endlich eine Nanny! Eine Hübsche und ganz ohne haarige Warzen!“

Alex warf Amy einen schockierten Blick zu, der sie zum Lachen brachte. „Tut mir leid, aber ich weiß auch nicht, was in sie gefahren ist. Vermutlich freut sie sich einfach nur so sehr, dass sie jegliche Manieren vergessen hat.“

Sie machten sich ebenfalls auf den Weg ins Wohnzimmer, wo Annalise mit den Kindern bereits auf einem riesigen Sofa Platz genommen hatte. Es gab mehrere Sessel aus demselben roten Polsterstoff, die wahllos herumstanden. Einer davon direkt vor dem Fenster mit Blick auf die Brownstones in der Nachbarschaft. Hach, dieser Leseplatz wäre entzückend, besonders zur Weihnachtszeit mit einem Becher heißer Schokolade in der Hand. Bestimmt sammelten sich an den Scheiben der Erkerfenster funkelnde Eiskristalle.

Amy sah sich weiter in dem großen Raum um. Hinter dem Polstersofa befand sich ein beeindruckender Bücherschrank, der die gesamte Fläche der Wand einnahm und neben bunt gemischter Lektüre auch eine beachtliche Auswahl an komischen Sammelfiguren enthielt. Amy schmunzelte, denn die Figuren, die zum Teil noch in ihrer Verpackung steckten, hatten allesamt überdimensionale Köpfe.

„Bitte setzen Sie sich doch, Miss Applebee." Mr. Carmichaels Worte holten sie aus ihren Gedanken und machten ihr bewusst, dass sie immer noch mitten im Zimmer stand und sich fasziniert umsah.

„Darf ich Ihnen etwas zu trinken anbieten, einen Kaffee vielleicht?", hakte er lächelnd nach.

„Sehr gerne", erwiderte Amy geistesgegenwärtig, bevor sich Alex mit einem zufriedenen Nicken entfernte.

„Also wenn es nach Lilly ginge, können wir uns das Vorstellungsgespräch sparen. Sie haben meine Enkelin innerhalb von Sekunden überzeugt", bemerkte Annalise mit einem herzlichen Lächeln, als Amy auf einem Sessel Platz nahm.

Ryan, der die abgesägten Zahnbürstenköpfe mittlerweile auf dem Tisch abgelegt hatte, sah kurz auf. In der Hand hielt er ebenfalls eines dieser Zauberkästchen, das jedoch die Größe eines Buches hatte und sicher ein Vermögen wert war. Gab es heute denn keine andere Art der Beschäftigung mehr? Wohin sie sah, starrten die Menschen auf diese Geräte, selbst Peggy besaß eines davon.

„Das freut mich", erwiderte Amy ehrlich und verfolgte, wie Lilly hoch konzentriert an einem Bild arbeitete. Dazu verwendete sie Wachsmalstifte und eine Art Füller, der glitzerte und ganz ohne Tintenfass auskam.

Ein Geräusch hinter ihr ließ sie herumfahren. Erst jetzt bemerkte sie, dass Mr. Carmichael das Zimmer gar nicht verlassen hatte, sondern sich am anderen Ende des Raums aufhielt, wo sich die Küche befand. Ihr Blick fiel auf die verchromte Maschine, die in diesem Moment dampfend heißen Kaffee ausspuckte. Amy starrte fasziniert auf das gute Stück – es ähnelte stark denjenigen, die sie in diesem Kaffeehaus gesehen hatte. Sie besaß ebenfalls einen Hebel und brühte den Kaffee innerhalb Sekunden von Zauberhand auf.

Es wurde höchste Zeit, dass sie endlich von diesem Gebräu kostete, das in New York allem Anschein nach genauso beliebt war wie diese Zauberkästchen.

Wenige Augenblicke später kam Alex mit zwei Tassen ebenfalls zur Couch.

„Entschuldigen Sie bitte das Chaos." Er reichte ihr den Kaffee und nahm neben Ryan Platz. „Ich habe nicht damit gerechnet, dass es so schnell klappt. Sonst hätte ich meine Termine heute verschoben – und natürlich ein wenig aufgeräumt."

„Oh, ein wenig Unordnung macht mir überhaupt nichts aus", erwiderte sie eilig, obwohl sie sich erst daran gewöhnen musste, dass der Couchtisch als Ablage für so ziemlich alles verwendet wurde. Unter Lillys Zeichenblöcken entdeckte sie mehrere Zauberstäbe, wahrscheinlich hatten auch die Carmichaels dieses Netflix und wählten wie Peggy ihr Programm selbst. In einer Glasschale befanden sich außerdem einige Schokoriegel, die sie nur entfernt an ihr geliebtes Milky Way erinnerten. Was um Himmels willen war ein Chunky? Oder wer kam auf die verrückte Idee, Salz oder rohen Teig einem Schokoriegel beizumischen?

Sie nahm einen Schluck von ihrem Kaffee, der all ihre kühnsten Erwartungen übertraf, und machte sich gedanklich eine Notiz, später gleich Peggy nach dem Erfinder dieser verchromten Zaubermaschine zu fragen. Sicher war der Mann bereits Milliardär, so wie John D. Rockefeller seinerzeit, und versorgte nicht nur diese Kaffeehäuser mit seinem Zaubertrank, sondern auch alle Familien in ganz New York! Als Amy einen weiteren Schluck nahm, schloss sie genießerisch die Augen, dabei entging ihr, wie Alex und Annalise einen schnellen, einvernehmlichen Blick miteinander tauschten.

„Tut mir leid, Miss Applebee. Aber ich muss leider los. Meine Mutter wird alle weiteren Details mit Ihnen klären. Ich würde mich sehr freuen, wenn Sie so schnell wie möglich bei uns anfangen könnten."

Keine Zeugnisse, keine Referenzen? Wirkte sie so vertrauenswürdig, dass man sie einfach vom Fleck weg einstellen wollte?

Vielleicht war es der gute Ruf der *Midtown Nannies*, der ihr vorauseilte, schließlich war ihre Agentur die renommierteste in ganz New York.

„Yippieh", jubelte Lilly und fiel Amy wie selbstverständlich um den Hals, als hätte sie nur auf dieses

Stichwort gewartet. Mit aufgeregter Stimme drehte sie sich anschließend zu Ryan und ihrer Grandma. „Habt ihr schon den goldenen Regenschirm auf Nanny Applebees Hut gesehen?"

Alex erhob sich schmunzelnd und schenkte Amy einen letzten dankbaren Blick, ehe er sich von seiner Familie verabschiedete und sich auf den Weg zur Arbeit machte.

5

Amy

Mit Lillys glitzerndem Kunstwerk in der Hand, einem Willkommensgeschenk, verließ Amy das Brownstone in der Upper West Side. Zum ersten Mal seit Stunden fühlte sie sich wieder unbeschwert. Die Angst und Befangenheit waren wir weggeblasen und sie freute sich schon jetzt auf morgen, ihren ersten Arbeitstag. Nachdem sie mit Annalise einige formale Dinge geklärt hatte, waren sie für eine weitere Stunde beisammen gewesen, um sich alle besser kennenzulernen. Die kleine Lilly war entzückend, ebenso Ryan, der sich jedoch etwas schwieriger aus der Reserve locken ließ. Kein Wunder, der Junge steckte mitten in der Pubertät und hatte andere Dinge im Kopf als mit drei Frauen bei Tee und Gebäck zusammenzusitzen. Während Lilly sich künstlerisch austobte, hatte Ryan den Großteil der Zeit in sein Zauberkästchen geschaut. Zwischenzeitlich wusste sie auch, was es mit diesen abgesägten Zahnbürstenköpfen auf sich hatte. Es handelte sich dabei um Minilautsprecher, die auf magische Art und Weise

Musik direkt ins Ohr zauberten. Auch wenn sie darüber staunte, hatte sie das Gefühl, dass sich Ryan dadurch nur noch mehr abschottete.

Amy verzog betrübt das Gesicht, als sie sich an den traurigen Teil ihres Gesprächs mit Annalise erinnerte. Nachdem die Kinder gefrühstückt hatten und außer Hörweite gewesen waren, hatte die ältere Frau sie endlich aufgeklärt. Ihr Gefühl und die Reaktion beim Betrachten des Familienfotos hatten sie also nicht getäuscht. Die Kinder hatten ihre Mutter durch einen tragischen Unfall verloren. Nach dieser Information und dem Beisammensein hatte sie fast vergessen, weswegen sie sich auf den Weg gemacht hat. Im Augenblick wünschte sie sich jedoch nur eins, diese Familie wieder glücklich zu sehen. Sie wollte sie im Alltag unterstützen und nebenbei Antworten für ihr eigenes Chaos finden. Mit etwas Ablenkung und einer Aufgabe, die sie zutiefst erfüllte, würde sie ihre Situation vermutlich besser meistern.

Amy lief wieder zurück zur Central Park West, an deren Ecke sich das Museum und die U-Bahn-Station befanden, und entschied sich, nach einem kurzen Blick auf Theodor Roosevelt, für einen Abstecher in den Central Park. Was sollte sie sonst tun? Bis zum Abendessen mit Peggy hätte sie genügend Zeit das heutige New York zu entdecken. Wenn sie bald mit den Kindern unterwegs wäre, war dies sicher nicht verkehrt. Trotz Sommerwetter setzte sie wieder ihr Hütchen auf und überquerte gut gelaunt die Straße zum Park.

Ob sich dort wohl immer noch die Skulpturen am *Conservatory Water* befanden? Amys Gesicht hellte sich auf, sie konnte es nun kaum mehr erwarten, Alice wiederzusehen, die man kurz vor ihrem Verschwinden eingeweiht hatte.

Sie durchstreifte den Park, beobachtete dabei fasziniert die Vögel in den Bäumen und ließ sich für einige Minuten auf einer Bank nieder – es fühlte sich genauso an wie damals. Sogar der Lärm war verschwunden. Amy schloss die Augen und genoss die Sonne auf ihrem Gesicht, so wie sie es erst letzte Woche getan hatte, als sie mit Sarah und Thomas im Park gewesen war. Natürlich nur für einen kurzen Moment, schließlich war sie im Dienst.

Erst als sie die *Bow Bridge* überquerte und ihr eine Gruppe von Teenagern mit Zauberkästchen entgegenkam, wurde sie wieder an ihre gegenwärtige Lage erinnert. Sie spürte die teils amüsierten Blicke auf sich, ließ sich dadurch jedoch nicht beirren. Na und, dann war sie eben ein Musicalstar. Es würde ihr ohnehin niemand glauben, dass sie ein Original aus den 50ern war. Amy schüttelte ungläubig den Kopf, es war alles so verrückt. Am besten dachte sie nicht weiter darüber nach.

Kurze Zeit später erreichte sie die bronzene Skulptur von Alice im Wunderland. Sie konnte nicht beschreiben, wie sehr sie sich über diesen Anblick freute. Zwar glänzte die Skulptur nicht mehr ganz so sehr in der Sonne, sie war mit der Zeit etwas matt geworden, aber sie erfreute sich nach wie vor großer Beliebtheit. Neben Alice und dem weißen Kaninchen konnte man hier auch den wütenden Hutmacher, die Grinse-Katze und sogar die Haselmaus bewundern. Während Amy in Erinnerungen schwelgte, wanderten ihre Gedanken automatisch zu Sarah und Thomas. Ob das Stadthaus in der

Upper East Side wohl noch existierte? Von hier aus war es nur ein Katzensprung, und wenn sie den Geheimweg durch die Hecke nahm, konnte sie es vom Park aus sehen.

Nein, Amy, komm ja nicht auf die Idee, das ist absolut verrückt!, rief sie sich schnell zur Vernunft. Selbst wenn die beiden noch in diesem Haus lebten, waren sie weit über Sechzig und würden beim Anblick ihrer ehemaligen Nanny auf der Stelle in Ohnmacht fallen. Nach wenigen Gehminuten erreichte Amy das *Conservatory Water*, an dem für einen Dienstagvormittag ziemlich viel los war. Vermutlich handelte es sich auch hier zum größten Teil um Besucher von außerhalb. Bereits gestern auf ihrem abenteuerlichen Weg zur Agentur war ihr aufgefallen, dass es in den Straßen nur so vor Menschen wimmelte. Aber an den Gedanken, dass Touristen aus aller Welt wie Heuschrecken in New York einfielen, musste sie sich erst noch gewöhnen. Sie konnte sich diese Invasion nur so erklären, dass mittlerweile jeder – unabhängig von Stand und Herkunft – das nötige Kleingeld für ein Flugticket nach Amerika aufbringen konnte.

Auch wenn die Schlange am Kiosk ziemlich lang war und kaum einen Blick auf das Gebäude dahinter zuließ, erkannte sie auf der gegenüberliegenden Seite des Sees das *Kerbs Memorial Boathouse*, in dem sich immer noch die Modell-Segelboote zum Ausleihen befanden.

Sie lief um den See herum und beobachtete das Treiben vor dem Stand. Sogar hier gab es – wer hätte es gedacht – Kaffee aus Pappbechern.

Amy schmunzelte, denn sie musste zugeben, dass sie immer mehr Gefallen an ihrer derzeitigen Situation fand. Es war alles so aufregend und sie spürte dieselbe Faszination wie damals, als man im Radio zum ersten Mal von dieser Weltraummission berichtet hatte. Sie musste später direkt Peggy fragen, ob es für diesen Mann auf dem Mond überhaupt irgendwelche Beweise gab. Sonst konnte sie es nicht glauben.

Ihr Blick wanderte über die Wasseroberfläche, die in der Mittagssonne glitzerte, und auf einmal fühlte sich alles richtig an – als gehörte sie genau hierhin.

Das Herz ging ihr auf, als sie die glücklichen Kinder beobachtete, die so viel Spaß mit dem Steuern von Booten hatten. Machte es überhaupt einen Unterschied, in welcher Zeit sie sich befand, solange sie immer noch eine *Midtown Nanny* war?

Nach einem schnellen Blick auf die Armbanduhr, die Peggy ihr geliehen hatte, schlüpfte sie durch die Hecke. Sie hatte alle Zeit der Welt und ein klitzekleiner Abstecher zu den Moores würde niemandem schaden.

Entschlossen überquerte sie die 5th Avenue, die direkt in die Upper East Side führte, und ignorierte Peggys mahnende Stimme, sich nicht unnötig in Gefahr zu bringen. Aber war es dafür nicht schon zu spät?

Unbewusst hielt sie die Luft an, denn auf den ersten Blick hatte sich in der East 75th Street kaum etwas geändert, sie wirkte nach wie vor sehr gepflegt und auch die Gebäude waren zum Großteil noch dieselben. Amy lief weiter, doch kurz bevor sie das Haus der Moores erreichte, erstarrte sie. Ein erschrockener Laut entwich ihrer Kehle. Nein, das konnte unmöglich sein, bestimmt spielten ihr ihre Augen einen Streich. Das kirschrote Automobil direkt vor ihrer Nase konnte unmöglich derselbe *Pontiac Bonneville* sein. Doch tief im

Inneren wusste sie, dass es sich nur um Mr. Moores verchromtes Spielzeug handeln konnte – auch wenn die elektrische Antenne, die ihr ehemaliger Arbeitgeber stets eingefahren hatte, jetzt etwas windschief in der Sonne glänzte.

Geistesgegenwärtig ging sie in Deckung, für einen Moment rechnete sie fest damit, dass Mr. Moore einfach aus dem Haus spazierte. Es war doch durchaus möglich, dass er ebenfalls in der Zukunft gelandet war – nach dieser schicksalhaften Nacht. Amys Gedanken überschlugen sich förmlich, doch letztendlich blieb ihr nur eine Möglichkeit, dies herauszufinden. Sie musste einen mutigen Blick auf das messingfarbene Klingelschild werfen, auch auf die Gefahr hin, dass man sie erkannte.

Amy atmete einmal tief durch, zog sich das Hütchen, so weit es ging, ins Gesicht und huschte die Treppen hoch. Wäre das Geländer nicht gewesen, wäre sie vermutlich vor Schreck rücklings heruntergekippt. Sie klammerte sich noch einen Augenblick an das Eisen, bis sie sich im Stande fühlte zu laufen, dann verließ sie eilig die Treppe und rannte, so schnell sie konnte, zum Park. Sie musste schleunigst zurück nach Hell's Kitchen, diese Gegend war ihr zu heiß. Nicht auszudenken, was passierte, wenn irgendjemand sie erkannte – sie wäre direkt morgen auf der Titelseite der New York Times.

Als Amy an dem Kaffeehaus unweit ihrer Wohnung vorbeikam, war ihr immer noch schwindelig. Koffein, vielleicht brauchte sie etwas Koffein und einen dieser Schokoriegel. Im Gegensatz zu gestern hatte sie heute glücklicherweise Geld dabei. Während sie in der

Schlange stand und sich innerhalb von Sekunden zwischen einem Iced Coffee und einem Frappuccino entscheiden musste – gab es überhaupt einen Unterschied? –, schwirrte ihr nach ihrem Erlebnis in der Upper East Side der Kopf.

„Vegane oder Kuhmilch?“, fragte die junge Frau hinterm Tresen.

„Kuh“, erwiderte Amy sichtlich irritiert.

„Irgendwelche Toppings?“

Amy starrte die Frau ratlos an, dann sah sie panisch zur Tafel.

„Sahne, Schokolade und Sirup?“, hakte sie unsicher nach.

So langsam hatte sie wirklich genug von diesen ganzen Entscheidungen. Konnte man heute nicht einmal einen einfachen Kaffee bestellen, ohne derart ausgefragt zu werden? Amy atmete tief durch, um sich zu beruhigen, denn erneut tauchte der Name vom Klingelschild vor ihrem geistigen Auge auf.

„Ihr Name, Miss?“ Sie hörte die Worte wie durch einen Nebel.

„Thomas“, erwiderte sie geistesabwesend, bevor sie mehrere Geldscheine auf den Tresen legte und in den Wartebereich taumelte. Sie konnte immer noch nicht glauben, dass jetzt der kleine Thomas in dem wunderschönen Stadthaus wohnte und das kirschrote Cabrio fuhr, dessen Lack wie damals in der Sonne glänzte.

„Thomas?“ Die Stimme eines Mannes, der kaum älter wirkte als Ryan und ebenfalls abgesägte Zahnbürstenköpfe im Ohr trug, holte sie in die Wirklichkeit zurück.

Amy lief zum Tresen, schnappte sich ihren Becher und verließ anschließend eilig das Kaffeehaus. Nach wenigen Minuten erreichte sie endlich die Seitenstraße, in der sich ihre Wohnung befand. Der eiskalte Kaffee mit dreifachem Topping hatte ihren Kreislauf eindeutig wieder in Schwung gebracht und gehörte bereits jetzt zu ihren Lieblingserfindungen des 21. Jahrhunderts. Sie holte den Schlüssel hervor, schloss auf und leerte den Briefkasten. Heute befand sich darin allerdings kein Brief der Agentur, sondern ein buntbedruckter Flyer. Sie schüttelte über den Mann mit Kochmütze und dickem Schnurrbart amüsiert den Kopf, weil er sie ein wenig an Mr. Lombardi erinnerte. Nur jonglierte dieser Herr nicht mit Orangen, sondern schwang den Teigling einer Riesenpizza über seinem Kopf. Was für ein hübsches Geschenk, sie würde es gleich zusammen mit Lillys Glitzerbild in der Küche aufhängen.

Amy lief schnell die Stufen hinauf und öffnete die Tür zur Wohnung. Nachdem sie ihren Hut und die Bilder auf der Kommode abgelegt hatte, saugte sie ein letztes Mal am Strohhalm. Sie musste Peggy unbedingt fragen, was es mit diesen veganen Kühen auf sich hatte. Sie hatte zwar schon von dieser pflanzlichen Bewegung gehört, konnte es aber nicht wirklich glauben. Allein der Gedanke, für immer auf Milch und Käse zu verzichten ...

Aber vielleicht war es mittlerweile auch möglich, tierische Produkte rein industriell zu fertigen. Nach den letzten vierundzwanzig Stunden würde sie auch das nicht wundern.

Das Läuten der Türklingel riss sie aus den Gedanken und sie warf einen vorsichtigen Blick durch den Spion. Es war Peggy, die leicht verärgert im Treppenhaus stand. Mist, bestimmt hatte ihre Freundin bereits Verdacht geschöpft und gemerkt, dass sie, entgegen ihrer Abmachung, die Wohnung verlassen hatte.

„Will ich wissen, warum du einen Pappbecher mit dem Namen Thomas in der Hand hältst?", fragte die alte Dame ohne Umschweife, als sie die Wohnung betrat und dabei eine Augenbraue hob.

„Ich habe nur etwas Luft geschnappt und mir auf dem Rückweg das hier mitgebracht", erwiderte Amy mit einem stolzen Lächeln. Peggy würde ihr den Kopf abreißen, wenn sie erfuhr, dass sie bei diesem Bewerbungsgespräch gewesen war. Mal ganz zu schweigen von ihrem Abstecher bei den Moores.

„Fein, aber das erklärt immer noch nicht den Namen auf dem Becher." Peggy verzog nachdenklich den Mund, ehe sie nachhakte. „War Thomas nicht der Name von diesem Jungen? Ja genau, Thomas und Sarah, sie waren Zwillinge." Peggy kniff argwöhnisch die Augen zusammen. „Sag mir nicht, dass ihr heute zusammen bei Starbucks wart und du seinen Becher als Andenken aufbewahrst."

Amy lachte nervös. „Nein, natürlich nicht, was denkst du nur von mir." Also so dumm war sie nun wirklich nicht, dass sie einfach bei dem armen Jungen klingelte, um ihn dreiundsechzig Jahre später auf einen Kaffee auszuführen. Sie atmete tief durch, ehe sie kleinlaut antwortete. „Ich war nur zufällig in der Gegend und habe mir das Ganze mal von außen angeschaut. Stell dir vor, Thomas wohnt jetzt dort und fährt den *Pontiac Bonneville* seines Dads."

„Du warst zufällig in der Gegend?" Peggy schüttelte fassungslos den Kopf. „Es hätte weiß Gott was passieren können. Bist du etwa zu Fuß bis hoch zur 75th Street gelaufen?"

„Aber nein, ich habe natürlich die U-Bahn genommen", erwiderte Amy voller Stolz. „Ein netter junger Mann hat mir dabei geholfen, ein Ticket zu lösen. Diese neuen Automaten sind einfach zu kompliziert."

„Amy, ich möchte nicht, dass du dich unnötig in Gefahr bringst." Tränen traten in Peggys Augen. „Wenn jemand mitbekommt, dass du in den letzten sechs Jahrzehnten keinen einzigen Tag gealtert bist, haben wir ein riesiges Problem!"

Peggy hatte recht. Die Presse würde sich auf sie stürzen, ebenso das Militär – im schlimmsten Fall nahm man im Dienste der Wissenschaft Untersuchungen und Experimente an ihr vor!

Das Klingeln an der Tür ließ sie zusammenzucken und löste Schweißausbrüche in ihr aus.

„Alles gut, das ist nur der Lieferdienst", winkte Peggy beruhigend ab und öffnete die Tür.

Amy verfolgte mit großen Augen, wie ihnen ein junger Mann, einfach so, zwei Pizzen samt einer großen Flasche Koffein-Brause schenkte. Heute war eindeutig ihr Glückstag. Sie hatte nicht nur einen neuen Job gefunden und Thomas besucht, sondern sich im Kaffeehaus ganz alleine einen Frappuccino mit Dreifach-Topping gekauft.

Amy schüttelte sich kurz, dann eilte sie Peggy zu Hilfe.

„Ich dachte, wir gönnen uns heute Abend mal 'ne leckere Pizza und etwas Nostalgie. Wie wär's mit Bobby

Darin?" Die alte Dame zwinkerte ihr verschwörerisch zu.

Amys Gesicht hellte sich schlagartig auf. Was würde sie jetzt dafür tun, ihren Lieblingssänger zu hören. Nur gab es da ein kleines Problem. Sie besaß weder einen Plattenspieler, noch konnte sie sich vorstellen, dass man seine Songs nach dieser langen Zeit im Radio spielte.

Peggy jedoch hatte, was das anging, wohl keine Bedenken. Amy verfolgte wie ihre Freundin auf dem Sofa Platz nahm und anschließend ihr Zauberkästchen zückte. Nach einigen Augenblicken, in denen sie darauf herumgewischt hatte, lehnte sie es an die Zwei-Liter-Flasche voll Brause.

Amy klappte der Mund auf, als sie ihren Liebling kurz darauf nicht nur hörte, sondern auch sah – live und in Farbe. Es handelte sich um eine Aufzeichnung aus der *Ed Sullivan Show*. Wie war so etwas möglich? Ergriffen legte sie die Hand auf die Brust und ließ ihren Tränen freien Lauf. Okay, sie musste zugeben, dass sie diese Zauberkästchen etwas vorschnell verteufelt hatte. Aber woher sollte sie denn wissen, dass man mit ihnen auch die Vergangenheit zurückholen konnte?

Mit einem zufriedenen Lächeln klappte sie ihren Karton auf und schnappte sich ein Stück Pizza, die so köstlich duftete, als hätte Mrs. Lombardi von gegenüber sie höchstpersönlich gebacken.

„Mmh, wie lecker, und beinahe so gut wie damals", murmelte sie mit vollem Mund, während sie das Zauberkästchen nicht aus den Augen ließ. Mittlerweile hatte Bobby die Bühne verlassen und für eine Gruppe mit schlechter Laune Platz gemacht. Besonders grimmig wirkte der langhaarige Sänger, der nun Grimassen schnitt und bedrohlich in die Kamera starrte.

„Die kennst du ja noch gar nicht. Das sind die Stones", klärte Peggy sie nach einem Blick aufs Handy auf. „Die wurden erst in den Sechzigern gegründet."

„Oh", bemerkte Amy leicht verwirrt, als ihr klar wurde, wie viel sie verpasst hatte.

„Was hältst du davon, wenn wir morgen zusammen einkaufen gehen und dich neu ausstatten?", fragte Peggy kurze Zeit später.

Wie gerne wäre sie mit ihrer Freundin zum Shopping gegangen, doch sie konnte nicht. In diesem Moment fiel ihr auch wieder ein, dass sie dringend einen neuen Wecker brauchte. Sie wollte an ihrem ersten Arbeitstag doch nicht verschlafen.

„Amy?", hakte Peggy gutmütig nach.

„Oh, ich fürchte, ich kann morgen nicht, und den Rest der Woche leider auch nicht. Könntest du mir vielleicht freundlicherweise deinen Wecker leihen?"

„Okay, jetzt machst du mich aber neugierig. Einen Wecker?", bemerkte Peggy amüsiert. „Was hast du denn so Wichtiges vor, dass du auf deine allerbeste Freundin und eine neue Garderobe verzichten willst?"

Am besten war es wohl, wenn sie einfach mit der Wahrheit herausrückte, früher oder später kam sowieso alles ans Licht. Nervös nagte sie an ihrer Lippe, während sie die alte Dame schuldbewusst ansah und dann endlich die Bombe platzen ließ.

6

Alex

Alex sah sich ein letztes Mal im Wohnzimmer um. Perfekt, heute wirkte es hier nicht mehr ganz so chaotisch wie gestern. Er hatte die Kissen auf dem Sofa aufgeschüttelt, den Couchtisch leer geräumt und diesen anschließend sogar feucht abgewischt. Er konnte sich nicht erinnern, wann er dies zuletzt getan hatte. Lillys Malbücher und Stifte hatte er in einem freien Fach im Bücherschrank verstaut, ebenso die Schale mit den Schokoriegeln. Schluss, mit den ungesunden Snacks am Nachmittag. Miss Applebee hatte sicher gesündere Alternativen auf Lager.

Alex schmunzelte, als er sich an die Reportage erinnerte, von der seine Mutter neulich erzählt hatte. Darin war es um das *Norland College* in England gegangen, in dem Elite-Kindermädchen ausgebildet wurden. Diese konnten nicht nur kochen, waschen und bügeln, sondern wussten auch über die Themen Psychologie, Recht und Finanzen Bescheid. Okay, diese Nannies arbeiteten nach ihrem Abschluss auch im Buckingham

Palace oder für Menschen, die sich diese „Zusatzqualifikationen" einiges kosten ließen. Ihm dagegen genügte es völlig, wenn die neue Nanny ein großes Herz hatte und seine Kinder zum Lachen brachte. Besonders Ryan schlich seit Monaten nur noch bedrückt durchs Haus. Dabei hatte er schon alles probiert. Sie hatten sich sogar gemeinsam den neuesten Teil von *Bad Boys* angesehen, doch dieses Mal konnte sein Sohn über die beiden Polizisten überhaupt nicht lachen. Und mit anderen Filmen brauchte er ihm – in diesem Alter – auch gar nicht kommen.

„Ist sie schon da?", fragte Lilly mit ehrfürchtiger Stimme, als sie ins Wohnzimmer kam und sich dabei neugierig umsah.

„Guten Morgen, mein Schatz. Nein, noch nicht, aber es müsste jeden Moment so weit sein."

Er drückte seiner Tochter einen Kuss auf die Stirn, ehe er fragte: „Lust auf Pancakes mit Sirup?"

Die Kleine schien kurz zu überlegen, bevor sie diplomatisch antwortete: „Mmh, ich denke, ich warte lieber auf Amy."

Alex lachte herzhaft. Okay, er hatte verstanden. Nach seinen letzten Versuchen wollte ihm seine Tochter, was die Zubereitung von Pancakes anging, wohl keine weitere Chance mehr geben.

„Na gut, dann warten wir, bis Miss Applebee kommt, und hoffen, dass sie sich dabei geschickter anstellt. Ehrlich gesagt, habe ich gar nicht gefragt, ob sie uns auch Frühstück macht." Fürs Erste war er schon einmal damit zufrieden, seine Kinder in guter Obhut zu wissen. Die Beschaffung von Nahrung war seine kleinste Sorge, wozu sonst gab es Lieferdienste?

„Grandma hat alles mit ihr besprochen", klärte Lilly ihren Vater freudestrahlend auf. „Stell dir vor, sie macht die Pancakes sogar selbst – ohne dieses Pulver."

Alex zuckte schuldbewusst zusammen, denn aus Mangel an Zeit und Erfahrung hatte er in den letzten Wochen immer die Fertigpackung gewählt und nicht einmal das richtig hinbekommen.

„Das hört sich doch toll an", erwiderte er ebenso erfreut wie seine Tochter. Das Frühstück war die wichtigste Mahlzeit des Tages und dafür war ab jetzt gesorgt.

Lilly lächelte durch ihre Zahnlücke. „Dann zieh ich mich schnell um. Darf ich heute mein neues Kleid tragen?"

Alex sah seine Tochter liebevoll an. Sie wirkte mit ihren zerzausten Haaren und dem *Frozen*-Schlafanzug noch ziemlich verschlafen.

„Natürlich. Kommst du klar oder soll ich dir helfen?", hakte er sicherheitshalber nach, denn für gewöhnlich legte er ihr immer die Klamotten raus und kämmte das verknotete Haar.

„Ich schaff das schon, Dad", erwiderte sie mit einem breiten Grinsen und stürmte kurz darauf aus dem Wohnzimmer.

Für einen Augenblick überlegte er, ob er Ryan wecken sollte oder ihn doch lieber weiter schlafen ließ. Natürlich war ihm nicht entgangen, dass sein vierzehnjähriger Sohn bis in die Nacht hinein gezockt hatte. Da gerade Sommerferien waren, sah er es nicht so streng. Außerdem waren Ryans Freunde ebenfalls täglich online, und da wollte Alex nicht mit irgendwelchen Verboten kommen, die seinen Sohn ausschlossen. Dazu kam, dass er nicht ausgerechnet an Nanny Applebees erstem Tag einen mürrischen Teenager heraufbeschwören wollte.

Das Läuten der Klingel holte ihn aus seinen Gedanken. Aus irgendeinem Grund war Alex, als er zur Tür lief, mächtig nervös. Bestimmt lag es daran, dass er seine Kinder bisher noch nie einer ihm fremden Person anvertraut hatte und ihm erst jetzt so richtig bewusst wurde, dass er in den nächsten Stunden keine Kontrolle hatte. Er musste Ryan, bevor er das Haus verließ, noch einmal einbläuen, dass er ihn jederzeit anrufen konnte.

Er schüttelte über sich selbst den Kopf, als ihm klarwurde, dass es seine Angst vor einem weiteren Verlust war, die ihn einholte, und nicht die junge Frau, die hinter der Tür auf ihn wartete. Er atmete einmal tief durch, dann machte er mit einem Lächeln auf.

„Guten Morgen, Miss Applebee. Kommen Sie bitte rein."

Alex' Stimme klang trotz seiner Aufregung ruhig.

„Guten Morgen, Mister Carmichael. Ist heute nicht ein wunderschöner Sommertag?", begrüßte sie ihn mit leuchtenden Augen. Es war, als hätte er mit dem Öffnen der Tür das Leben ins Haus gelassen.

„Sogar Theodor Roosevelt auf seinem Pferd scheint heute in bester Laune zu sein."

Roosevelt? Es dauerte einen Moment, bis er verstand, dass sie gerade über die Statue vor dem Naturkundemuseum sprach.

„Tatsächlich?", erwiderte er etwas stumpfsinnig. Ehrlich gesagt, hatte er keine Ahnung, wie die Mimik des

Präsidenten war. Er verfolgte, wie die Nanny ihre Kostümjacke ablegte und diese zusammen mit ihrem Hütchen an den freien Haken der Garderobe hängte, die er endlich ausgemistet hatte. Es war höchste Zeit gewesen, denn aus dem Großteil der Jacken waren die Kinder längst herausgewachsen.

„Schlafen Lilly und Ryan noch?", flüsterte sie nun so leise, dass er sie kaum verstand.

„Ryan schläft noch, aber Lilly ist bereits wach", erwiderte er ebenfalls im Flüsterton, was die Situation auf einmal seltsam intim werden ließ. Sein Blick fiel auf ihr kastanienbraunes Haar, das sie wieder ordentlich hochgesteckt hatte. Kurz fragte er sich, ob die adrette Frisur ebenfalls eine Vorgabe der Agentur war oder ob sie dies aus rein praktischen Gründen tat. Er musste zugeben, dass nicht einmal das altbackene Schwesternkleid mit weißem Kragen, das sie heute trug, etwas an ihrer erfrischenden Art änderte – an jeder anderen Frau hätte das biedere Kostüm matronenhaft gewirkt, aber zu ihr passte es.

„Miss Applebee!" Lilly hüpfte in ihrem gelben Sommerkleid die Treppe hinunter. Sofort fiel Alex auf, dass sie zur Feier des Tages nicht nur in ihr neues Lieblingskleid geschlüpft war, sondern auch einige Armbänder am Handgelenk trug. Ins Haar hatte sie sich eine Schleife gebunden, die jedoch etwas windschief war.

„Hallo, Lilly. Du siehst entzückend aus!"

Amys Gesicht hellte sich beim Anblick seiner Tochter sofort auf. Mit einem seltsamen Kribbeln im Bauch verfolgte Alex, wie sich die beiden gegenseitig bewunderten und kurz darauf in die Arme fielen, als kannten sie sich schon ein ganzes Leben lang.

Unwillkürlich wanderte sein Blick zur Bildergalerie über der Treppe und sein Herz wurde schwer. Megan wäre sicher sehr glücklich über dieses Arrangement, auch wenn ihn der Anblick und die Notwendigkeit einer Nanny wieder schmerzlich an seinen Verlust erinnerten.

„Miss Applebee, können wir zusammen Frühstück machen?", fragte Lilly mit aufgekratzter Stimme.

Amy drehte sich zu ihm um, als wolle sie ihn erst um Erlaubnis bitten, doch er nickte nur, unfähig, etwas zu sagen. Der Kloß in seinem Hals war einfach zu groß. Miss Applebee schenkte ihm ein aufmunterndes Lächeln und verschwand mit seiner Tochter kurz darauf im angrenzenden Wohnzimmer, das direkt in die offene Küche überging.

Alex atmete einmal tief durch und es gelang ihm, sich wieder zu beruhigen. Für einige Zeit lauschte er, wie sich die beiden angeregt unterhielten, bis Lilly eine Passage aus ihrem Lieblingsfilm *Frozen* anstimmte. Sein Mund verzog sich dabei zu einem Lächeln. Er vernahm geschäftiges Geklapper und kurz darauf den Duft von Eiern und gebratenem Speck. Wie lange hatte er im Eingangsbereich gestanden und vor sich hingeträumt? Im Gegensatz zu seinen Kindern hatte er noch keinen Urlaub und musste in die Kanzlei. Nach einem schnellen Blick auf die Uhr wusste er, dass ihm noch eine halbe Stunde blieb. Wenigstens war er heute so vorausschauend gewesen und hatte seine Termine um zwei Stunden nach hinten verlegt.

Ein Knarzen auf der Treppe ließ ihn aufschauen. Beim Anblick seines Sohnes, der verschlafen immer noch genauso aussah wie Megans kleiner Junge, setzte sein Herz für einen Schlag aus.

„Na, schon wach?", fragte er mit einem liebevollen Lächeln.

Anstatt einer Antwort kam nur ein müdes Brummen. Anschließend fuhr sich der Teenager durchs Haar, das dringend geschnitten werden musste.

Vielleicht gelang es der Nanny, ihn zu überzeugen.

„Riecht es hier etwa nach Bacon?" Ryans Gesicht hellte sich bei dieser Frage auf.

Alex verzog den Mund zu einem Schmunzeln. Okay, somit wäre die wichtigste Frage des Tages geklärt. „Mmh, Miss Applebee und Lilly machen Frühstück."

Überrascht hob Ryan eine Augenbraue und kam langsam die Treppe herunter. Anstelle eines Schlafanzugs trug er Shorts und ein ausgewaschenes T-Shirt der New York Yankees. „Sie kocht auch für uns?"

„Ich denke, sie wird uns bei allem Möglichen unterstützen."

„Das heißt, es gibt auch Mittag- und Abendessen?", fragte Ryan mit großen Augen.

Ein herzhaftes Lachen entwich Alex. „Nein, zum Abendessen bin ich wieder zurück, und was das Mittagessen angeht, bin ich ehrlich gesagt überfragt." Er würde Miss Applebee zumindest etwas Bargeld und eine seiner Kreditkarten dalassen. Mit Sicherheit hatte sie bereits etwas für den sommerlichen Tag geplant – immerhin strahlte Roosevelts Statue mit der Sonne um die Wette.

„Dann zieh ich mir besser was an", erwiderte Ryan und verschwand wieder im Obergeschoss.

Alex' Mund verzog sich zu einem Lächeln, denn für gewöhnlich nahm es sein Sohn beim Frühstück mit der Garderobe nicht so genau. Schmunzelnd betrat er das Wohnzimmer, wo er überrascht mitten im Zimmer stehen blieb. Die Frühstücksteller standen nicht wie sonst auf der Kücheninsel, an der sie die meiste Zeit aßen, oder gar auf dem Couchtisch, nein der Esstisch war liebevoll gedeckt worden und wirkte mit der reichhaltigen Auswahl so einladend wie seit Monaten nicht mehr. Miss Applebee hatte nicht nur Servietten verteilt und jedem ein Glas Orangensaft eingeschenkt, sondern auch eine Kerze angezündet, die dem Raum schlagartig noch mehr Gemütlichkeit bescherte. Er entdeckte die Teekanne, die Megan früher oft benutzt hatte, und sogar die maritimen Salz- und Pfefferstreuer, die sie während ihres letzten gemeinsamen Urlaubes auf Cape Cod gekauft hatten. Alex trat näher, gerade als Lilly mit einer Platte Bacon aus der Küche kam.

„Sieht der Tisch nicht toll aus? Miss Applebee hat die Servietten sogar zu Tulpen gefaltet!" Lilly strahlte ihn übers ganze Gesicht an.

Erst jetzt erkannte er, dass es sich tatsächlich um kleine Blüten handelte. Sein Blick wanderte zu Amy, die in diesem Moment den Backofen öffnete und ein ganzes Blech mit Brötchen hervorholte. Kurz fragte er sich, wie sie diese so schnell gebacken hatte, dann erkannte er, dass es sich um die Aufbackbrötchen handelte, die er vor einiger Zeit selbst besorgt und schlichtweg im Gefrierschrank vergessen hatte.

Amy drehte sich mit einem zufriedenen Lächeln um und zuckte zusammen, als sie ihn direkt hinter der Kücheninsel entdeckte.

„Oh, tut mir leid, ich wollte Sie nicht erschrecken." Alex verzog entschuldigend das Gesicht, ehe sein Blick auf ihre geblümte Schürze fiel. Kurz musste er schmunzeln, weil sie sogar daran gedacht hatte, eine eigene Schürze einzupacken. Aus irgendeinem Grund erinnerten ihn die vanillegelben Butterblumen darauf an eine typische Hausfrau aus den Fünfzigerjahren.

„Ich hoffe, es ist okay, dass ich einfach den Kühlschrank geplündert habe", erwiderte sie peinlich berührt.

Entschuldigte sie sich gerade wirklich dafür, dass sie Frühstück gemacht hatte? Er musste sich entschuldigen, weil er sie einfach ins kalte Wasser geschmissen hatte, ohne ihr zu zeigen, wo sie alles finden konnte.

„Aber klar, fühlen Sie sich wie zu Hause ... und es duftet köstlich hier."

Über Amys Gesicht huschte ein erleichtertes Lächeln, dann begann sie damit, die Brötchen in ein Körbchen zu legen.

„Wow, richtiges Frühstück!" Die Überraschung in Ryans Stimme war unüberhörbar. Der Teenager, der mittlerweile in kurzen Hosen und einem frischen T-Shirt steckte, kam näher und nahm direkt am Tisch Platz.

Alex schüttelte über Ryans Manieren den Kopf, dann räusperte er sich. „Ähm, hast du nicht was vergessen?"

„Oh, ja", fiel es dem Teenager wieder ein, dann stand er eilig auf und kam zum Tresen. „Hallo, Miss Applebee." Er grinste sie schief an.

„Guten Morgen, Ryan, na hast du gut geschlafen?"

„Mmh, geht so, mein Kumpel und ich haben nur zu lange TWD gezockt."

Alex, der Amys verwirrten Blick erkannt hatte, klärte sie lächelnd auf. „Ein Videospiel, in dem man Zombies abschießt."

Okay, ihrem schockierten Gesichtsausdruck nach zu urteilen, missbilligte sie wohl jegliche Art von Videospielen. Ryan würde sich in nächster Zeit vom stundenlangen Zocken verabschieden müssen, denn ab sofort gab es hier ganz sicher ein anderes Freizeitprogramm. Apropos Freizeitprogramm. Alex zog seinen Geldbeutel aus der Gesäßtasche und holte die goldene American Express-Card und ebenso etwas Bargeld heraus. „Ehrlich gesagt, habe ich meine Mutter gar nicht mehr gefragt, wie Sie miteinander verblieben sind." Er legte beides auf den Tresen. „Bitte scheuen Sie sich nicht, die Karte jederzeit zu benutzen, wenn Sie unterwegs sind und etwas brauchen. Egal was, Eintrittsgelder, Essen ..."

„Oder Zuckerwatte im Park?", fragte Lilly hoffnungsvoll.

Alex schmunzelte. „Ja, von mir aus auch Zuckerwatte im Park."

„Wie wär's mit einem neuen Spiel?", bemerkte Ryan grinsend und ging dabei in Deckung.

„Nein, aber wie wär es mit einem Friseurbesuch?" Alex zwinkerte ihm zu.

Ryan schüttelte über seinen Dad den Kopf und setzte sich zurück an den Tisch.

„Ich werde das Geld gut einteilen, damit ich lange damit haushalten kann." Sie nahm die Scheine und verwahrte sie sicher in ihrem Täschchen.

„Du hast die Karte vergessen!", erinnerte Lilly die Frau mit aufgeregter Stimme.

„Oh, danke, mein Schatz."

Alex verfolgte, wie die junge Frau das goldene Kärtchen mit skeptischem Blick zwischen den Fingern drehte und es dann ebenfalls einsteckte.

Okay, er hatte noch nie erlebt, dass sich eine Frau, wenn sich ihr die Gelegenheit bot, derart gegen eine goldene Kreditkarte sträubte.

Zusammen mit Amy und Lilly nahm er ebenfalls am Esstisch Platz und das mulmige Gefühl, das er noch am Morgen empfunden hatte, wich immer mehr. Lilly war geradezu vernarrt in Miss Applebee und auch Ryan hatte heute ganz offensichtlich beschlossen, am Familienleben teilzunehmen, statt seiner Playlist auf Spotify zu folgen.

***

Selbst Stunden später, als Alex aus der Mittagspause in die Kanzlei zurückkehrte, konnte er immer noch nicht glauben, dass sie tatsächlich eine Nanny gefunden hatten.

„Und, wie sieht sie aus?" Craig, sein Kollege, der den ganzen Vormittag im Gericht verbracht hatte und zwischenzeitlich im Büro eingetroffen war, sah ihn erwartungsvoll an. „Eine zweite Nanny Fine, mit engem Minirock und Lockenmähne?" Er wackelte frech mit den Augenbrauen.

Alex schüttelte genervt den Kopf. Hätte er seinem Kollegen mal lieber nicht so viel erzählt. Auch wenn er ein großer Fan von Nanny Fine war, ärgerte es ihn, dass für Craig die Frage nach dem Aussehen wohl am wichtigsten war. Im Grunde war es ihm egal, ob die Nanny brünett, blond, schlank oder kurvig war, solange sie

Lilly nicht im Park vergaß oder Ryan die Haare grün färbte. Okay, die Chemie musste auch noch passen und dazu ein liebevoller Umgang. Sein Mund verzog sich zu einem Lächeln, denn diese Voraussetzungen hatte sie bereits am ersten Morgen alle erfüllt. Am liebsten hätte er noch länger mit seinen Kindern am Frühstückstisch verweilt und Nanny Applebees Geplapper zugehört, das sogar Ryan öfters ein Schmunzeln entlockt hatte. Er konnte sich nicht erinnern, wann er seinen Sohn zuletzt dabei ertappt hatte.

„Also doch eine Fran", fuhr Craig mit einem süffisanten Grinsen fort.

Alex sah den jungen Mann missbilligend an, denn es ärgerte ihn auf einmal sehr, dass sein Kollege so über Miss Applebee sprach. Die junge Frau war – sowohl innen wie außen – das komplette Gegenteil der TV-Nanny.

Aber eines hatten die beiden gewiss gemeinsam. Die fröhliche Art und diese kindliche Begeisterungsfähigkeit, die, wie er zugeben musste, sehr ansteckend war.

Craig drehte sich wieder um, offensichtlich hatte er gecheckt, dass das Thema für ihn erledigt war. Alex schaltete den Rechner an und schnappte sich die Akte seines neuen Mandanten, der ernsthaft glaubte, dass er ihn ganz ohne Unterhaltszahlungen aus dieser gescheiterten Ehe herausholen konnte. Dieser Mann war eher ein Fall für Craig, denn sein Kollege – der selbst frisch geschieden war – hatte im Gegensatz zu ihm keinerlei Mitleid mit weinenden Noch-Ehefrauen.

Das Klingeln seines Handys holte ihn aus den Gedanken und nach einem kurzen Blick aufs Display erkannte er, dass es Ryans Handynummer war. Für einen

Moment rechnete er mit dem Schlimmsten, denn es war noch nie vorgekommen, dass ihn sein Sohn während der Arbeit angerufen hatte.

„Ryan?" Sein Herz schlug ihm bis zum Hals, als er das Gespräch annahm.

„Amy Applebee, am Apparat. Ryan war so nett, mir sein Zauberkästchen zu leihen", sprudelte es aus der jungen Frau heraus.

„Miss Applebee?" Er erschrak darüber, wie panisch seine Stimme klang. „Ist irgendetwas passiert?"

„Oh, nein, alles bestens", erwiderte sie schnell. „Ich wollte Sie nur informieren, dass mir ein kleines Missgeschick passiert ist, mit diesem goldenen Kärtchen."

„Sie meinen die Kreditkarte?", hakte er vorsichtig nach, gleichzeitig fiel ihm ein Riesenstein vom Herzen, als er seine Kinder im Hintergrund kichern hörte.

„Ja, genau, die goldene Express. Mmh, wo fange ich jetzt am besten an?"

7

Amy

„In den Park?" Ryan verzog das Gesicht, als hätte man ihm gerade gesagt, dass er an seinem freien Tag zusätzliche Hausaufgaben machen sollte.

„Ja, das Wetter ist herrlich heute!", erwiderte Amy mit fröhlicher Stimme, als sie die letzten Teller abtrocknete und zurück in den Schrank räumte.

„Oder wir gehen ins Museum, Ryan liebt Dinosaurier", bemerkte Lilly diplomatisch, die Amy seit dem Frühstück nicht mehr von der Seite wich.

Ryan, der auf der Couch lag, schenkte seiner kleinen Schwester einen grimmigen Blick, ehe er sich wieder auf sein Zauberkästchen konzentrierte.

Lilly ließ sich jedoch nicht beirren und fuhr mit munterer Stimme fort. „Und was ist mit Jurassic World? Den Film hast du mehrmals gesehen und auch ein T-Shirt davon."

„Das ist doch was komplett anderes", brummte der Teenager verständnislos. „Ihr könnt ja ins Museum gehen, ich bleib hier."

Amy zog sich die Schürze aus und ging mit einem nachsichtigen Lächeln auf den Jungen zu. Sie konnte gut verstehen, dass er nicht dieselben Interessen hatte wie seine kleine Schwester. Zwischen den beiden lagen immerhin acht Jahre Unterschied. Selbst bei Sarah und Thomas, die im selben Alter gewesen waren, war es schon schwer genug gewesen, eine Beschäftigung zu finden, die beide interessierte. Sarah spielte am liebsten mit ihren Puppen und Thomas mit seiner geliebten Holzeisenbahn. Aber bei gemeinsamen Ausflügen hatten sie sich immer zusammengerauft und jedes Mal einen tollen Tag verbracht. Sie hoffte sehr, dass ihr das auch jetzt gelingen würde. Nur hatte sie dieses Mal ein klitzekleines Problem. Sie wusste nicht, was kleine Mädchen aktuell am liebsten spielten, von brummigen Teenagern mal ganz zu schweigen. Aber eines war sicher – mit Murmeln brauchte sie ihm erst gar nicht kommen. Obwohl die Jungs in ihrer Straße im selben Alter gewesen waren und täglich damit spielten. Allerdings gab es damals auch keine Zauberkästchen.

Amy nahm neben Ryan auf der Couch Platz und verzog beim Anblick des Geräts das Gesicht. „Gibt es denn auch etwas anderes, was dir Spaß macht?"

Als Antwort zuckte Ryan nur mit den Schultern.

„Lass es uns doch heute einfach mal ausprobieren, und wenn es dir nicht gefällt, dann lass ich dich ab morgen in Ruhe", schlug Amy versöhnlich vor und wusste, dass sie sich mit diesem Deal mächtig aus dem Fenster lehnte.

Überrascht sah Ryan auf. „Wirklich? Und ich muss dann nie wieder mit in den Park oder ins Museum?"

Amy nickte zustimmend.

„Okay, auf was warten wir dann noch?" Ryan hatte es plötzlich eilig, endlich aus dem Haus zu kommen.

Amy schenkte ihm ein zufriedenes Lächeln und stand auf. „Prima dann ab ins Museum."

Nun konnte sie es selbst kaum mehr erwarten, endlich zu sehen, was sich in dem Gebäude alles verändert hatte. Der futuristische Anbau, der aus einem gläsernen Würfel und einer schwebenden Kugel bestand, war auf jeden Fall neu und beherbergte im Inneren ein Planetarium. Ob dieses *Center for Earth and Space* wohl auch einige Informationen über die NASA und ihre Rakete bereithielt?

Schnell packte sie wie früher bei den Moore-Zwillingen eine kleine Tasche mit Proviant. Sicher war sicher, denn von Sarah und Thomas wusste sie, dass Ausflüge immer sehr durstig machten. Außerdem waren die Getränke im Museum, wenn sie sich recht entsann, schon immer viel zu teuer gewesen. Daran hatte sich bis heute auch sicher nichts geändert. Mr. Carmichael würde gewiss darüber staunen, wie gut sie mit seinem Geld haushaltete.

Amys Körper kribbelte voller Vorfreude, als sie das Brownstone kurze Zeit später in Richtung Central Park verließen, an dessen Ecke sich das Naturkundemuseum befand. Mit Lilly an der Hand fühlte sie sich beinahe wieder so unbeschwert wie noch vor einer Woche mit den Zwillingen. Ein einziges Mal war sie mit den beiden ebenfalls im Museum gewesen, doch für einen weiteren Besuch war es schlichtweg zu teuer. Mr. Moore hatte sich klar ausgedrückt und ihr vorausschauend das Budget gekürzt. *Sein Cabrio musste ja schließlich finanziert werden,* schoss es ihr zynisch durch den Kopf. Amy schüttelte die jüngsten Erinnerungen an ihren ehemaligen Arbeitgeber ab. Sie wollte nicht mehr an ihn und die Geschehnisse aus jener Nacht denken. Selbst jetzt, Tage später, schämte sie sich wegen des obszönen Ausdrucks, mit dem er ganz unmissverständlich den Geschlechtsakt zwischen Mann und Frau bezeichnet hatte.

Mr. Moore war Vergangenheit im wahrsten Sinne des Wortes – er konnte ihr nichts mehr antun. Und wenn er doch irgendwo auftauchen sollte, bekam er es mit Peggy zu tun – oder mit Mr. Carmichael.

Bestimmt würde ihr neuer Boss ihn in die Schranken weisen. Allein die Vorstellung brachte sie zum Lächeln.

Amy passierte mit den Kindern den neuen Glasanbau, der sich am Ende ihrer Straße befand, dann bogen sie ums Eck.

„Hallo, Theodor", rief Amy entzückt, als sie Roosevelt auf dem Pferd entdeckte, und erntete daraufhin von Ryan einen verständnislosen Blick. Der Teenager musste sie spätestens jetzt für leicht verrückt halten – wenn er es nicht schon seit einer Stunde tat.

Ihr waren – als sie mit Lilly die Küche aufgeräumt hatte – einige Anekdoten aus der Zeit mit Sarah und Thomas herausgerutscht – sie bereute es schon jetzt. Besonders die Geschichte mit dem kalten Braten und der *Ed Sullivan Show*. Sie hoffte nur, dass Ryan seine abgesägten Zahnbürstenköpfe bis zum Anschlag aufgedreht und noch nie etwas von Bobby Darin gehört hatte.

Lilly dagegen grinste sie auf ihre einseitige Begrüßung hin schief an und wirkte im Vergleich zu gestern Morgen wie ausgewechselt. Ja, es war richtig gewesen, diesen Job anzunehmen – auch wenn Peggy sie für verrückt erklärt hatte. Zumindest am Temperament ihrer besten Freundin hatte sich in den letzten dreiundsechzig Jahren rein gar nichts geändert.

Amy lief mit den beiden die Treppen hinauf und passierte die Drehtür. Schon in der Eingangshalle im neugotischen Stil mit seinen stuckverzierten Decken und den meterhohen Säulen wurden sie von einem riesigen Dinosaurierskelett begrüßt, das auf seinem Podest ziemlich beeindruckend wirkte. Amy kaufte drei Eintrittskarten in bar und verstaute das Wechselgeld im Täschchen. Nach einem Blick auf den Lageplan wurde ihr schnell klar, dass sie unbedingt ein zweites Mal herkommen mussten. Das Museum erstreckte sich über vier Stockwerke und beherbergte weit über 30 Millionen Objekte und Exponate aus der Steinzeit bis ins Zeitalter der Raumfahrt. Ein Großteil davon wurde aus Platzgründen nicht einmal ausgestellt und bis zur Verwendung sicher eingelagert.

Das wusste sie aus erster Hand. Peggy hatte sich damals mit einem gewissen Dr. Alan Strand getroffen, einem Paläontologen und wissenschaftlichen Mitarbeiter der Forschungsanstalt des Museums. Ob er wohl noch am Leben war? Wohl kaum, schon damals war er mit seinen vierzig Jahren wesentlich älter als Peggy gewesen und mittlerweile wohl selbst zu einem seiner geliebten Fossilien geworden. Wehmut überkam Amy, denn er war immer sehr nett zu ihr gewesen und hatte ihr immer gerne Auskunft gegeben, wenn sie durch die Ausstellungshallen gestreift waren und sie ihn mit ihren Fragen gelöchert hatte. Peggy dagegen hatte sich mehr für Dr. Strands durchtrainierten Körper interessiert, den er unter seinem Laborkittel gut zu verbergen wusste.

„Früher waren wir oft mit Mom hier", holte Lilly sie aus ihren Gedanken. „Am besten haben ihr der T-Rex und das Mammut gefallen."

Amys Herz verkrampfte sich, denn es war das erste Mal, dass Lilly über ihre Mutter sprach. Aus dem Augenwinkel hatte sie bemerkt, dass Ryan bei der Erwähnung seiner Mutter kurz zusammengezuckt war und nun betreten auf den Boden starrte. Armer Junge, wenn sie ihm doch nur irgendwie helfen könnte.

„Mir haben die Dinosaurier auch schon immer am besten gefallen", erwiderte Amy und nahm Lilly an die Hand, als sie die Stufen hinaufstiegen.

Nach einem sorgenvollen Blick auf Ryan, bemerkte sie, dass er sich wieder die abgesägten Zahnbürstenköpfe ins Ohr gesteckt hatte und in seiner eigenen Welt war. Ganz offensichtlich interessierten ihn die Dinosaurierskelette im vierten Stockwerk wirklich nicht. Während Lilly und sie sich unzählige Fossilien hinter Glaskästen und einen Säbelzahntiger anschauten, lief Ryan gelangweilt durch die große Halle.

Auch der lebensgroße Blauwal im ersten Stockwerk, der unterhalb der Decke über ihren Köpfen schwebte, konnte ihn nicht begeistern. Ebenso wenig ein Kriegskanu der Haida oder der *Stern von Indien*, der größte jemals gefundene Saphir. Erst als sie den neuen gläsernen Anbau erreichten, hellte sich sein Gesicht etwas auf. Sie besuchten das *Hayden Big Bang Theater*, das sie regelrecht überwältigte, und anschließend das

Planetarium. Als sie schließlich den mannshohen Meteoriten erreichten, den man sogar anfassen durfte, war Ryan endlich etwas aufgetaut – im Gegensatz zu ihr, die in den klimatisierten Räumen ganz ohne Jäckchen leicht gefroren hatte.

„Was essen wir?", erkundigte sich der Junge als sie knapp drei Stunden später ins Freie und in die wärmende Sonne traten.

„Ich kann euch was kochen, wie wär's mit einem deftigen Erbseneintopf und Speck?" Sarah und Thomas hatten es geliebt, wenn sie diese Spezialität nach dem Rezept ihrer Großmutter – Gott hab sie selig – zur Arbeit mitgebracht hatte.

Okay, keine gute Idee, denn die Geschwister verzogen synchron das Gesicht.

„Pizza. Wir können Pizza essen", schlug Ryan schnell vor.

Vielleicht gab es dazu auch wieder diese Gratis-Zwei-Liter-Flasche voll köstlicher Koffein-Brause. Amys Gesicht hellte sich schlagartig auf. Nur wusste sie leider nicht, wo sie diesen Pizzabäcker von neulich erreichen konnte. Außerdem bezweifelte sie, dass er ein zweites Mal so großzügig sein würde, ihr etwas zu schenken.

„Yippie, Pizza. Im Park gibt es einen Stand." Lilly hüpfte neben ihr auf und ab. „Wir können auf der Wiese picknicken."

Ryan rollte mit den Augen, wahrscheinlich weil er keine Lust darauf hatte, diesen Ausflug noch weiter in die Länge zu dehnen. Vermutlich zog es ihn nach Hause, wo er ungestört in sein Zauberkästchen schauen oder Zombies abschießen konnte.

Da sie im Moment etwas überfordert war und ehrlich gesagt bezweifelte, dass Mr. Carmichael alle Zutaten für einen deftigen Eintopf mit Erbsen und Rauchfleisch im Haus hatte, machten sie sich wenige Augenblicke später auf den Weg zum Central Park, um dort eine Kleinigkeit zu essen.

„Da hinten ist es. Dad kommt mit uns oft hierher", informierte Lilly sie mit aufgeregter Stimme, „die haben die beste Pizza überhaupt."

Gemeinsam folgten sie dem geschotterten Weg, der zwischen Bäumen und Büschen hindurchlief und direkt zu einem Kiosk führte, der neben Pizzen sogar Burger und Hotdogs anbot. Beim Duft der belegten Teigfladen lief Amy augenblicklich das Wasser im Mund zusammen und sie musste ehrlich zugeben, dass Pizza noch viel besser war als ihr schnöder Eintopf. Sie warf einen Blick in die Runde. Ganz offensichtlich war es auch zwischenzeitlich in Mode gekommen, dass niemand mehr selbst einen Finger in der Küche rührte, sondern mitten im Central Park zu Mittag aß.

Als sie sich in die Schlange einreihten, öffnete sie ihr Täschchen und holte die letzten verbliebenen Scheine heraus. Erleichtert atmete sie auf, das Geld würde gerade so für drei große Pizzastücke reichen. Auch wenn es ihr sehr unangenehm war – normalerweise konnte sie gut haushalten –, würde sie Mr. Carmichael um etwas mehr Geld bitten müssen, besonders bei weiteren Ausflügen. Der Eintritt fürs Museum hatte ja schon den Großteil des Geldes aufgebraucht.

„Ich nehm Salami", holte Ryan, der bis jetzt etwas abseits gestanden hatte, sie aus den Gedanken. Vermutlich war es ihm peinlich, in der Öffentlichkeit mit seiner Nanny gesehen zu werden, was sie nachvollziehen konnte. Wahrscheinlich hielt man sie in ihrer Uniform wieder für einen Musicalstar.

Sie nickte ihm lächelnd zu und bestellte dann für sie drei. Nach wenigen Augenblicken wurden die heißen Stücke über den Tresen geschoben und sie verließen den Stand.

„Die ist wirklich noch besser als die von neulich", schwärmte Amy nach dem ersten Bissen. Sie musste zugeben, dass die New Yorker es mit diesen Pizzen mittlerweile wirklich drauf hatten.

„Können wir anschließend wieder heim", brummte Ryan neben ihr, der seine Pizza bereits zur Hälfte verschlungen hatte.

Erst jetzt fiel ihr wieder ihr Deal ein, den sie ihm am Morgen vorgeschlagen hatte. Dass sie ihn künftig in Ruhe lassen würde, wenn er heute keinen Spaß hätte. Okay, der Museumsbesuch hatte nicht wirklich zum Gelingen ihres Plans beigetragen.

„Lass uns doch noch eine Runde spazieren gehen und danach gehen wir heim."

Anstelle einer Antwort schnitt er eine Grimasse und steckte sich wieder seine abgesägten Zahnbürstenköpfe ins Ohr. Wenig begeistert und mit Sicherheitsabstand folgte er Lilly und ihr durch den Park. Ob er wohl die ferngesteuerten Boote am *Conservatory Water* mochte? Amy verwarf den Gedanken schnell wieder, wohl kaum.

„Können wir zur Alice-Statue?" Lilly, die ihren Ausflug im Gegensatz zu ihrem Bruder genoss, sah sie mit strahlenden Augen an.

Auch wenn der See am anderen Ende des Parks lag und Ryans Laune sich vermutlich noch verschlechtern würde, stimmte sie zu. Frische Luft und etwas Sonnenschein konnten dem Teenager nicht schaden, bevor er sich daheim wieder seinem Zauberkästchen widmete.

„Tolle Idee, Lilly. Alice ist eine meiner Lieblingsstatuen, ich war sogar bei der Einweihung dabei."

Aus dem Augenwinkel bemerkte sie, wie Ryan interessiert aufhorchte und sie daraufhin mit einem seltsamen Blick bedachte. Ganz offensichtlich hatte er sich nicht so sehr in seine eigene Welt zurückgezogen, dass er gar nichts mehr um sich herum mitbekam.

Vielleicht mochte er die Statue auch? Welche Erklärung gab es sonst für das kurze Aufflackern in seinen Augen?

„Können wir dort zusammen ein Foto machen?" Lilly sprang aufgeregt auf und ab.

„Aber selbstverständlich." Sie würde Ryan darum bitten, ein Foto von ihnen zu schießen. Gedanklich machte sie sich für später eine Notiz, Peggy nach dem Preis für ein Zauberkästchen zu fragen. Die Anschaffung würde ein riesiges Loch in ihr Budget reißen, aber sie wollte für Mr. Carmichael erreichbar sein.

„Dad mag die Statue nicht", murmelte Ryan, als sie sich der Skulptur näherten.

„Er mag sie nicht? Aber jeder liebt Alice im Wunder..." Amy stoppte abrupt, als sie Tränen in Ryans Augen sah.

„Sie erinnert ihn zu sehr an Mom. Er hat ihr genau hier den Heiratsantrag gemacht."

Amys Herz zog sich zusammen. „Oh, Ryan. Es tut mir so leid."

Was hatte sie nur angerichtet? Nicht nur, dass sie den armen Jungen quer durch den Park geschleift hatte, nein, sie war auch dafür verantwortlich, dass er sich noch schlechter fühlte.

„Ich habe Alice vermisst", erwiderte er zu ihrer Überraschung mit einem tapferen Lächeln. „Wir waren nicht mehr hier, seit Mom gestorben ist."

Amy legte dem Teenager, der sie fast um einen ganzen Kopf überragte, fürsorglich die Hand auf den Rücken. „Wir können jederzeit hierher zurückkommen, wenn dir danach ist."

„Wirklich?" Ryan strahlte sie mit einem breiten Lächeln an.

„Jederzeit, versprochen." Gemeinsam verfolgten sie, wie Lilly auf die Skulptur kletterte und so tat, als würde sie ebenfalls eine Tasse Tee trinken.

„Lilly kennt die Geschichte nicht, oder?", hakte Amy kurz darauf nach.

Ryan schüttelte den Kopf. „Nein, und könnten Sie ihr auch bitte nichts davon erzählen?"

„Natürlich nicht, das bleibt unter uns."

Mit Tränen in den Augen verfolgte sie, wie der Junge kurz darauf sein Zauberkästchen hervorholte und die Fotofunktion einstellte.

„Ich kann ein Bild von dir und Lilly machen, wenn du magst", bot Amy an.

Ryan schien kurz zu überlegen, dann verzog sich sein Mund zu einem verlegenen Lächeln. „Aber dann sind Sie nicht drauf."

Das Glücksgefühl, das sich plötzlich in ihr ausbreitete, war unbeschreiblich. Hatte sie gerade richtig gehört, Ryan wollte wirklich, dass sie mit aufs Foto kam?

Sie folgte ihm zur Statue und wollte gerade neben dem verrückten Hutmacher Platz nehmen, als sie auf dem versteinerten Pilz etwas entdeckte – nein, dort konnte sie sich unmöglich hinsetzen. Wie sah es denn aus, wenn eine *Midtown Nanny* mit Taubenkacke am Gesäß durch die Gegend lief? Eilig öffnete sie ihr Täschchen, doch fand darin leider kein einziges dieser Zellstofftücher mehr, die Peggy ihr vorsichtshalber mitgegeben hatte. Ihr Blick fiel auf das goldene Kärtchen. Amy überlegte nur einen kurzen Moment, ehe sie sich die Plastikkarte schnappte – sie war geradezu perfekt dafür – und sich ans Werk machte.

„Nanny Applebee! Was machen Sie denn da?" Ryans Stimme überschlug sich, als er entsetzt auf die Karte starrte, die nun – begleitet durch ein lautes Knacken – in zwei gleich große Teile brach.

„Oh, oh!" Lilly schlug sich die Hand auf den Mund. „Das gibt bestimmt Ärger."

Hilfesuchend sah Amy zu Ryan, der sie wieder mit diesem seltsamen Blick bedachte und anschließend in ein herzhaftes Lachen verfiel.

8

Alex

„Ich glaube, wir haben endlich die perfekte Nanny gefunden." Annalise sah schmunzelnd zum Kühlschrank, an dem ein Fotoausdruck von Lilly, Ryan und Amy hing.

„Ja, und die kaputte Kreditkarte war dieses Bild allemal wert. Ich habe Ryan seit einer Ewigkeit nicht mehr so lachen sehen."

Annalise griff nach Alex' Hand und schaute ihren Sohn mitfühlend an. „Ich weiß, sein Lachen war das Erste, was mir aufgefallen ist."

Alex warf nun ebenfalls einen Blick aufs Foto, das Ryan mit seinem Handy gemacht und daheim ausgedruckt hatte. Seine Kinder sahen darauf so gelöst und glücklich aus, dass sich sein Herz vor Liebe zusammenzog. Gleichzeitig weckte das Bild schmerzvolle Erinnerungen. Aus diesem Grund hatte er in den letzten Monaten, auch immer einen riesigen Bogen um diesen Bereich gemacht. Wie war er nur darauf gekommen, dass er seinen Kindern diesen Ort ewig vorenthalten könne?

Hier hatte er Megan an einem Frühlingstag vor fünfzehn Jahren einen romantischen Heiratsantrag gemacht. Noch heute erinnerte er sich an ihren überraschten Ausdruck, als er sie an ihrem Geburtstag mit einer Kutsche abgeholt hatte. Während der Fahrt durch den Central Park hatte sie die ganze Zeit über geglaubt, dass es sich „nur" um ein romantisches Geschenk handelte.

Er dagegen war so nervös gewesen, dass ihm um ein Haar das Kästchen mit dem Ring aus der Tasche gefallen war. Er hatte es kaum erwarten können, ihr endlich die wichtigste Frage in seinem Leben zu stellen. Ob sie seine Frau werden und in guten wie in schlechten Zeiten an seiner Seite stehen wollte.

Alex schluckte fest, als er sich an ihr vor Freude strahlendes Gesicht erinnerte. Der Tag hätte nicht perfekter sein können. Er kniend neben dem Hutmacher und gleichzeitig der glücklichste Mann auf der Welt.

Sie waren so unglaublich jung gewesen. Hätte ihm jemand gesagt, dass ihn Jahre später so ein Schicksalsschlag treffen würde, hätte er ihn für verrückt erklärt.

Das Klappern von Annalises Tasse holte ihn in die Gegenwart zurück. Es war Samstag Nachmittag und sie saßen gemeinsam bei Kaffee und Kuchen, den seine Mom mitgebracht hatte. Lilly allerdings war vielmehr damit beschäftigt, ordentlich Glitzerpuder auf einem neuen Bild zu verteilen. Wenn ihn nicht alles täuschte, handelte es sich dabei bereits um das dritte Fläschchen innerhalb einer Woche. Seit Miss Applebee bei ihnen war, sprudelten die Ideen nur so aus der Sechsjährigen heraus.

Amüsiert verzog Alex den Mund und nahm dann ebenfalls einen Schluck von seinem Kaffee.

„Aber wie das mit der Karte passieren konnte, habe ich immer noch nicht verstanden." Annalise sah ihren Sohn und ihre Enkeltochter fragend an.

„Miss Applebee hat sie benutzt, um angetrocknete Taubenkacke wegzukratzen", klärte Lilly ihre Grandma bereitwillig auf. „Sonst wär doch ihr Kleid schmutzig geworden."

„Hattet ihr denn keine Taschentücher dabei?", hakte Annalise amüsiert nach.

„Doch, aber die hab ich beim Pizzaessen alle aufgebraucht." Lilly hob entschuldigend die Arme. Es war zu offensichtlich, dass die Kleine alles dafür gab, um ihre Nanny zu verteidigen.

Annalise wechselte einen Blick mit ihrem Sohn, dessen Mundwinkel verdächtig zuckten. „Vielleicht mag sie einfach nur lieber Bargeld. Sie ist etwas oldschool."

„Die Karte ist eindeutig am Arsch", bemerkte Ryan mit einem Lachen, als er das Wohnzimmer betrat. „Hallo, Grandma!"

„Hallo, Ryan! Ich habe schon von eurem Ausflug ins Museum und in den Park gehört." Annalise verfolgte zufrieden lächelnd, wie ihr Enkelsohn ebenfalls am Tisch Platz nahm und sich ein großes Stück Kirschtorte auflud.

„Auch von Miss Applebees ‚Missgeschick'?" Er machte mit den Fingern die Bewegung, als setzte er das Wort in Gänsefüßchen.

„Mmh, auch davon. Das Selfie von euch sieht übrigens toll aus."

„Ich kann es dir schicken“, schlug er mit vollem Mund vor, bevor er grinsend zu seinem Vater sah. „Darf ich die Karte behalten, Dad, das glaubt mir sonst keiner.“

„Ähm klar“, erwiderte Alex verwirrt, „wenn du die Kartennummer nicht weitergibst.“

Ryan zwinkerte seinem Dad zu. „Danke für den Tipp, auf die Idee wär ich nicht gekommen, aber jetzt, wo du es sagst ... da gibt es übrigens dieses neue Onlinespiel, meine Freunde haben es alle schon.“

Alex schüttelte schmunzelnd den Kopf, ehe er lachend erwiderte. „Dann lad es dir eben runter.“

„Wirklich?“ Ryan strahlte übers ganze Gesicht.

Alex’ Herz floss vor Liebe über, nicht nur weil Ryan wieder so mitteilsam war, sondern weil er dieses Lächeln bei seinem Sohn in den letzten Monaten sehr vermisst hatte.

„Was machen wir heute?“ Lilly schaute von ihrem Kunstwerk auf und sah fragend in die Runde.

Annalise verzog nachdenklich den Mund. „Was haltet ihr davon, wenn wir später zu *Macy’s* gehen und anschließend in den Bryant Park? Heute ist wieder Musicalzeit.“

„Gut, dass du mich erinnerst, Mom. Lilly braucht noch T-Shirts und Sandalen und Ryan dringend eine neue Jacke.“

Der Teenager verzog das Gesicht. „Muss das unbedingt heute sein? Miss Applebee kann doch nächste Woche mit uns Klamotten einkaufen gehen.“

Alex war sofort klar, dass sein Sohn nur einen Vorwand fürs Zocken suchte, jetzt wo er ihm grünes Licht gegeben hatte. Dennoch war Ryans Idee nicht einmal so schlecht. Miss Applebee hatte, was Mode anging, sicher einen besseren Geschmack und vor allem mehr Ahnung, was kleinen Mädchen wohl am besten stand. Er dagegen war schon beim letzten Mal verzweifelt gewesen, als es nur um eine einfache Regenjacke für Lilly ging. Seine Tochter hatte daraus eine Wissenschaft gemacht. Pink oder rosa, es war doch ganz egal, Hauptsache sie wurde nicht nass. Heute jedoch kam er um einen Abstecher bei *Macy's* nicht herum, da er selbst noch etwas brauchte – neue Boxershorts. Sein Mund verzog sich zu einem amüsierten Grinsen, denn mit dieser Aufgabe würde er die Nanny seiner Kinder ganz sicher nicht betrauen. Allein der Gedanke daran, wie Miss Applebee das Kleingeld für seine Unterhosen an der Kasse abzählte, war zu komisch.

„Ja, die hübschen Sandalen mit Elsa drauf!", jubelte Lilly, ehe sie ihrem Kunstwerk mit weiterem Puder den letzten Schliff verpasste.

Alex legte den Kopf schief. Jetzt erst erkannte er, dass es sich bei der Frau auf dem Bild nur um Miss Applebee handeln konnte, wer sonst trug ein marineblaues Hütchen? Über ihr – okay, hier hatte seine Tochter eindeutig zu dick aufgetragen – schwebte ein goldener Schirm, der den Glitzerregen in alle Richtungen funkeln ließ.

„Du hast die goldene Kreditkarte vergessen", bemerkte Ryan trocken und verzog dabei den Mund zu einem liebevollen Lächeln.

„Du bist gemein. Es war nur ein Missgeschick", protestierte Lilly und streute extra noch etwas Puder übers Bild, als wolle sie ihre Nanny damit reinwaschen.

Alex sah zu Annalise, die die beiden ebenfalls amüsiert beobachtete, und gerade wünschte er sich nichts mehr, als dass Miss Applebee bei ihnen wär.

Was sie an diesem Wochenende wohl vor hatte? Er spürte auf einmal ein seltsames Kribbeln in seiner Magengrube, das ihn sehr verwirrte. *Komm bloß nicht auf dumme Gedanken,* rief er sich schnell zur Vernunft. *Doch nicht mit der Nanny!* So verzweifelt war er nun wirklich nicht.

Er betrachtete erneut das Glitzerbild und nach einem kurzen Zögern musste er sich eingestehen, dass er die junge Frau unter anderen Umständen nach einem Date gefragt hätte. Sein Mund verzog sich zu einem Lächeln, als er das Bild weiter betrachtete. Ihre kindliche Begeisterungsfähigkeit und Lebensfreude waren erfrischend. In manchen Momenten schien es ihm so, als ob sie die Welt gerade neu entdecken würde.

Als er aufsah, bemerkte er, dass ihn seine Mutter nachdenklich musterte. Schnell wandte er den Blick ab und kümmerte sich um seine Kirschtorte, die er bis jetzt kaum angerührt hatte.

***

Eine Stunde später machten sich die Carmichaels auf den Weg zum Herald Square, wo sich das weltbekannte *Macy's* befand – New Yorks größtes Kaufhaus. Unterm Jahr war es ebenfalls sehr imposant, doch erst während der Weihnachtszeit versprühte es seinen ganzen Charme. Dann verwandelte sich das altehrwürdige Gebäude mit seinen Abertausenden von Lichtern in eine Institution, die Millionen von Touristen aus aller Welt anzog. Dies lag nicht zuletzt am hauseigenen Santa, der direkt nach der Thanksgiving-Parade seinen Posten im Christmas-Village bezog. Ein Bereich im Untergeschoss des Kaufhauses, der mit viel künstlichem Schnee, Geschenken und Elfen in ein winterliches Wonderland verwandelt wurde.

Erst letztes Jahr hatten sie diese Attraktion noch zu viert besucht. Kurz vor ihrem letzten gemeinsamen Weihnachtsfest. Alex fragte sich, wo das Foto von Santa mit Lilly und Ryan wohl abgeblieben war. Er musste es unbedingt finden, denn der Fotograf hatte genau in dem Augenblick den Auslöser gedrückt, als sie im Kaufhaus den Chipmunk-Song spielten. Während sich seine Kinder vor Lachen kringelten, hatte er mit Megan wie früher Händchen gehalten und jede einzelne Sekunde ihres Ausfluges genossen.

Alex passierte ebenfalls die Drehtür und blinzelte mehrmals, da sich seine Augen – nach dem grellen Sonnenschein – erst an das gedämpfte Licht gewöhnen mussten.

„Puh, die kühle Luft tut gut." Annalise fächerte sich etwas Luft zu. „Noch ein paar Minuten länger in der Hitze und ich wäre da draußen wie Eis in der Sonne geschmolzen."

„Und es riecht hier besser als in der U-Bahn", bemerkte Lilly ohne Umschweife und reckte die Nase in die Luft.

„Wir stehen ja auch mitten in der Parfumabteilung." Ryan rollte mit den Augen und lief anschließend wenig begeistert zum Lageplan, der sich direkt neben der Rolltreppe befand.

Es war seinem Sohn deutlich anzusehen, dass er sich an diesem schwülen Nachmittag viel lieber in sein dunkles Zimmer verkrochen hätte. Alex schnitt eine Grimasse, denn er musste sich ebenfalls erst wieder an das Gewusel in einem Kaufhaus gewöhnen. In den letzten Monaten hatte er – bis auf Lillys pinken Regenmantel – sämtliche Einkäufe online getätigt. Nicht nur weil es praktisch gewesen war, sondern weil ihm nach Megans Tod schlichtweg die Kraft dazu gefehlt hatte, stundenlang durch ein Kaufhaus zu streifen.

Als sie kurz darauf mit der Rolltreppe ins nächste Stockwerk fuhren, musste er zugeben, dass er heute gegen ein wenig Shopping nichts einzuwenden hatte. Lillys Vorfreude auf ihre Sandalen war ansteckend und aus irgendeinem Grund hatte er Lust, sich in der Öffentlichkeit zu zeigen. Es lag nicht nur am schönen Wetter, da war auch etwas anderes, allerdings konnte er es nicht wirklich beschreiben.

„Können wir später noch in der Technikabteilung vorbeischauen?" Ryan sah seinen Dad hoffnungsvoll an.

„Klar, warum nicht. Aber zuerst besorgen wir, was wir brauchen, danach haben wir alle Zeit der Welt."

Alex konnte verstehen, dass sich der Teenager viel lieber für neues technisches Zubehör interessierte als für Klamotten. Aber nachdem er vor einigen Tagen alle Jacken aussortiert hatte, blieb Ryan nichts anderes übrig. Ryan lächelte daraufhin zufrieden und Alex fragte sich, wann sein kleiner Junge so einen Schub gemacht hatte. Mittlerweile reichte er ihm bis zur Schulter und Megan hätte er längst eingeholt.

Sie verließen die Rolltreppe und erreichten schließlich die Kinderabteilung. Lilly hatte die hellblauen Sandalen mit Elsa, der Schneekönigin, bereits vor Monaten online gesehen und lag ihm seitdem in den Ohren. Doch er hatte sie vernünftigerweise bis zum Sommer vertröstet, damit die Schuhe, wenn sie sie wirklich brauchte, nicht zu klein waren.

„Da sind sie!" Lillys Stimme überschlug sich vor Freude, als sie die begehrten Stücke neben einem Pappaufsteller des Disneycharakters entdeckte.

„Ist nicht ihr Ernst, oder?" Ryan, dem erst jetzt klarwurde, um welche Art von Sandalen es sich handelte, starrte seine kleine Schwester entsetzt an.

„Und Olaf ist auch drauf!"

Annalise und Alex tauschten einen amüsierten Blick, ehe Annalise ihrer Enkeltochter zu Hilfe eilte. Das Mädchen hatte bereits auf einem Hocker Platz genommen und zog sich eilig die Sneaker aus.

Okay, im Moment war er eher überflüssig. Seine Mutter hatte sich bereits einen Messschieber geschnappt und bestimmte damit fachmännisch die aktuelle Schuhgröße ihres Enkelkindes. Dazu hatte sie sich die Lesebrille aufgesetzt und verzog kritisch das Gesicht.

Was würde er nur ohne seine Eltern tun? Seine Mom unterstützte ihn, wo es ging, vor allem wenn die Hilfe einer weiblichen Person nötig war. Mit einem Lächeln drehte er sich zu seinem Sohn.

„Gibt es was Bestimmtes, was du dir in der Technikabteilung anschauen möchtest?"

Ryan zuckte mit den Schultern. „Ich wollte mal das neue iPhone testen. Geht ja online schlecht."

Die beiden grinsten sich kurz an. „Gute Idee. Es kann nicht schaden, wenn ich mich auch mal umschaue. Ich hab das Gefühl, dass mein Handy nicht mehr lange mitmacht."

„Du meinst dein Zauberkästchen?", hakte Ryan belustigt nach.

„Mein was?"

„Miss Applebees Bezeichnung für Handys", klärte der Junge ihn amüsiert auf. „Ich vermute mal, sie hat noch ein ganz altes, denn mit meinem ist sie absolut nicht klargekommen, als sie dich neulich anrufen wollte."

„Kann gut sein", Alex verzog nachdenklich den Mund, „sie ist ja bei einigen Dingen etwas ..."

„Altmodisch?" Ryan hob fragend eine Augenbraue.

„So direkt wollte ich es jetzt nicht sagen, aber es hängt bestimmt alles mit ihrer Ausbildung zusammen." Er erinnerte sich wieder an die Reportage über diese Elite-Nannies aus England. In diesen Kreisen waren Smartphones und Zombiespiele sicher verpönt.

„Sag mal, wann wurde eigentlich die Alice-Statue eingeweiht?", holte ihn Ryan aus den Gedanken.

„Puh, da bin ich ehrlich gesagt überfragt. Zumindest lange vor meiner Zeit", erwiderte Alex und wandte den Blick zurück zu Lilly, die mittlerweile in ein Paar Sandalen geschlüpft war und übers ganze Gesicht strahlte.

„Schau mal, Daddy, sind die nicht wunderschön?"

„Perfekt! Und die passen prima zu deinem blauen Kleid." Er verfolgte amüsiert, wie sie sich gleich mehrmals übermütig im Kreis drehte und dabei die neuen Schuhe an ihren Füßen bewunderte.

„Die Alice-Statue im Central Park wurde 1959 eingeweiht", entgegnete Annalise lächelnd, „meine Eltern waren damals live dabei – und Mutter mit mir hochschwanger.“

„Wirklich? Hm, dann muss ich mich wohl verhört haben.“ Ryan schüttelte amüsiert den Kopf. „Ich dachte, Nanny Applebee hätte neulich erwähnt, dass sie ebenfalls zur Einweihung dabei gewesen war.“

Lilly, die sich bis jetzt im Kreis gedreht hatte, blieb abrupt stehen. „Du hast dich nicht verhört.“

„Okay, ihr beiden“, Alex lachte herzhaft, „wenn ihr es alle beide gehört habt, dann kann sich Nanny Applebee nur versprochen haben.“ *Oder sie hat in ihrer übersprudelnden Art etwas durcheinandergebracht*, ging es Alex durch den Kopf. Kurz überlegte er, ob man vor Kurzem irgendwo eine neue Statue eingeweiht hatte, schließlich wurde in New York ständig irgendetwas eingeweiht.

Nach ihrem Kommentar über Theodor Roosevelt konnte er sich gut vorstellen, dass sie sich solche Events nicht entgehen ließ. Sie hatte ganz offensichtlich einen kleinen Spleen, was alte Bronzefiguren anging. Als ob sich die Mimik des 26. Präsidenten bei Sonnenschein wirklich verändern würde. Sein Mund verzog sich zu einem Schmunzeln. Die Nanny seiner Kinder war wirklich eine außergewöhnliche Frau.

„Daddy, darf ich die Schuhe gleich anbehalten?“

„Erst muss ich sie noch bezahlen, mein Schatz“, erwiderte Alex lächelnd und schnappte sich den Schuhkarton.

Kurze Zeit später verließen sie die Kinderabteilung und setzten ihren Einkauf in der Herrenabteilung fort, wo sie innerhalb kürzester Zeit eine sportliche Jacke für Ryan fanden. Bevor Alex zur Kasse ging, wurde auch er fündig. Er bezahlte die Jacke und seine Boxershorts, anschließend fuhr die Familie hinauf ins Obergeschoss, wo sich die Technikabteilung von *Macy's* befand.

„Wow, die *JBL* sind ja cool." Ryan setzte sich die Kopfhörer auf, während Alex wenige Meter neben ihm die neuesten Handys inspizierte. Mittlerweile hatte sich auch sein Sohn mit dem Familientag angefreundet und Alex musste zugeben, dass sie lange nicht mehr so einen ausgelassenen Samstag miteinander erlebt hatten. Annalise und Lilly hatten es sich auf einer Bank unweit der Rolltreppe bequem gemacht und Alex verfolgte schmunzelnd, wie seine Tochter immer noch ihre neuen Sandalen bewunderte. Nun konnte er es kaum mehr erwarten, bis sie alle zusammen in den Bryant Park gingen, wo im Sommer neben Kinofilmen auch regelmäßig Musicaleinlagen aufgeführt wurden. Und zwar vom Originalcast, der am Abend die Broadwaygäste unterhielt. Ob sich Nanny Applebee neben Statuen wohl auch für Musicals interessierte? Sein Mund verzog sich zu einem Lächeln. Mit Sicherheit. Er konnte sie sich geradezu bildlich vorstellen, wie sie begeistert eine Show verfolgte und dabei mitsang. Er schüttelte über seine Fantasie amüsiert den Kopf, dann drehte er sich wieder zu Ryan, als er am Ende des Ganges auf einmal eine Frau im gelben Kleid entdeckte. Sein Herz setzte für einen Schlag aus, ebenso sein Verstand. Es gelang ihm nicht, den Blick von dieser fremden Schönheit abzuwenden. Die junge Frau sah in dem vanillefarbenen Petticoatkleid bezaubernd aus. Aber nicht nur ihr Aussehen verwirrte ihn zunehmend, son-

dern auch die Tatsache, dass er plötzlich eine unge-
ahnte Sehnsucht verspürte. Zum ersten Mal seit einer
langen Zeit wurde ihm wirklich bewusst, wie einsam
er, trotz seiner Kinder, doch war.

9

Amy

„Hach, wie sehr habe ich diese Kaffeekränzchen in den letzten Jahren vermisst. Es ist beinahe wie eine Reise in die Vergangenheit“, bemerkte Peggy, während sie sich mit sentimentalem Blick in Amys Küche umsah. „Es erinnert mich an unseren letzten gemeinsamen Tag, bevor du verschwunden bist.“

Amy verzog mitfühlend das Gesicht, als sie an die Tanzveranstaltung dachte, die ihre Freundin an jenem Abend besuchen wollte. Im Gegensatz zu Peggys Zeitempfinden, war für sie gerade mal eine Woche vergangen.

„Wie ging es eigentlich mit Randy weiter? Hat er um deine Hand angehalten?“, hakte Amy aufgeregt nach. Erst jetzt fiel ihr auf, dass sie ihre Freundin noch gar nicht auf persönliche Dinge angesprochen hatte. Bestimmt hatte sie geheiratet und auch Kinder bekommen.

Peggy kicherte. „Oh, nein, der war mir dann doch etwas zu wild und zu sehr verliebt in seinen Kontrabass.“ Die alte Dame berührte gedankenverloren den Ehering an ihrem Finger, ehe sie Amy breit anlächelte. „Nein, es ist letztendlich Doktor Alan Strand geworden."

„Wirklich? Doktor Alan Strand? Ich habe erst neulich an ihn gedacht, als ich mit den Kindern im Naturkundemuseum war!"

Sie konnte nicht beschreiben, wie sehr sie sich über diese Neuigkeit freute. Unter allen Verehrern – und Peggy hatte viele gehabt – war es der Paläontologe gewesen, der ihre Freundin stets mit dem größten Respekt behandelt hatte. Amy brannte darauf, nun mehr über diese Liebesgeschichte zu erfahren.

„Wie kam es dazu? Ich dachte, er war dir immer etwas zu langweilig?"

Peggy, den Blick wehmütig in die Vergangenheit gerichtet, sah traurig auf. „Alan war untröstlich, als er erfahren hat, dass du von einem Tag auf den anderen plötzlich verschwunden warst. Er stand mir während dieser schwierigen Zeit zur Seite und hat mir dabei geholfen, dich zu suchen. Seitdem haben wir keinen einzigen Tag mehr ohne einander verbracht."

Tränen traten in Amys Augen. „Ihr habt nach mir gesucht?"

Peggy nickte. „Und die Polizei natürlich auch, selbst die Zeitung hat von deinem mysteriösen Verschwinden berichtet." Sie machte eine kurze Pause, ehe sie mit Besorgnis in der Stimme fortfuhr. „Auch aus diesem Grund finde ich es sehr leichtsinnig von dir, einfach so da draußen herumzuspazieren. Vor allem mit deiner Garderobe, die sich seitdem kein bisschen verändert hat, würde man dich auf den ersten Blick als die verschwundene Nanny identifizieren."

Amy verzog nachdenklich das Gesicht. „Aber das ist über sechzig Jahre her, wer sollte sich denn daran noch erinnern?"

Alle Überlebenden, die diesen Artikel hätten lesen können, waren zwischenzeitlich in Peggys Alter. Außerdem bezweifelte sie, dass ihr Verschwinden so interessant gewesen war wie der orbitale Raketenstart. An so etwas erinnerten sich die Leute.

„Ich war bereits im Naturkundemuseum, im Central Park und mehrmals im Kaffeehaus", fuhr Amy kleinlaut fort. „Außerdem gehört die Uniform zu meinem Job!"

Peggy schnaufte laut auf. „Das heißt, du willst weiterhin als Nanny bei dieser Familie arbeiten?"

„Lilly und Ryan brauchen mich", erwiderte Amy entschlossen. In diesem Augenblick wurde ihr klar, dass dies noch mehr auf sie zutraf. Wenn ihr Leben schon derart außer Kontrolle geraten war, wollte sie wenigstens das tun, was sie über alle Maßen liebte – sich um eine Familie kümmern.

Amy lächelte Peggy verschmitzt an. „Dann habe ich dich und Doktor Strand also zusammengeführt?"

Um Peggys Mundwinkel zuckte es amüsiert. „Du hast dafür gesorgt, dass wir viel Zeit miteinander verbracht haben. Aber letztendlich war es eine sehr romantische Geste gewesen, die alles zwischen uns verändert hat."

Etwas noch romantischeres als ein selbstkomponiertes Liebeslied auf dem Kontrabass? Amy konnte sich beim besten Willen nicht vorstellen, wie es dem etwas schüchternen Dr. Strand gelungen war, Randy zu schlagen.

„Er hat eine seiner Entdeckungen nach mir benannt!",
klärte Peggy sie mit einem Strahlen in den Augen auf.

„Was? Er hat ein Fossil nach dir benannt?" Auch
wenn dieser Liebesbeweis mehr als außergewöhnlich
war, war er – wie Amy zugeben musste – nicht gerade
sehr schmeichelhaft.

Peggy lachte herzhaft, dann zog sie ihr Handy aus der
Tasche. „Nicht *so* ein Fossil. Es gibt auch Pflanzenfos-
sile." Sie zeigte ihrer Freundin das Bild eines sehr
fremdartigen Gewächses, das mit viel Fantasie einer
blühenden Distel glich. „So in etwa könnte ‚Peggy' ausgesehen haben."

„Oh, die ist ja wunderschön", erwiderte Amy sichtlich
beeindruckt als sie sich die lilafarbene Blüte ansah.

„Nun, ja. Nach dieser Liebeserklärung war ich einfach
so gerührt, dass ich Alan nicht mehr widerstehen
konnte und ihm noch vor dem Schaukasten im Museum den Laborkittel vom Leib gerissen habe – natürlich waren wir zu diesem Zeitpunkt allein."

Peggy verstummte, nach einem Räuspern fuhr sie mit
sentimentaler Stimme fort. „Alan war ein so wunderba-
rer Ehemann und Vater und später ein hingebungsvol-
ler Großvater. Er hat es geliebt, unseren Enkelkindern
die Welt zu erklären."

Amy konnte sich Alan geradezu bildlich vorstellen,
wie er mit ihnen durchs Museum streifte und den Kleinen jeden versteckten Winkel sowie die Forschungs-
einrichtung zeigte. Aus Peggys Formulierung und des
bekannten Altersunterschieds schloss Amy, dass Alan
bereits vor einigen Jahren verstorben war.

„Ich habe ihn sehr gemocht, er war immer sehr geduldig mit mir, besonders wenn ich ihn Löcher in den Bauch gefragt habe."

Sie griff nach Peggys Hand und für einige Sekunden hingen beide ihren eigenen Erinnerungen nach, bis Peggy bemerkte: „Danny hat übrigens auch nach dir gesucht."

Erschrocken schlug sich Amy die Hand vor den Mund. „Danny!" Wie hatte sie den Gedanken an ihn eine ganze Woche lang verdrängen können?

„Nachdem du nicht zu eurem Rendezvous aufgetaucht warst, kam er hier vorbei und ich hab ihm erzählt, dass du spurlos verschwunden bist."

Amys Gedanken überschlugen sich, als sie an den jungen Mann im roten James-Dean-Blouson dachte, mit dem sie sich kurz vor ihrem Verschwinden ein paarmal getroffen hatte. Mittlerweile musste er ebenfalls ein alter Mann – wenn nicht sogar tot sein. Ihr Herz zog sich zusammen. Sie hatte ihn sehr gemocht und wer weiß, vielleicht hätte sich daraus sogar etwas Ernstes entwickelt, wäre nicht dieser schreckliche Abend gewesen.

„Seid ihr in Kontakt geblieben?", hakte Amy mit bebender Stimme nach.

Peggy schüttelte den Kopf. „Tut mir leid. Ich habe keine Ahnung, was aus ihm geworden ist."

Einen Moment herrschte versonnenes Schweigen zwischen den beiden Frauen. Dann erklärte Peggy unvermittelt: „Meine Nachforschungen über die Agentur sind ebenfalls im Sand verlaufen. Ich habe weder eine Adresse noch sonst eine Erklärung, wie dieses Schreiben in deinen Briefkasten gekommen ist."

Kurz spielte Amy mit dem Gedanken, Mr. Carmichael einzuweihen. Soweit sie mitbekommen hatte, war er ein schlauer Mann – ein angesehener Anwalt – und könnte ihr eventuell weiterhelfen. Auf der anderen Seite wollte sie jedoch nicht riskieren, dass er sie für verrückt hielt – was er garantiert würde – oder sogar ihre Kompetenz als Nanny anzweifelte. Schnell wischte sie diese Idee wieder vom Tisch, dann wandte sie sich an Peggy.

„Ach ja, ich wollte dich noch fragen, wo ich so ein Zauberkästchen bekomme. Neulich im Park stand ich ziemlich dumm da, als ich Mister Carmichael anrufen wollte und es schlichtweg nicht konnte."

„Ich hab noch ein altes in der Schublade, das kannst du gerne haben. Allerdings kann man damit nur telefonieren."

„Keine *Ed Sullivan Show?*", hakte Amy enttäuscht nach.

Peggy schüttelte entschuldigend den Kopf, ehe sich ihr Gesicht aufhellte. „Aber wir können nachher einen Abstecher zu *Macy's* machen, dort gibt es die neuesten Modelle. Bei dieser Gelegenheit kannst du dich direkt neu einkleiden." Peggy musterte ihre Freundin etwas wehmütig. „Auch wenn du mit deinem Petticoatkleid immer noch ein echter Hingucker bist."

„*Macy's* gibt es immer noch?" Amy richtete sich erstaunt auf. Sie hatte das Kaufhaus am Herald Square geliebt. Besonders die Abteilung mit den Accessoires, wo sie sich zu speziellen Anlässen ab und zu eine Kleinigkeit gegönnt hatte, wie zum Beispiel das Haarband, das sie heute trug.

„Oh ja, und es ist immer noch sehr beliebt. Stell dir vor, es kommen immer noch Abertausende Besucher vorbei, um Santa zu sehen."

Amy konnte es nicht fassen – Santa war auch noch da? Trotz der Zauberkästchen und Mondlandungen? Dann glaubten die Kinder von heute also immer noch an Magie und den Weihnachtsmann.

„Sie haben sogar diesen alten Klassiker neu verfilmt", fuhr Peggy lächelnd fort. *„Miracle on 34th Street."*

Amys Gesicht hellte sich schlagartig auf, als sie an den Film dachte, der *Macy's* Santa weltweit bekannt gemacht hatte. Sie war damals erst zwölf gewesen und hatte zum ersten Mal ein Kino von innen gesehen. Ob es das Apollo Theater am Broadway wohl immer noch gab? Selbst heute erinnerte sie sich an die kirschrote Leuchtreklame und die vielen Lämpchen.

„Aber ich warne dich lieber vor", holte Peggy sie aus ihren Gedanken, „auch das *Macy's* ist nicht mehr so, wie es mal war. Es kann sein, dass du dich etwas erschlagen fühlst von all diesen Eindrücken."

Ein aufgeregtes Kribbeln breitete sich in Amys Körper aus, als sie an ihren bevorstehenden Einkaufsbummel dachte. Bald würde sie selbst stolze Besitzerin eines eigenen Zauberkästchens sein. Ob es am Herald Square wohl auch ein Kaffeehaus gab? Ihr letzter Frappuccino lag bereits zwei Tage zurück und sie musste zugeben, dass sie ohne dieses eiskalte Kaffeegetränk mit dreifachem Topping nicht mehr leben konnte.

„Auf was warten wir noch?" Amy sprang von ihrem Stuhl auf und sah Peggy ungeduldig an.

„Früher war es genau andersherum", bemerkte die alte Dame mit einem amüsierten Schmunzeln. „Ich wollte bummeln und feiern gehen, und du bist lieber zu Hause geblieben und hast den Haushalt gemacht und Radio gehört. Warum werde ich das Gefühl nicht los, dass du dich im heutigen New York pudelwohl fühlst?"

Peggy hatte recht. Sie konnte gar nicht genug von all dem bekommen. Jeder Tag fühlte sich an wie ein neues Abenteuer. Dazu kam noch, dass sie die letzten sechzig Jahre einfach so verpasst hatte. Erst gestern, als sie sich weitere Videos auf YouTube angesehen hatte, war sie durch Zufall auf diesen „King of Pop" gestoßen. Ein gewisser Michael, der sich beim Tanzen gern in den Schritt gegriffen und weiße Socken getragen hatte. Sie musste also noch eine ganze Menge aufholen.

Die Zeiten, als sie in ihrer Wohnung vor dem Radio saß und auf einen Einspieler von Bobby Darin wartete, waren eindeutig vorbei.

Als Amy immer noch nicht antwortete, erhob sich Peggy schmunzelnd. „Dann lass uns losgehen, ich bin schon sehr gespannt, was du sagst."

Gemeinsam verließen die Frauen kurze Zeit später das Haus, um die U-Bahn in südliche Richtung zu nehmen. Es war das erste Mal in dieser Woche überhaupt, dass sich Amy unterhalb der 42nd Street befand. Erst jetzt wurde ihr klar, dass sie dort vermutlich auf einige bekannte Gebäude wie das *Empire State Building* treffen würde. Wehmut überkam sie, denn es fühlte sich auf einmal wie eine Ewigkeit an, seit sie zuletzt dort gewesen war.

„Wir sind aber auch ein komisches Paar", raunte ihr Peggy unter vorgehaltener Hand während der Fahrt zu. „Der Kerl da drüben denkt bestimmt, ich bin deine Grandma."

Amy kicherte. „Na wenn der wüsste."

Besonders hier in der Öffentlichkeit wurde ihr allzu deutlich bewusst, wie sehr sie sich mittlerweile rein äußerlich unterschieden. Sie in ihrem vanillegelben Kleid, unter dem sich ihr Petticoat leicht aufbauschte, und Peggy in einer sommerlichen Stoffhose samt passender Bluse. Ihren Gehstock hatte sie, wie immer, wenn sie die Wohnung verließ, dabei. Noch vor einer Woche hätte der junge Mann im Abteil Peggy so angeschaut. Nein, ihm wären beim Anblick ihrer Freundin die Augen herausgefallen. Heute jedoch stand sie im Mittelpunkt. Dabei hatte sie ihr Haar nicht einmal zu voluminösen Pin-up-Curls aufgedreht und steckte auch nicht in einer offenherzigen Bluse. Sie trug lediglich ein Sommerkleid anstelle ihrer geliebten Uniform.

„So da sind wir schon", bemerkte Peggy kurze Zeit später und zeigte mit dem Gehstock zum Fenster.

Amy verkniff sich ein Schmunzeln, denn ihre Freundin kannte wirklich kein Pardon. Um ein Haar hätte sie den jungen Burschen von gegenüber getroffen, wäre dieser nicht geistesgegenwärtig in Deckung gegangen.

„Oh Verzeihung", kam es über Peggys Lippen, dann erhoben sie sich und folgten dem Besucherstrom nach draußen. Ganz offensichtlich hatten nicht nur sie den Plan gehabt, zu *Macy's* zu gehen.

Kaum hatten sie die Straße erreicht, hellte sich Amys Gesicht auf. „Schau nur, wieder ein Kaffeehaus!"

Peggy drehte sich unbeeindruckt um. „Du meinst Starbucks? Der Kaffee dort schmeckt mir nicht."

Amy klappte die Kinnlade herunter. „Er schmeckt dir nicht? Aber die Auswahl dort ist unglaublich und die Verkäufer sind alle so nett."

Die alte Frau schenkte ihrer Freundin ein nachsichtiges Lächeln, ehe sie erwiderte. „Das muss alles so aufregend für dich sein. Weißt du was, nach unserem Einkauf gehen wir auf einen Abstecher vorbei und ich gebe dem Laden noch eine Chance."

Amy nickte zufrieden, dann betraten sie schließlich das weltbekannte Kaufhaus am Herald Square. Rein äußerlich hatte sich nicht viel verändert, aber als sie die Drehtür passierten, bekam Amy einen Eindruck dessen, was sie im Inneren erwartete. Wohin das Auge reichte, entdeckte sie Parfümflakons. Es mussten Abertausende der kleinen Fläschchen sein und der betörende Duft machte sie beinahe schwindelig.

„Na, habe ich zu viel versprochen?" Peggy sah die junge Frau amüsiert an und wackelte frech mit den Augenbrauen. „Warte erst mal ab, bis du die Dessous siehst."

„Dessous?" Amy war sich nicht ganz sicher, was ihre Freundin damit meinte. Aber auf jeden Fall musste es etwas Unanständiges sein – aus Paris, dessen war sie sich sicher.

Die beiden nahmen die Rolltreppe in den nächsten Stock, wo sich die Damenabteilung von *Macy's* befand. Amy war überwältigt von der Vielfalt der heutigen Mode. Noch vor einer Woche war die Auswahl hier eher bescheiden gewesen. Neben Petticoatröcken und den passenden Cardigans gab es für die modebewusste Dame, die etwas wagte, nur kniefrei mit etwas Taille.

Aber jetzt stapelten sich auf den unzähligen Tischen nicht nur buntbedruckte T-Shirts, sondern auch Jeanshosen und derbe Arbeiterstiefel aus den Docks. Wie sollte sie hier etwas Passendes finden?

Sie erreichten einen Bereich, der sich für junge anständige Damen eindeutig nicht schickte. Wohin sie sah, erkannte sie durchsichtige BHs und Schlüpfer. Mit großen Augen verfolgte sie, wie sich ein Mann zwischen den Kleiderstangen herumtrieb und plötzlich nach einem schwindelerregenden Hauch von Nichts mit Strapsen griff.

„Peggy, sag mir nicht, dass du auch so etwas trägst."

Ihre Freundin verfiel in ein herzhaftes Lachen. „Früher schon, aber mittlerweile mag ich es wieder praktisch. Komm mit, dort drüben gibt es auch Unterwäsche mit mehr Stoff."

Amy verzog kritisch das Gesicht, ehe sie einen hilfesuchenden Blick zur Rolltreppe warf. „Vielleicht ein andermal. Weißt du, meine Korsagen sind doch noch ganz gut in Schuss."

„Wie du meinst." Die alte Dame hakte sich mit dem linken Arm bei der jungen Frau unter. „Dann lass uns zu den Zauberkästchen gehen, ich seh dir doch an, dass du es kaum noch erwarten kannst."

Auch wenn Amy gedacht hatte, dass sie nach den letzten beiden Abteilungen nichts mehr überraschen könnte, staunte sie im nächsten Stockwerk noch mehr. Direkt am Ende der Rolltreppe wurden sie von einer riesigen Figur in Montur begrüßt. *Darth Vader* war sein Name und er sah ziemlich furchteinflößend aus. Hier gab es also diese Spiele zu kaufen, mit denen sich Ryan am liebsten die Zeit vertrieb. Aber sie entdeckte hier nicht nur Konsolen und Steuerhebel, sondern auch diese Computer, die es schon etliche Jahre vor den Zauberkästchen gegeben hatte. Mr. Carmichael hatte ebenfalls einen in seinem Arbeitszimmer. Allerdings benutzte er ihn nur, wenn er von zu Hause aus arbeitete. *Von zu Hause aus arbeiten,* Amy schüttelte bei dieser Vorstellung amüsiert den Kopf. Ob er dabei wohl auch einen Anzug trug? Mr. Moore hätte seinerzeit während seiner Bankgeschäfte nicht auf seinen Anzug und den teuren Hut verzichtet. Der Gedanke war einfach zu komisch.

Sie passierten die Spieleabteilung und erreichten schließlich den Bereich mit den Handys. Amy stockte der Atem. Es gab sie tatsächlich in allen Größen! Ehrfürchtig nahm sie ein besonders schönes Exemplar in Rosé-Gold in die Hand. „Schau nur, Peggy, wie es glitzert.“

Doch die alte Dame bekam von Amys Worten nicht viel mit, sie hatte allem Anschein nach ein ganz anderes Objekt der Begierde ins Auge gefasst.

„Na wen haben wir denn hier“, raunte sie ihrer Freundin leise zu. „Nicht aufschauen, der Mann dort drüben starrt dich schon die ganze Zeit über an.“

Dennoch hob Amy langsam den Kopf. Wie sollte sie nicht aufschauen, wenn Peggy sie in diesem Ton darauf hinwies. Ihr Herz setzte für einen Schlag aus, als sie erkannte, um wen es sich handelte.

„Ach du Schreck“, entfuhr es ihr lauter als gewollt. „Das ist Mister Carmichael, mein Boss!“

„Das ist dein Boss?“ Die alte Frau schnalzte mit der Zunge. „Du hast mir gar nicht erzählt, dass er wie der Zwillingsbruder von *McDreamy* aussieht.“ Sie fuhr sich kurz durchs weiße Haar und zupfte sich die Bluse zurecht.

„Wer?", hakte Amy verständnislos nach, während sie mit großen Augen verfolgte, wie sich Peggy die Lippen nachzog. Die Situation erinnerte sie so sehr an damals. Ihre Freundin hatte den kussechten Lippenstift von Avon in den 50ern geliebt.

„Na Patrick Dempsey."

Ehe Amy fragen konnte, von wem sie redete, entdeckte sie Lilly, die nun freudestrahlend auf sie zu rannte.

10

Alex

„Miss Applebee!"

Alex verfolgte, wie Lilly von der Bank aufsprang und geradewegs auf die junge Frau im vanillegelben Kleid zu rannte.

Miss Applebee? Das konnte unmöglich sein. Die Nanny seiner Kinder trug für gewöhnlich ein Blusenkleid samt Hütchen mit Nadel. Dazu blickdichte Strumpfhosen, und das zu Recht. Keine Nanny sollte vom Vater *ihrer* Kinder derart angestarrt werden. Aber woher hätte er wissen sollen, dass es sich um ein- und dieselbe Frau handelte? Aus dieser Entfernung und mit den offenen Haaren wirkte die Nanny wie ein anderer Mensch! Zum Glück hatte ihm seine Tochter weitere Peinlichkeiten erspart.

„Lilly! Was für eine Überraschung!"

Die beiden fielen sich stürmisch um den Hals, als hätten sie sich Jahre nicht gesehen, dabei waren sie erst einige Stunden getrennt.

Erst als Alex bemerkte, dass sich zwischenzeitlich auch seine Mom und Ryan auf den Weg gemacht hatten, um Miss Applebee zu begrüßen, erwachte er aus seiner Starre. Kurz atmete er tief durch und ging mit klopfendem Herzen ebenfalls zur Gruppe, die sich lautstark unterhielt. Alex musste schmunzeln, denn Miss Applebee wirkte heute aus irgendeinem Grund mehr als aufgeregt, und ihre Augen leuchteten. In diesem Moment sah sie auf und löste mit ihrem Blick ein sehnsuchtsvolles Ziehen in seiner Magengrube aus. *Verdammt, was passiert hier gerade?* Er konnte sich unmöglich in die Nanny verlieben. Sie lächelte ihm kurz zu, was ihm völlig den Rest gab.

„Stellt euch vor, ich bekomme gleich mein erstes Zauberkästchen!", sprudelte es aus Amy heraus, als sie sich wieder an seine Kinder wandte.

„Da kann ich dir das iPhone 13 empfehlen", schlug sein Sohn ihr mit geschäftsmännischer Stimme vor. „Mit zwölf Megapixel und hochauflösender Kamera."

Erstaunt drehte sich Amy zu der alten Dame um, die offensichtlich zu ihr gehörte. „Hast du das gehört, Peggy? Eine hochauflösende Kamera."

Die Dame schnitt nur unbeeindruckt eine Grimasse und richtete anschließend ihren Blick auf Alex, der gerade zu ihnen stieß. „So, so und Sie sind also Mister Carmichael."

Bildete er es sich nur ein oder verzog sich ihr Mund gerade zu einem amüsierten Grinsen, während sie ihn einer schnellen Musterung unterzog.

„Ähm, ja", erwiderte er leicht nervös.

Irgendein Gefühl sagte ihm, dass es die alte Dame immer noch faustdick hinter den Ohren hatte. In ihren

Augen erkannte er trotz ihres hohen Alters ein Funkeln, das auf eine turbulente Vergangenheit schließen ließ. Mit Sicherheit hatte sie sich als junge Frau nicht vor Verehrern retten können, denn sie wirkte auf ihre Art immer noch attraktiv und nicht wie eine betagte Granny.

Alex' Blick wanderte hilfesuchend zu Amy, die sich allerdings gerade zu Lilly heruntergebeugt hatte, um die neuen Sandalen zu bewundern. Ganz offensichtlich hatte seine Tochter ihre Nanny bereits über ihre Liebe zu diesen Schuhen eingeweiht, denn Miss Applebee schien sich über Elsa genauso sehr zu freuen wie seine Kleine.

„Hallo, Mister Carmichael. Ist es nicht ein kleines Wunder, dass wir uns ausgerechnet hier bei *Macy's* über den Weg laufen?", begrüßte Amy ihn kurz darauf mit einem strahlenden Lächeln, das ihn völlig aus dem Konzept brachte.

„Das stimmt", stammelte er geistesgegenwärtig. Gleichzeitig spürte er immer noch den Blick der alten Dame auf sich. Handelte es sich womöglich um Miss Applebees Großmutter, die den Arbeitgeber ihrer Enkelin einzuschätzen versuchte?

„Oh, wie unhöflich von mir." Amy lächelte die Carmichaels entschuldigend an. „Das ist Peggy, meine beste Freundin. Sie hilft mir heute mit dem Zauberkästchen."

Ehe sich Alex wundern konnte, was die beiden miteinander verband, fuhr Amy empört fort. „Ich wäre beinahe auf ein Plagiat hereingefallen, bei diesem Koreaner am Rockefeller Center. Erst in allerletzter Sekunde habe ich gesehen, dass es gar kein Apfel war!"

Alex sah irritiert zwischen Amy und seinem Sohn hin und her, der sich köstlich über diese Anekdote zu amüsieren schien. Miss Applebee konnte unmöglich so naiv sein. Aber nach dem Missgeschick mit seiner goldenen Kreditkarte wunderte ihn auch das nicht mehr. Sein Mund verzog sich zu einem liebevollen Lächeln, während er weiter ihrem munteren Geplapper lauschte.

11

Amy

„Auf welchen Namen, Miss?"

„Alex", erwiderte Amy und sah sich anschließend mit einem stolzen Lächeln um, erntete von der Dame hinter sich allerdings nur einen verständnislosen Blick. Zum ersten Mal war es ihr im Kaffeehaus gelungen, fehlerfrei eine Bestellung aufzugeben und dann noch für gleich zwei Frappuccinos.

Amy tummelte sich in den Wartebereich und zückte dort ebenfalls ihr neues Zauberkästchen, um sich etwas die Zeit zu vertreiben. Dieses Teufelsding machte eindeutig süchtig, sie hatte es übers Wochenende kaum aus der Hand gelegt. Erst hatte sie sich einige Episoden der *Ed Sullivan Show* angesehen und direkt eine neue Gruppe kennengelernt, die ihr viel sympathischer war als diese *Stones*. Die *Beach Boys*. Es handelte sich dabei um fünf junge Männer aus Kalifornien, die nicht nur ein Talent fürs Singen hatten, sondern auch gerne surften. Während ihres Auftritts hatte man sogar ein paar Bilder vom Strand gezeigt. Amy konnte immer noch nicht fassen, wie unverschämt freizügig die jungen Frauen in Malibu waren.

Nach der *Ed Sullivan Show* hatte sie das Zauberkästchen mit allerlei Fragen gelöchert. Es war, wie sie zugeben musste, schon etwas beunruhigend, was dieses *Google* so alles wusste. Es hatte ihr innerhalb von Sekunden zu allem eine passende Antwort ausgespuckt. Sogar über diesen *McDreamy*, einen attraktiven Neurochirurgen aus Seattle. Für einen Augenblick fragte sich Amy, was Peggy mit ihm zu schaffen hatte. Sie verzog verlegen den Mund, denn kurz darauf hatte sie auch nach Mr. Carmichael gesucht – ähm gegoogelt. So nannte man diese Art der Informationsbeschaffung. Kein Wunder, dass sie kaum mehr Herren mit aufgeschlagenen Tageszeitungen in der U-Bahn antraf, wo es jetzt diese Errungenschaft gab.

„Amy und Alex", ein junger Mann holte sie aus ihren Gedanken. Er stellte zwei beschriftete Pappbecher auf den Tresen und kümmerte sich anschließend wieder um die dampfende Maschine hinter sich.

Schnell verstaute Amy ihr Handy in der Handtasche und schnappte sich kurz darauf die beiden Frappuccinos, die in einer praktischen Halterung steckten. Mr. Carmichael würde sich über diese kleine Aufmerksamkeit sicher freuen.

Amy verließ den Starbucks, der sich unweit des Naturkundemuseums befand, und machte sich auf den Weg zu ihrem Arbeitsplatz. Heute war sie extra etwas früher aufgebrochen, um für sie alle Frühstück zu machen. Für gewöhnlich kam sie erst eine Stunde später, kurz bevor Mr. Carmichael in die Kanzlei musste. Amy erreichte das freundliche Brownstone, vor dem Annalise erst letzte Woche einige Margeritenstämmchen aufgestellt hatte – es sah entzückend aus –, dann stieg sie die Treppe hinauf. Einen Moment überlegte sie, ob sie klingeln sollte, doch dann öffnete sie die Tür kurzerhand selbst. Mr. Carmichael hatte ihr dafür doch extra die Hausschlüssel gegeben.

Sie trat ein und schloss leise die Tür, um die Kinder nicht zu wecken, anschließend befreite sie sich von ihrem Jäckchen und dem Hut und schlich auf Zehenspitzen in die Küche.

„Miss Applebee!"

„Mister Carmichael!", schrie Amy nicht weniger erschrocken, als sie ihren Boss in nichts weiter als Unterhosen hinter dem Tresen entdeckte. War sie *zu* früh dran? Panisch sah sie zwischen der Uhr und ihrem halb nackten Arbeitgeber hin und her, erst dann fiel ihr auf, dass sie tatsächlich zwei ganze Stunden vor der Zeit war. Sie brauchte doch nicht zwei Stunden, um Frühstück zu machen! Während sich ihre Gedanken geradezu überschlugen, starrte sie wie hypnotisiert auf Mr. Carmichaels Brust – sie hatte noch nie eine nackte Männerbrust gesehen – zumindest nicht live und in Farbe. Mal ganz zu schweigen von Herrenunterwäsche. Das Modell vor ihr hatte keine Ähnlichkeit mit jenen aus der Reklame. Die Firma *Jockey* warb für einen straffen Sitz, der maskulinen Komfort nicht ausschloss. Allein die Botschaft hinter diesem Slogan trieb ihr die Schamesröte ins Gesicht. Zudem waren die Modelle scheuerfest und ließen sich leicht waschen. Ein wichtiger Punkt, schließlich besaßen nur die wenigsten Kunden einen Waschautomaten und weißer Stoff war für gewisse Flecken sehr anfällig ... *Stopp*, rief sich Amy schnell zur Vernunft.

„Miss Applebee, Sie sind schon da?" Die Verwirrung in Mr. Carmichaels Stimme war unüberhörbar. Amy verfolgte, wie ihr Boss sich aus Mangel an Alternativen ihre geblümte Schürze schnappte und sie sich schützend vor sein Gemächt hielt. Heilige Mutter Gottes, sie könnte diese Schürze nie wieder tragen, ohne direkt die gut ausgefüllten Unterhosen und die nackte Männerbrust vor Augen zu haben.

„Ich, ich wollte Sie überraschen und Frühstück machen", stammelte Amy mit klopfendem Herzen und stellte die Becher endlich auf dem Küchentresen ab, „damit Sie noch etwas Zeit mit Ihren Kindern haben."

„Oh, das ist aber nett", erwiderte Alex mit einem überraschten Lächeln. „Und deswegen sind Sie extra um fünf Uhr aufgestanden?"

Amy kicherte nervös, wie sollte sie ihm erklären, dass sie mit diesem neuartigen Wecker von Peggy nicht klarkam.

„Die Überraschung ist wohl nach hinten losgegangen." Ihre Augen wanderten automatisch zur Schürze. Heilige Mutter Gottes, sie hatte es gewusst, das Geschenk ihrer Mutter war für immer mit diesem Bild besetzt.

„Aber nein, ganz und gar nicht", erwiderte Alex schnell, „ich freu mich sehr darüber." Sein Blick fiel auf die Becher auf dem Tresen. „Und Kaffee haben Sie auch noch mitgebracht."

„Hier trinken Sie einen Schluck, der ist wirklich köstlich."

Nach einem kurzen Zögern schnappte sich Alex den Frappuccino mit Dreifach-Topping aus Sahne, Sirup und Kakaopulver und kostete.

„Nicht gut?", hakte Amy irritiert nach, als Alex mehrmals blinzelte.

„Oh, doch", erwiderte er schnell und zog wie zum Beweis noch einmal am Strohhalm, bevor er den Becher wieder abstellte. „Vielen Dank, Miss Applebee. Ich fühle mich schlagartig wacher und klarer im Kopf."

Amy grinste bis über beide Ohren, dann hatte sie doch alles richtig gemacht. Es war wichtig, dass Mr. Carmichael mit einem wachen Verstand in den Tag startete, schließlich war er Anwalt und brütete oft stundenlang über langweiligen Paragrafen.

„Ich zieh mich dann besser mal um", holte Alex sie schmunzelnd aus den Gedanken, „außerdem steht Ihnen die Schürze viel besser."

Für einige Sekunden sahen sie sich einfach nur schweigend an, bevor Alex fortfuhr. „Und tut mir leid, normalerweise laufe ich nicht in Unterwäsche durchs Haus."

Amy winkte ab. „Ich muss mich entschuldigen, ich hätte nicht ungefragt hereinplatzen sollen. Beim nächsten Mal klingel ich wieder."

„Oh, nein", erwiderte Alex eilig. „Darum geht es nicht, bitte, benutzen Sie den Schlüssel weiterhin, es würde mich sehr freuen."

Sehr freuen?, schoss es Amy amüsiert durch den Kopf. Konnte es sein, dass Mr. Carmichael gerade ebenfalls etwas verwirrt war, oder lag es an der dreifachen Frappuccino-Dosis am frühen Morgen, dass er auf einmal so redselig war?

Sie verzog schmunzelnd das Gesicht.

„Okay, ich sollte jetzt wirklich nach oben gehen und mich umziehen – und ich glaube, Sie brauchen die hier eher als ich – wir wollen doch nicht, dass Ihre Uniform Fettspritzer abbekommt."

Er zwinkerte ihr frech zu, dann zog er sich die Schürze kurzerhand über den Kopf und reichte sie Amy. Als Alex schließlich die Küche verließ, schlug ihr das Herz bis zum Hals.

Peggy würde aus allen Wolken fallen, wenn sie wüsste, was eben geschehen war. Seit ihrem Ausflug zu *Macy's* und ihrem Zusammentreffen mit den Carmichaels hörte ihre Freundin gar nicht mehr auf, von *McDreamy* zu schwärmen und sie mit diesem bedeutungsvollen Blick anzusehen. Sie hatte sie ernsthaft gefragt, ob sie sich wegen ihm so schnell für den Job entschieden hatte. Pah, Amy schüttelte entschieden den Kopf. Peggy sollte sie eigentlich besser kennen. Schließlich hatte sie sich mit ihrem Eintritt bei den *Midtown Nannies* einen Kodex auferlegt – und dieser beinhaltete neben einem strengen Dresscode und absoluter Verschwiegenheit auch, dass man sich vom Vater der Kinder fernhielt. Allein schon die Tatsache, dass sie ihr Zauberkästchen befragt hatte, um ihn mit diesem Doppelgänger-Doktor aus Seattle zu vergleichen, verstieß gegen ihre übliche Natur. Aber was war in den letzten Tagen überhaupt noch normal? Zwischenzeitlich gönnte sie sich bereits zum Frühstück einen riesigen Becher Eiskaffee mit Sahne und schoss während der U-Bahn-Fahrt lustige Selfies. Selbst auf ihre blickdichten

Strumpfhosen hatte sie heute zum allerersten Mal verzichtet, nachdem Peggy ihr klargemacht hatte, wie altbacken sie darin wirkte.

Amy kicherte, ein Glück, dass Ms. Watson, die Agenturchefin, sie so nicht mehr sehen konnte. Sie band sich die Schürze um, die immer noch nach Mr. Carmichaels Duschseife duftete und wurde beim Gedanken an ihren Boss unter der Handbrause knallrot. Was war heute nur mit ihr los? Sie öffnete den Kühlschrank – das Kochen würde sie garantiert auf andere Gedanken bringen – und holte die Packung mit den Eiern heraus. Heute wollte sie die Kinder mit French Toast überraschen und bei dieser Gelegenheit auch gleich die älteren Brotscheiben verwerten. Sarah und Thomas hatten dieses Frühstück immer geliebt und auch Mrs. Moore war jedes Mal begeistert gewesen, dass man aus Resten noch so etwas Leckeres zaubern konnte. Not machte eben erfinderisch.

Amy heizte die Pfanne mit Öl auf, anschließend verquirlte sie vier Eier in einer Schüssel, doch nach einem Blick in die Brotbox verzog sie enttäuscht das Gesicht. Mist, es gab gar keine alten Brotkrusten. Nachdenklich sah sie sich um, dann entdeckte sie eine neue Packung Toast. Auch wenn es regelrecht Verschwendung war und sie von Mr. Moore einen missbilligenden Blick geerntet hätte, schnappte sie sich eine Scheibe und tauchte sie probehalber ins Eierbad. Skeptisch verzog sie das Gesicht, denn die Flüssigkeit machte das weiche Brot noch weicher … doch wenige Minuten später, nach einer ersten Kostprobe musste sie sich eingestehen, dass diese Version alles toppte.

„Mmh, das riecht aber gut.“

Amy drehte sich nach Alex um, der in diesem Moment, glücklicherweise vollständig bekleidet, die Küche betrat.

„Ich habe das schon seit 'ner Ewigkeit nicht mehr gegessen", bemerkte er mit einem fast jungenhaften Lächeln, als er am Tresen Platz nahm.

„Sie kommen genau richtig, der Nächste ist gleich fertig." Es kostete Amy all ihre Willenskraft, sich wieder auf die Pfanne zu konzentrieren, denn nach einem Blick in Alex' Augen hatte ihr Herzschlag für einen Sekundenbruchteil ausgesetzt. Irgendetwas hatte sich verändert, und Amy war nicht so naiv zu glauben, dass es allein an seiner nackten Männerbrust lag. Nein, es war etwas anderes … Erst als Mr. Carmichael eine Stunde später das Haus verließ, wurde ihr klar, was sie derart berührt hatte. Der traurige Schatten in seinen blauen Augen war endlich einem hoffnungsvollen Leuchten gewichen.

***

„Warum hast du uns nicht geweckt, Amy?", fragte Lilly zwischen einem müden Gähnen und dem dritten French Toast.

„Euer Dad meinte, dass es gestern Abend ziemlich spät geworden ist."

Amy lächelte das kleine Mädchen an und sah anschließend zu Ryan, der sich den Kopf mit der Hand abstützte und aussah, als hätte er die halbe Nacht durchgemacht. Vermutlich hatte er mit seinen Freunden auch wieder heimlich Zombies gejagt. Zwischenzeitlich wusste sie, was damit gemeint war. Es musste sich um ein ähnliches Spiel handeln, wie es Peggys Urenkel mit dabei gehabt hatte, als Dr. Alan Strand junior ihr am Wochenende das Zauberkästchen eingerichtet hatte.

„Wir haben Daniel und Claire besucht", klärte Lilly sie begeistert auf, „sie wohnen in einer riesigen Villa und haben sogar einen Pool."

„Das ist ja toll!"

Alex hatte ihr beim Frühstück bereits erzählt, dass sie den gestrigen Sonntag bei seinem Boss in den Hamptons verbracht hatten. Sie kannte die Region auf Long Island nur vom Hörensagen und aus Zeitungsberichten. Erst vor Kurzem hatte die New York Times einen Artikel über Marylin gebracht. Die Schauspielerin war extra für Fotoaufnahmen an die Küste der Reichen und Schönen gereist. Ob Arthur Miller sie begleitet hatte?

Amy schüttelte sich kurz, als ihr wieder einfiel, dass seitdem über sechzig Jahre vergangen waren. Vermutlich hatte sich auch in den Hamptons so einiges verändert.

„Dad hat mit mir Schwimmen geübt!" Lillys Augen strahlten vor Glück. „Und danach sind wir noch an den Strand und haben eine Prinzessinnenburg gebaut."

„Das hört sich super an! Ihr hattet bestimmt eine Menge Spaß."

Wie gerne hätte sie die drei bei ihrem Tagesausflug begleitet. Allein schon, um einen Blick auf die schicken Häuser mit Pool zu werfen. Mit Sicherheit waren die Hamptons nach wie vor sehr exquisit und teuer. Beim Gedanken an ihren Boss, der mit seiner kleinen Tochter zwischen all den reichen Damen am Strand eine Sandburg baute, schmolz ihr Herz.

„Und wie hat es dir gefallen?"

Sie wandte sich an Ryan, der sich gerade einen weiteren French Toast schnappte. „War okay, nur etwas langweilig", brummte der Teenager müde und fuhr sich mit der Hand durchs Haar, das ihm mittlerweile in die Augen fiel. Sie musste dem Jungen eine Dose Pomade besorgen oder den Barista im Kaffeehaus fragen, wie es ihm gelang, sein Haar ganz ohne Schmiere zu bändigen. Ryan konnte glatt als einer dieser *Beatles* durchgehen, eine Gruppe aus England, die sie ebenfalls noch nicht gekannt hatte.

„Willst du dir nicht endlich mal die Haare schneiden lassen?", fragte Lilly, der in diesem Moment wohl ebenfalls der leicht verwegene Look ihres Bruders aufgefallen war.

Ryan pustete sich eine Strähne aus der Stirn. „Geht heute ja wohl schlecht, wenn Dad arbeiten muss."

Amy verzog nachdenklich das Gesicht. Mr. Carmichael hatte ihr genügend Bargeld dagelassen, das nicht nur für einen weiteren Besuch im Museum ausreichen würde, sondern auch, um die Kinder komplett neu einzukleiden. Mit Sicherheit hatte er nichts dagegen, wenn sie Ryan zu einem fähigen Barber brachte, damit sich dieser um ihn kümmerte. Ob der Barbershop in der Bleeker Street, von dem Mr. Moore immer so geschwärmt hatte, wohl noch existierte? Er lag rein zufällig gleich um die Ecke von Alex' Arbeitsstelle. Vielleicht könnten sie auf dem Rückweg in der Kanzlei vorbeischauen? Mr. Carmichael würde sich über einen Überraschungsbesuch seiner Kinder sicher sehr freuen, nachdem er sie heute Morgen nicht mehr gesehen hatte.

„Daran soll es nicht scheitern“, erwiderte Amy entschlossen und zwinkerte ihm zu. „Auch für solche Dinge ist eine Nanny da.“

Ryan stöhnte laut auf. „Na toll, das sind ja schöne Ferien.“

„Wir können anschließend euren Dad besuchen gehen und einen Happen essen. Was haltet ihr davon?“

„Ja! Wir überraschen Daddy und Daniel! Ich war noch nie in der Kanzlei!“

Lilly war aufgesprungen und führte einen Freudentanz auf. Ryan allerdings verzog nachdenklich das Gesicht, als müsse er sich erst noch überlegen, was für ihn dabei – außer einem neuen Haarschnitt – heraussprang.

„Können wir einen Abstecher zum Comicladen machen?“

„Na klar, warum denn nicht?“, erwiderte sie mit einem zufriedenen Schmunzeln. Mr. Carmichael hätte sicher nichts dagegen, wenn ein Comic alles war, was es an Überredung brauchte.

***

Amy staunte nicht schlecht, als sie knapp zwei Stunden später Mr. Moores bevorzugten Barbershop in der Bleeker Street erreichten. Es grenzte beinahe an ein kleines Wunder, dass er nach all den Jahren immer noch existierte. Die Einrichtung war schlicht und lenkte die Aufmerksamkeit auf drei antiquierte Barberstühle mit rotem Polster, die mit ihren verchromten Armlehnen sehr einladend wirkten. Sie konnte sich ihren ehemaligen Boss beinahe bildlich vorstellen, wie er genau hier seine Rasur genossen hatte – selbstverständlich im Anzug und sehr gönnerhaft mit Zigarre. Vermutlich stammten auch die Spiegel von damals. Sie erkannte darauf viele schwarze Sprenkel, Spuren der Zeit.

Amys Herz machte einen Sprung, denn es fühlte sich wie Nachhausekommen an. Nicht, dass sie als Dame je solch ein Etablissement besucht hätte. Nein, Peggy hatte sich in den letzten Monaten stets um ihre Frisur gekümmert. Schritt für Schritt anhand dieser Anleitung aus ihrem Avon-Magazin. Peggy hatte das rare Stück zu ihrer Bestellung mitbekommen – Puder und Parfum – und hütete es wie ihren Augapfel. Seitdem probierte ihre Freundin die typgerechten Schminktipps täglich aus und brachte die Männer mit ihrem sündhaften Aussehen ganz um den Verstand.

Ein leicht vergilbtes Schaubild in Schwarz-Weiß, das über der Kasse hing, zog Amys Aufmerksamkeit auf sich. Es zeigte eine repräsentable Auswahl an Herrenhaarschnitten, aus denen man ganz einfach per Nummer auswählen konnte. Wie praktisch!

Kein Wunder, dass Mr. Moores Frisur stets perfekt gewesen war. Er hatte allem Anschein nach immer die Nummer drei gewählt.

„Ein Schnitt für den jungen Mann?", holte sie ein Angestellter in die Gegenwart zurück.

„Ja", erwiderte Amy etwas zögerlich, als ihr Blick auf seine Tätowierung fiel. Sie zog sich vom Hals hinauf bis zum Ohr, in dessen Läppchen, warum auch immer, eine große Plastikscheibe steckte. Am liebsten hätte sie auf dem Absatz kehrtgemacht, doch Ryan saß bereits auf einem Barberstuhl.

Der Friseur schenkte ihr ein amüsiertes Lächeln. „Na, da kann es einer wohl kaum erwarten. Nehmen Sie bitte mit Ihrer Tochter Platz. Meine Kollegin kommt gleich und bringt Ihnen etwas zu trinken.“

Bevor Amy ihn aufklären konnte, dass sie „nur“ die Nanny war, war er schon verschwunden. Sie setzte sich mit Lilly auf die Couch und ließ den Mann nicht aus den Augen. Sicher war sicher. Erst als er mit Ryan über dessen neuen Comic fachsimpelte und der Junge dabei regelrecht aufblühte, fasste sie etwas Vertrauen. Amy schüttelte schmunzelnd den Kopf, dann nahm sie einen Schluck vom Kaffee, den man ihr gebracht hatte, kaum dass sie mit Lilly Platz genommen hatte, und entspannte sich.

„Daddy wird vor Freude ausflippen“, bemerkte das Mädchen, während sie gedankenverloren durch ihren eigenen Comic blätterte.

Amy dagegen war sich gerade gar nicht mehr so sicher, ob die Idee wirklich so gut war, ihren Boss während der Arbeitszeit zu überfallen. Sie wusste von ihrem ersten Gespräch mit Annalise, dass Mr. Carmichael in der Arbeit sehr viel Stress hatte. Was, wenn dieser spontane Einfall, wie ihre Überraschung am Morgen, nach hinten losging?

„Na, was sagt ihr?“ Ryan holte sie mit einem zufriedenen Grinsen aus ihren Gedanken.

Amy starrte auf seine Frisur. Verdammt, hätte sie doch nur aufgepasst. Oder dem jungen Barber gleich zu Beginn eingetrichtert, dass er sich nur an die Nummer drei auf der Schautafel halten solle.

An Ryans Pony hatte sich kaum etwas geändert, dafür waren die Haare zu beiden Seiten komplett abrasiert.

12

Alex

Alex verzog das Gesicht, als er erneut vom Frappuccino kostete, den Miss Applebee ihm am Morgen mitgebracht hatte. Was zum Teufel war da drin? Neben Sahne, die mittlerweile zu einer braunen Pampe verlaufen war, schmeckte er aromatisierten Sirup und Zartbitterschokolade.

Aber er hatte es nicht übers Herz gebracht, sein Zuhause ohne dieses Gebräu zu verlassen. Dabei hatten sich ihm bereits nach dem ersten Schluck die Fußnägel aufgerollt – doch er wollte Miss Applebee nicht kränken. Sie hatte ihm beim Gehen den klebrigen Becher fürsorglich gereicht und ihm einen wunderschönen Tag gewünscht. Wie hätte er sie da vor den Kopf stoßen können? Bei der Erinnerung an ihr strahlendes Lächeln machte sein Herz einen Sprung. Was war nur mit ihm los, dass er seit dem Morgen permanent an die Nanny seiner Kinder dachte?

Eigentlich hatte es schon nach ihrer Begegnung bei *Macy's* angefangen. Sie hatte ihm mit diesem vanillegelben Petticoatkleid vollkommen den Kopf verdreht.

Er sah in ihr nicht mehr nur die Nanny, sondern eine Frau mit sehr viel Gefühl und einem Herzen am rechten Fleck. Zudem brachte sie ihn und die Kinder mit ihrer unbeschwerten Art oft zum Lachen.

Sein Mund verzog sich zu einem amüsierten Grinsen, als er sie wieder mit diesem erschrockenen Blick vor sich sah. Sie hatte auf ihn fast so gewirkt, als hätte sie noch nie einen halb nackten Mann gesehen. Was natürlich Blödsinn war. Mit Sicherheit hatte auch Miss Applebee schon die ein oder andere Beziehung hinter sich. Es konnte demnach nur an ihren hohen Moralvorstellungen als Nanny liegen, dass sie ihren Boss nicht gerade in Unterwäsche antreffen wollte.

Mit den Worten: „Alex, du hast Besuch!", holte ihn Daniel aus den Gedanken. Der Eigentümer der Kanzlei stand mit einem breiten Lächeln in der Tür und sah den dunkelhaarigen Anwalt amüsiert an. Alex hatte keine Ahnung, warum sein Vorgesetzter so strahlte, als hätte er eben einen großen Fall erfolgreich abgeschlossen – dann klappte ihm die Kinnlade herunter. Sein Blick fiel zuerst auf Miss Applebee, die Lilly fest an der Hand hielt, damit die Kleine im Big Apple auch ja nicht verloren ging, kurz darauf tauchte Ryan hinter ihnen auf. Alex musste mehrmals blinzeln, er konnte kaum glauben, dass Miss Applebee gelungen war, was er bereits seit Wochen vergeblich versuchte – seinen Sohn zu einem Friseurbesuch zu überreden.

„Mister Carmichael, es tut mir so schrecklich leid. Aber der tätowierte Barber mit seiner elektrischen Maschine war so schnell und ehe ich wieder hinsah, war es schon zu spät", sprudelte es aufgeregt aus ihr heraus.

Alex sah zurück zu Amy, die aussah, als stünde sie kurz vor einem Kollaps. Sprach sie etwa von Ryans Undercut? Er konnte ihr nicht wirklich folgen.

„Daddy!" Lilly riss sich von Amy los und fiel ihm kurz darauf stürmisch um den Hals. „Ist uns die Überraschung gelungen?"

Alex drückte seine Tochter fest an sich. „Und ob, mein Schatz, ich freu mich riesig darüber, dass ihr vorbeigekommen seid."

„Cooles Büro, Dad!", bemerkte Ryan, der sich nun neugierig umsah und dann einfach auf dem Sofa Platz nahm, während Lilly die Utensilien auf seinem Schreibtisch inspizierte.

„Er hätte sich einfach nur an die Nummer drei halten sollen. Schon Mister Moore hat auf diesen zeitlosen Klassiker vertraut. Aber nein, er musste sich ja richtig an Ryans Haaren austoben – und wollte dafür auch noch ganze fünfzig Dollar."

Alex sah zurück zu Amy, die immer noch völlig aufgelöst in der Tür stand, dann erhob er sich schnell. Lilly kletterte, als hätte sie nur darauf gewartet, auf den ledernen Chefsessel und drehte sich im Kreis.

„Daniel, darf ich dir unsere Nanny vorstellen?" Er sah zu seinem Boss, der Amy mit einer Mischung aus Faszination und Neugierde ansah.

„Freut mich, Sie endlich kennenzulernen, Miss Applebee. Lilly hat uns am Wochenende schon so viel von Ihnen erzählt." Der grauhaarige Mann reichte ihr lächelnd die Hand.

„Die Freude ist ganz meinerseits", erwiderte Amy ebenfalls lächelnd, dann sah sie zurück zu Alex und verzog zerknirscht das Gesicht. „Wir wollten Sie überraschen und dann das. Beim nächsten Mal schneide ich ihm einfach selbst den Pony.“

„Dad, bitte erklär ihr, dass ein Undercut nichts Schlimmes ist“, kam es von Ryan amüsiert vom Sofa. Der Junge hatte sich mittlerweile mit seinem Handy ausgestreckt und schien sich im Büro seines Vaters pudelwohl zu fühlen.

Alex sah Amy nachdenklich an. Er konnte sich wirklich nicht erklären, warum sie wegen Ryans Frisur derart besorgt war. Klar, der Schnitt war etwas ungewohnt, aber er musste zugeben, dass er zu seinem Sohn passte.

„Also ich finde, dass Ryan mit seinem neuen Haarschnitt ziemlich gut aussieht“, beruhigte Alex sie im Plauderton. „Mich interessiert vielmehr, wie sie ihn endlich dazu gebracht haben, sich die Haare schneiden zu lassen.“

Er führte Amy, die nicht wirklich überzeugt zu sein schien, zu einem Sessel, der sich gegenüber seines Schreibtischs befand.

Bevor Amy Platz nahm, warf sie erneut einen skeptischen Blick auf Ryan, als rechnete sie damit, dass er sich einer gefährlichen Gang anschloss, um krumme Geschäfte am Hafen zu drehen.

„Mit einem Comic.“ Miss Applebee verzog amüsiert den Mund.

„Mit einem Comic?“, hakte Alex ungläubig nach, als er sich rücklings an die Schreibtischkante lehnte und sich mit den Händen abstützte.

Amy nickte eilig und wirkte dabei zufrieden.

„Ich glaub's nicht." Er schüttelte schmunzelnd den Kopf, dann sah er zu Lilly, die sich immer noch auf seinem Stuhl drehte, während Ryan auf der Couch chillte. Sein Herz floss vor Liebe über, denn dieser Moment war perfekt. Er hatte seine Kinder um sich und Nanny Applebee, die wie durch ein Wunder von einem Tag auf den anderen in ihr Leben getreten war.

Sein Blick wanderte zu ihr, die mit einem liebevollen Lächeln verfolgte, wie sich Lilly im Kreis drehte. Amy sah bezaubernd aus. Nur mit Mühe gelang es ihm, nicht aufzustehen und ihr die Strähne aus dem Gesicht zu streichen, die sich aus ihrer Frisur gelöst hatte. Ein sehnsuchtsvoller Schmerz durchfuhr seinen Körper, als er sie weiterhin unverwandt ansah und sich sein Puls mit jedem Atemzug beschleunigte. In diesem Augenblick wurde ihm klar, dass er nicht mehr ohne sie leben konnte.

„Eine Tasse Kaffee, Miss Applebee?"

Alex schreckte aus seinen Gedanken auf und sah zu Daniel, der gerade mit einem kleinen Tablett ins Büro kam. Er konnte seinem Boss und langjährigen Freund nichts vormachen, wie ihm dessen wissender Blick verriet. Daniel hatte sofort erfasst, was in seinem Inneren vor sich ging.

Für eine Sekunde schien der ältere Mann zu überlegen, ob er nicht einfach auf dem Absatz kehrtmachen sollte, um die vertraute Versammlung nicht zu stören.

„Oh, Daniel, danke." Alex richtete sich auf und schüttelte sich kurz, um wieder zu sich zu finden.

„Keine Ursache", erwiderte er mit einem Zwinkern. „Ich dachte mir nur, dass deine Überraschungsgäste vielleicht Durst haben."

Daniel stellte das Tablett mit dem Kaffee und zwei kleinen Saftflaschen auf Alex' Schreibtisch ab.

„Vielen Dank, bei Kaffee sag ich nicht nein", antwortete Amy höflich. „Obwohl ich heute schon mehr als genug hatte." Sie verzog beschämt das Gesicht. „Erst meinen morgendlichen Frappuccino, dann zwei Tassen Kaffee mit Mister Carmichael, eine weitere im Barbershop ... das wäre dann die fünfte Dosis noch vor dem Mittag!" Amy schlug sich bei dieser Erkenntnis erschrocken die Hand vor den Mund.

„Es waren zwei Tassen im Barbershop", erinnerte Ryan sie mit einem liebevollen Lächeln, das Alex' Verstand für einen Sekundenbruchteil aussetzen ließ. Es war dasselbe gutmütige Lächeln, das Ryan seiner Mom immer geschenkt hatte. Besonders in Situationen, wenn ihm etwas peinlich gewesen war.

Amy schien kurz zu zögern, dann griff sie achselzuckend nach dem Kaffee. „Auf einen mehr oder weniger kommt es wohl auch nicht mehr an."

„Den Spruch merke ich mir, wenn ich einen zweiten Schokoriegel essen will", bemerkte Ryan mit einem Zwinkern und entlockte den Männern ein herzhaftes Lachen und Amy ein Schmunzeln.

Der Junge stand von der Couch auf und schnappte sich eine Flasche Saft, die er fast in einem Schluck leerte, anschließend verzog er nachdenklich den Mund. „Dad, können wir in deiner Mittagspause was essen gehen?"

„Tolle Idee. Wie wär's mit *Joe's Pizza?*" Er sah erwartungsvoll in die Runde. Mittlerweile hatte Lilly das Interesse am Drehstuhl verloren und schaute sich neugierig im Büro um.

„Ja, Pizza und danach gehen wir in den Washington Square Park", jubelte sie aufgeregt. „Kann ich auch in den Brunnen?"

„Mit den Füßen ja." Alex tauschte einen Blick mit Amy, die immer noch an ihrer Tasse nippte. „Was meinen Sie, Miss Applebee?"

„Eine wundervolle Idee, ehrlich gesagt, kam mir der Gedanke auch schon."

Daniel klopfte Alex auf die Schulter, dann wandte er sich an Amy. „Hat mich sehr gefreut, Sie endlich kennenzulernen, Miss Applebee. Ich hoffe, wir sehen uns bald wieder."

„Es hat mich auch sehr gefreut und vielen Dank für den Kaffee." Sie erhob sich schnell und erwiderte Daniels Handschlag, ehe dieser mit einem „tschüss Lilly und Ryan" das Zimmer verließ.

Gerade als sich die bunt gemischte Gruppe ebenfalls auf den Weg machen wollte, betrat Craig überrascht das Büro. *Mist, das Timing ist mal wieder perfekt*, schoss es Alex durch den Kopf. Hätte sein Kollege nicht eine Viertelstunde später von seinem Meeting zurückkommen können?

„Oh, gibt es etwas zu feiern?", bemerkte dieser nach einem Blick auf das Tablett, bevor er Amy abschätzend musterte. Sein Mund verzog sich zu einem Grinsen. „Na, dann müssen Sie wohl Nanny Fine sein."

„Nanny Applebee", korrigierte sie ihn lächelnd.

„Amy, darf ich vorstellen: Craig, mein Kollege." Alex schnitt eine Grimasse, dabei hätte er seinem Kollegen am liebsten das süffisante Grinsen aus dem Gesicht gewischt. Da er ihn gut genug kannte, konnte er sich schon vorstellen, was diesem gerade durch den Kopf ging.

„Und das sind deine Kids?", fragte er etwas stumpfsinnig nach, bevor er seine Augen wieder auf Amy richtete. „Nettes Kostüm, auch wenn es für meinen Geschmack etwas zu steif wirkt."

„Zu steif?", hakte Amy mit großen Augen nach. „Diese Uniform zu tragen, ist eine Ehre, die nur den *Midtown Nannies* zuteilwird."

„Ach, ist das so?", hakte Craig mit einem charmanten Lächeln nach und verharrte mit den Augen für einen Moment an Amys Lippen.

Gerade als Craig nach ihrem Hut greifen wollte, stellte sich Alex schützend vor sie. „Bist du bald fertig mit deiner Musterung?", bemerkte er zähneknirschend.

Craig ließ die Hand sinken und drehte sich zu seinem Schreibtisch. „Beruhig dich wieder, Nanny Fine ist mir eindeutig lieber."

Erst jetzt fiel Alex auf, dass er die Fäuste ballte. Er atmete einmal tief durch, um sich wieder zu beruhigen, dann griff er nach Amys Hand. „Lasst uns gehen, ich hab Hunger."

***

„Ich mag deinen Kollegen nicht, er ist doof!" Lilly, die zwischenzeitlich zwischen Amy und Alex lief und beide an die Hand genommen hatte, schnitt eine Grimasse. „Er hat sich über Miss Applebees Uniform lustig gemacht."

„Lustig gemacht" war gut. Sein Kollege hatte sich vielmehr vorgestellt, wie er Amy von dieser „steifen" Uniform befreien konnte. Allein der Gedanke, dass ein so schmieriger Typ wie Craig seine Finger über ihren Körper gleiten ließ und sie im Grunde nur benutzte, ließ erneut die Wut in ihm hochkochen.

„Ein aufgeblasenes Arschloch ist er. Wie hältst du es nur mit dem Typ aus, Dad?", zischte ihm Ryan leise zu. Alex ließ ihm seine Ausdrucksweise ausnahmsweise durchgehen, da er in diesem Punkt völlig recht hatte.

„Kollegen kann man sich leider nicht aussuchen." Er schnitt eine Grimasse und wandte sich dann mit einem entschuldigenden Lächeln an Amy. „Tut mir leid, wegen Craig. Er weiß einfach nicht, wann genug ist. Ich finde Ihre Uniform nämlich sehr hübsch."

Amy winkte gut gelaunt ab. „Ich hatte auch eine Kollegin. Cindy war ihr Name. Sie mochte die Uniformen der *Midtown Nannies* auch nicht. Können Sie sich vorstellen, dass sie die Rocklänge einfach um eine Handbreit gekürzt und aus der Bluse drei Zentimeter herausgenommen hat?"

Alex verzog über Amys entsetzten Gesichtsausdruck amüsiert den Mund. Für die junge Frau schien der Eingriff in die Rocklänge wirklich ein handfester Skandal zu sein. Dabei war die Uniform für heutige Verhältnisse wirklich nicht mehr modern. Sie erinnerte mit dem Schnitt vielmehr an solche, wie man sie in den 50er-Jahren getragen hatte.

Kurze Zeit später erreichten sie *Joe's Pizza*. Zum Glück war nicht viel los, sodass sie direkt eintreten konnten. Wie immer fiel sein Blick direkt auf die Galerie an der Wand. Sie beinhaltete unzählige Schnappschüsse von

prominenten Gästen, die ebenfalls bei *Joe's Pizza* einge-
kehrt waren. Darunter ein Bild von Bradley Cooper, der
gemeinsam mit dem Eigentümer der Pizzeria vor der
Kamera posierte.

Auch Miss Applebee warf einen interessierten Blick
auf die Wand, drehte sich jedoch kurze Zeit später unbeeindruckt weg. Okay, die Nanny seiner Kinder war
offensichtlich kein Fan des smarten Schauspielers. Der
Flachbildschirm auf der gegenüberliegenden Seite übte
allem Anschein nach eine viel größere Anziehungs-
kraft auf sie aus. Insbesondere ein Werbespot, in dem
zwei animierte Pepsidosen miteinander sprachen. Er
hatte diesen witzigen Spot bestimmt hundert Mal gesehen, doch die Nanny seiner Kinder machte auf ihn den
Eindruck, als sähe sie ihn heute zum allerersten Mal.

Sie rückten weiter in der Schlange auf und bestellten
zwei große Pizzen. Wenige Minuten später verließen
sie *Joe's Pizza* wieder, um im nahe gelegenen Washington Square Park Mittag zu essen.

***

„Daddy, ich will auch Anwältin werden, dann kann
ich jeden Tag im Park Pizza essen.“

Alex entfuhr ein herzhaftes Lachen. „Auch wenn ich
mich sehr darüber freuen würde, wenn du in meine
Fußstapfen trittst, denke ich, dass etwas Kreatives viel
besser zu dir passt.“

„Glitzerbilder malen?“, fragte Lilly hoffnungsvoll.

„Ja, warum nicht, oder Miss Applebee?“ Er sah zu
Amy, die zu seiner Rechten saß und gerade nach einem

Bissen genussvoll die Augen schloss. Ganz offensichtlich hatte er mit der Pizza ins Schwarze getroffen.

„Oh, ja. Ich liebe deine Bilder, besonders diejenigen mit extraviel Glitzer."

Die Kleine strahlte ihre Nanny bis über beide Ohren an, als zählte ihre Meinung mehr als alles auf der Welt. „Okay, dann werde ich doch lieber Künstlerin."

„Was, noch mehr Puder?" Ryan schnaufte neben Alex theatralisch auf. Sein Teenagersohn war heute ganz offensichtlich zu Scherzen aufgelegt. Doch Lilly ließ sich nicht beirren, schließlich hatte Amy ihr Talent vor einer Sekunde euphorisch abgesegnet.

„Noch ein Stück Pizza?" Ryan sah seine kleine Schwester fragend an.

„Nö, ich kühl mich jetzt ab."

Ehe Alex reagieren konnte, war Amy aufgesprungen. „Ich komm mit dir mit."

Er verfolgte, wie die beiden zum Springbrunnen liefen, der sich in unmittelbarer Nähe befand und kurz darauf aus ihren Schuhen schlüpften. Miss Applebee wollte tatsächlich ebenfalls ins Wasser gehen? Mit einem amüsierten Grinsen beobachtete er, wie sie sich kurz umsah und anschließend ihr Kleid raffte, um vorsichtig in den Brunnen zu steigen. Sein Blick blieb an ihren nackten Beinen hängen, die ihn fast um den Verstand brachten. Bereits am Morgen war ihm aufgefallen, dass sie heute keine Strumpfhose zur Uniform trug.

„Du magst sie, oder, Dad?"

Bei Ryans Frage setzte sein Herz für einen Schlag aus. Es war eine Sache, sich selbst einzugestehen, dass er permanent an sie dachte, aber etwas komplett anderes, wenn es sogar schon seinem Sohn auffiel. Alex schluckte, denn die Worte ausgerechnet vor ihm auszusprechen, fühlte sich wie ein Verrat gegenüber Megan an.

„Ich kann nichts dagegen tun", erwiderte er leise und mit Tränen in den Augen.

„Mir geht es genauso. Ich wollte sie nicht hier haben, wegen Mom."

Alex legte seinem Sohn die Hand auf den Rücken, denn er wusste genau, wie er sich fühlte.

Fröhliches Lachen lenkte Alex' Aufmerksamkeit zurück zum Brunnen. Lilly hatte ihr Kleid bis zu den Knien hochgezogen und steckte nun bis zu den Waden im Wasser. Amy war dicht neben ihr und stach in ihrem Kostüm samt Hütchen sofort aus der Menge heraus. Für eine Weile sah er den beiden einfach nur zu, während sich Ryan weiter um seine Pizza kümmerte.

Plötzlich drehte sich Amy zu ihm um und schenkte ihm ein strahlendes Lächeln. Dann hörte Alex es auch. Die Doo-Wop-Gruppe war wohl gerade wieder im Park unterwegs. Selbst aus dieser Entfernung erkannte er, wie sich Amys Gesicht weiter aufhellte.

Gemeinsam mit Lilly kam sie eilig aus dem Wasser und sah sich aufgeregt um. „Ist das etwa …?" Sie legte sich ergriffen die Hand auf die Brust. Hatte Amy da etwa Freudentränen in den Augen?

„Alles okay?", hakte er vorsichtig nach. Er hatte sie noch nie so aufgewühlt erlebt.

„Bobby Darin! Hören Sie es auch?" Sie sah ihn an, als wäre in diesem Moment ein kleines Wunder geschehen.

Und auch Alex musste zugeben, dass die Stimmung gerade irgendwie aufgeladen, beinahe magisch war. Sein ganzer Körper begann zu kribbeln und an seinen Armen bildete sich auf einmal eine Gänsehaut.

„Ja, die Gruppe ist fast täglich hier. Sie haben sich auf Songs aus den Fünfzigern spezialisiert."

Amy schnappte nach Luft. „Ich komme ... Ich liebe die Fünfziger!"

Das konnte er nicht bestreiten, man sah es ihr geradezu an.

Schnell schnappte er sich den Pizzakarton und machte seinem Sohn ein Zeichen, dass er ihnen folgen sollte. Er fühlte sich plötzlich voller Energie und konnte es nun kaum mehr erwarten, zum Washington Square Bogen zu gehen, unter dem sich die Gruppe auch heute aufgestellt hatte. Zum zweiten Mal an diesem Tag nahm er Nanny Applebee einfach bei der Hand – und es fühlte sich extrem gut und richtig an.

13

Amy

Unruhig wälzte sich Amy im Bett, ehe sie blinzelnd die Augen öffnete und für einige Sekunden an die Decke starrte. Wie lange hatte sie geschlafen? Sie fühlte sich heute seltsam benommen. Aber es war noch etwas anderes, das sie innehalten ließ. Sie konzentrierte sich auf ihre Umgebung, doch sie hörte nichts! Kein Hupen, kein Fluchen, lediglich das Ticken ihres Weckers, der neben ihr auf dem Nachtschränkchen stand und wieder zu funktionieren schien. Ruckartig setzte sie sich auf, nein es war nicht mitten in der Nacht, was die Stille zumindest erklärt hätte, es war bereits neun Uhr am Morgen und die Sonne strahlte hell durch die zugezogene Gardine. Geistesgegenwärtig sprang sie auf, dann fiel es ihr schlagartig wieder ein, sie musste heute gar nicht arbeiten. Mr. Carmichael hatte ihr freigegeben, weil er mit Lilly und Ryan seine Eltern besuchen wollte.

Dennoch war da immer noch diese unheimliche Stille hinter ihrem Fenster, die sie misstrauisch werden und ihren Körper seltsam kribbeln ließ. War sie wieder zurückgereist? So ähnlich hatte es sich an jenem Morgen auch angefühlt. Doch anstelle von Freude überkam sie plötzlich nur eine schreckliche Ohnmacht und Hilflosigkeit.

Mit zitternden Beinen lief Amy zum Fenster. Ihr blieb nichts anderes übrig, als sich davon zu überzeugen, auch wenn sich eine kleine Stimme in ihr dagegen sträubte. Was, wenn nichts mehr so wie gestern war? Ihr wurde klar, was dies bedeutete. Sie würde Alex und die Kinder nie wieder sehen. Erschrocken schnappte sie nach Luft, denn der Gedanke war mehr, als sie ertragen konnte.

Vorsichtig zog Amy die Gardine zur Seite und rechnete damit, Mr. Lombardi und seinen hellblauen Pritschenwagen wiederzusehen. Doch anstelle des neapolitanischen Obsthändlers erkannte sie Mr. Sheng Wang, der erst letzte Woche hier in ihrer Straße einen neuen Imbiss eröffnet hatte. Der Konkurrenzdruck in China Town war einfach zu hoch. Unendliche Erleichterung durchströmte sie, als sie die roten Girlanden und Papierdrachen im Schaufenster entdeckte. Für einen Moment war es ihr auch ziemlich egal, dass ihr neuer Nachbar in diesem Augenblick wieder eine fernöstliche Spezialität am Haken hinter seine Scheibe hängte, bei deren Anblick es ihr normalerweise einmal den Magen umdrehte. Sie starrte das gefiederte Etwas kurz an, dann nahm sie auf dem Küchenstuhl Platz. Gab es in New York so etwas wie einen autofreien Tag? Sie musste Peggy fragen, denn für gewöhnlich ging das Gehupe um diese Uhrzeit erst richtig los.

Amy zog sich ihren Morgenmantel über und stürmte über den Flur zu ihrer Freundin. Nach wenigen Sekunden öffnete ihr die alte Dame schmunzelnd die Tür. „Na, ausgeschlafen, Dornröschen?“

„Ich dachte schon, ich bin wieder zurück!“, erwiderte sie atemlos.

„Oh, du meinst wegen dieser herrlichen Ruhe heute?“ Peggy lachte und trat dann zur Seite, um Amy hineinzulassen. „Sie haben die Straße für Kanalarbeiten gesperrt – aber morgen ist es mit dieser Stille wieder vorbei.“

„Ach so. Wie schade, es ist wirklich ein Unterschied wie Tag und Nacht.“ Amy nahm auf dem Sofa Platz und verfolgte gebannt die Morgenshow, die über Peggys Riesenleinwand flimmerte.

Peggy nahm ebenfalls Platz, anschließend sah sie Amy nachdenklich an. „Warum werde ich das Gefühl nicht los, dass dir diese Situation gerade einen Riesenschrecken eingejagt hat? Kann es sein, dass du gar nicht mehr in die Fünfziger zurückwillst?“

Amy wandte den Kopf zu Peggy, denn ihre Freundin traf den Nagel genau auf den Kopf. Sie nickte nur, während ihr die Tränen über die Wangen liefen und der Kloß in ihrem Hals es unmöglich machte, etwas zu sagen.

„Ach, Amy.“ Peggy seufzte auf und setzte sich neben die junge Frau. „Es ist wegen Alex und der Kinder, nicht wahr?“

Amy verzog den Mund zu einem tapferen Lächeln, ehe sie erwiderte. „Ich vermisse die drei bereits jetzt ... dabei habe ich nur einen Tag frei.“

Ihre Gedanken wanderten zum Montag und zu ihrem Ausflug in den Washington Square Park zurück. Alex hatte ihre Hand während des Auftritts der Acapella-Gruppe nicht ein einziges Mal losgelassen. Noch jetzt spürte sie seine warme Berührung auf ihrer Haut und die tanzenden Schmetterlinge in ihrem Bauch.

„Es kann jederzeit wieder passieren, dass du zurückgeholt wirst, ob du willst oder nicht", bemerkte Peggy nachdenklich. „Und die Tatsache, dass du diesen Job angenommen und eine Bindung zu den Carmichaels aufgebaut hast, macht das Ganze sicher nicht leichter."

Peggy hatte natürlich recht, aber eben dieser „Job" war es gewesen, der ihr über den ersten Schrecken hinweggeholfen hatte. Anstatt an ihrem Verstand zu zweifeln, hatte sie sich in die Arbeit gestürzt. Woher hätte sie denn wissen können, dass es ihr im heutigen New York so gut gefiel? Der Drang, Antworten zu finden, war immer mehr in den Hintergrund gerückt. Sie hatte sich nicht einmal die Mühe gemacht, weiter nach dem Brief der Agentur zu forschen oder was in jener Nacht wirklich geschehen war. Stattdessen hatte sie sich in ihrer Freizeit mit ihrem Zauberkästchen beschäftigt und literweise Frappuccino konsumiert.

„Ich muss einen Weg finden, dieses Zeitdings selbst zu kontrollieren", bemerkte Amy gedankenverloren. „Auch für Lilly und Ryan." Die Vorstellung, dass sie die beiden ebenso enttäuschen könnte wie Sarah und Thomas, nahm ihr die Luft zum Atmen. „Sie werden denken, dass ich sie einfach im Stich gelassen hätte."

Doch Alex würde am Boden zerstört sein. Allein der Gedanke, dass ausgerechnet sie ihm zusätzlichen Schmerz zufügen könnte, schnürte ihr die Kehle zu. Sie hatte ihn schon einmal so erlebt und konnte nicht beschreiben, wie glücklich sie war, dass sein trauriger Blick mittlerweile einem hoffnungsvollen Leuchten gewichen war.

Ein Leuchten, das ihr Herz jedes Mal, wenn sie es sah, zum Hüpfen brachte. Aber es war nicht nur das, mit ihm an ihrer Seite fühlte sie sich wieder ganz und nicht wie ein Mensch, der in unterschiedlichen Welten gefangen war. Heiße Tränen liefen ihr über die Wangen, nein, sie wollte nicht noch einmal alles verlieren, was ihr lieb und heilig war. Sie musste selbst eine Möglichkeit finden, ihr Schicksal in die Hand zu nehmen, denn einer Sache war sie sich jetzt sicher – sie wollte nicht mehr in die Vergangenheit zurück.

***

„Und du glaubst, dass wir hier im Park eine Antwort finden?" Peggy, die es sich auf einer Bank am *Conservatory Water* bequem gemacht hatte, sah sich skeptisch um.

„Hier war ich an meinem letzten Tag. Vielleicht muss ich die Ereignisse noch mal nachspielen", entgegnete Amy und wusste, dass diese Theorie mehr als dämlich klang. Außerdem konnte sie Mr. Moore ja wohl kaum eine zweite Ohrfeige verpassen – selbst wenn er sie verdient hätte.

Sie nahm einen großen Schluck von ihrem Frappuccino, der an diesem heißen Sommertag wirklich eine wahre Wohltat war, und rückte sich ihre Sonnenbrille zurecht. Entgegen ihrer üblichen Garderobe steckte sie heute an ihrem freien Tag in einem Sommerkleid, das kurz über dem Knie abschloss und den Blick auf ihre Taille lenkte.

„Ich frag mich, wo du all diese Drinks nur wegsteckst. Es kann nur mit diesem Zeitdingsbums zusammenhängen, dass du weder alterst noch zunimmst", bemerkte Peggy mit einem Schmunzeln.

Amy grinste ihre Freundin an, dann sah sie zurück zum See. Auch heute war der Bereich ringsum das *Conservatory Water* friedlich wie eh und je. Ihr Blick fiel auf einen älteren Herren und einen kleinen Jungen, die gerade vom Bootsverleih kamen. Der Mann trug das Segelboot vorsichtig in den Händen, während der Junge – vermutlich sein Enkel – es vor Aufregung kaum mehr aushielt. Die beiden waren zusammen einfach zu goldig. Der Großvater setzte das Boot feierlich aufs Wasser und Amy verfolgte, wie der kleine Junge kurz darauf die Fernsteuerung übernahm. Mithilfe des leichten Windes gelang es ihm, das Boot geschickt übers Wasser zu manövrieren. Sein Eifer erinnerte sie sofort an den kleinen Thomas. Amy verzog den Mund zu einem wehmütigen Lächeln, ehe sie aufstand, um ihren mittlerweile leeren Becher zu entsorgen. In diesem Moment drehte sich der Großvater des Jungen um. Erschrocken schnappte Amy nach Luft, denn der ältere Mann war ihrem letzten Arbeitgeber Mr. Moore wie aus dem Gesicht geschnitten. Er hatte nicht nur dieselben Geheimratsecken, die er mit Frisur Nummer drei zu kaschieren versuchte, sondern auch dasselbe markante Kinn und den ausgeprägten Adamsapfel. Als ihr Blick jedoch auf seine Augenpartie fiel, entspannte sie sich – für eine Sekunde hatte sie tatsächlich gedacht, er wäre es. Erst jetzt fiel ihr auf, dass der Mann sie ebenso interessiert musterte. Sie nickte ihm freundlich zu und setzte ihren Weg zum Mülleimer fort.

„Miss Applebee?“, ertönte kurze Zeit später eine bebende Männerstimme hinter ihr.

In diesem Augenblick wurde ihr klar, wer der Mann wirklich war. Thomas. Ihr kleiner Thomas, den sie zurückgelassen hatte. Ihr Körper begann unmerklich zu zittern, diese Situation verlangte ihr einiges ab. Natürlich freute sie sich, ihn wiederzusehen, gleichzeitig wurden ihr mögliche Konsequenzen bewusst.

Noch konnte sie die Flucht ergreifen oder sich dumm stellen. Diese Gedanken verflüchtigten sich jedoch sofort, als sie sich umdrehte und in Thomas' Augen sah.

Mit zitternden Händen nahm sie die Sonnenbrille ab, dann schloss sie den Mann stürmisch in die Arme.

Nach unendlichen Minuten, in denen sie sich einfach nur hielten und weinten, sah Amy auf. Ihre Worte waren nicht mehr als ein Flüstern. „Es tut mir so leid. Ich konnte mich nicht einmal von euch verabschieden.“

„Ach, Amy, ich bin einfach nur froh, dass es dir gut geht. Auch wenn ich das alles noch nicht begreifen kann.“

„Mir geht es genauso, Thomas. Von einem Tag auf den anderen war ich hier und habe einfach keine Erklärung dafür.“ Ihr Blick wanderte zu dem kleinen Jungen, der direkt neben ihnen stand und sie neugierig musterte.

„Ich kann nicht glauben, dass du schon Großvater bist.“ Ihr Mund verzog sich zu einem liebevollen Lächeln.

„Tyler ist sein Name“, erwiderte Thomas voller Stolz.

Amys Herz floss vor Liebe über, als der Kleine sie nun ebenfalls anstrahlte. Er war seinem Großvater nicht nur wie aus dem Gesicht geschnitten, sondern teilte ganz offensichtlich auch dessen Leidenschaft für Segelboote.

„Dann habe ich neulich doch richtig gesehen", bemerkte Thomas mit einem Schmunzeln, „als ich dich auf einmal neben dem *Pontiac* entdeckt hatte. Du hast mir vielleicht einen Schrecken eingejagt!"

„Du hast mich gesehen?" Panisch schaute sie zu Peggy, die sie von der Parkbank aus schon die ganze Zeit mit einem tadelnden Blick strafte. Es war offensichtlich, dass ihre Freundin eins und eins zusammengezählt hatte und sich gerade fragte, wie naiv ihre Freundin eigentlich sein konnte.

„Keine Sorge, das bleibt unter uns." Thomas griff nach ihrer Hand. „Ich freu mich einfach nur so sehr, dich endlich wieder zu sehen, auch wenn es zugegebenermaßen etwas unheimlich ist."

„Danke, Thomas, da gebe ich dir vollkommen recht." Sie senkte die Stimme. „Nicht auszudenken, wenn dieses Google davon erfährt, dann wäre ich bald die Sensation in allen Zauberkästchen."

Als Thomas sie verständnislos ansah, zog sie schnell ihr Handy aus der Tasche und zeigte es ihm voller Stolz. „Es ist noch ganz neu, ich hab es kürzlich bei *Macy's* gekauft."

Der ältere Herr lachte herzhaft auf. „Entschuldige, Amy, aber es ist einfach zu komisch, dich damit zu sehen."

Sie konnte ihn gut verstehen. Immerhin war ihre letzte Begegnung schon über sechzig Jahre her.

„Allerdings weiß auch das Zauberkästchen nicht auf alles eine Antwort. Ich fürchte, ich werde wohl nie herausfinden, wie ich wirklich hierher gekommen bin."

„Dann ist es wohl Schicksal, dass wir uns ausgerechnet heute hier begegnet sind", erwiderte Thomas mit einem geheimnisvollen Lächeln. „Wie wär's, wenn wir uns setzen, dann kann ich dir erzählen, was meine eigenen Nachforschungen ergeben haben."

Amys Herz machte einen Sprung. Thomas hatte nach ihr gesucht? Unendliche Erleichterung durchströmte sie, denn dies bedeutete doch nur, dass er sie nicht zu Unrecht verurteilt hatte. Tief in seinem Inneren hatte er gewusst, dass sie ihn und Sarah niemals im Stich lassen würde.

„Lass uns zu Peggy gehen", schlug Amy euphorisch vor.

„Peggy?", hakte Thomas erstaunt nach.

„Ja, ist das nicht wunderbar? Wie wohnen immer noch Tür an Tür in Hell's Kitchen! Ich wüsste nicht, was ich in den letzten Tagen ohne sie gemacht hätte."

Thomas nickte verstehend, dann folgte er ihr mit seinem Enkel zur Bank, wo Peggy sie mit einem demonstrativen Kopfschütteln begrüßte.

„Ist dir überhaupt klar, in welche Gefahr du dich begibst?"

„Thomy hat vielleicht Antworten", unterbrach Amy sie aufgeregt. „Stell dir vor, er hat damals ebenfalls nach mir gesucht."

Peggys Gesichtsausdruck veränderte sich nicht wirklich, dennoch rückte sie auf der Bank ein Stück zur Seite, um den Neuankömmlingen Platz zu machen.

„Freut mich, dass wir uns endlich mal kennenlernen, Amy hat mir schon so viel von Ihnen erzählt."

Peggy lachte herzhaft. „Na, wenn du dich nach all den Jahren immer noch daran erinnern kannst, dann möchte ich nicht wissen, welche Geschichten es waren." Sie verzog amüsiert den Mund und die Stimmung entspannte sich augenblicklich. Für einen Moment beobachteten die Erwachsenen, wie der kleine Tyler jetzt von der Bank aus das Segelboot steuerte, dann klärte Thomas sie auf.

„Ich wollte mich einfach nicht mit deinem plötzlichen Verschwinden abfinden. Etwa zwanzig Jahre später, als ich daheim ausgezogen war und auch die finanziellen Mittel dazu hatte, habe ich schließlich einen Privatermittler angeheuert."

„Einen Detektiv?" Amy sah Thomas überrascht an.

„Genau, es muss Ende der Siebziger gewesen sein. Es war eine Detektei, die sich auf Vermisstenfälle spezialisiert hat." Thomas verzog traurig das Gesicht. „Zu diesem Zeitpunkt wusste ich bereits, dass die polizeilichen Ermittlungen nichts ergeben hatten und man den Fall ‚Amy Applebee' nicht weiter verfolgte."

Er schenkte Amy einen mitfühlenden Blick und sie verstand auch ohne Worte, dass selbst er sie als aufgedunsene Wasserleiche im Hudson River gesehen hatte.

„Mein nächster Stopp war die Nanny Agentur gewesen, nur leider kam ich etwas zu spät, sie hatten genau einen Monat zuvor geschlossen."

Er wandte den Blick zu Peggy. „Anschließend hatte ich versucht, Sie ausfindig zu machen. Dabei bin ich auf den Zeitungsartikel von Ihnen und Doktor Strand gestoßen, mit dem sie ebenfalls nach Amy suchten – somit war auch mein letzter Hoffnungsschimmer verschwunden."

„Oh, Thomas!" Mit erstickter Stimme griff Amy nach seiner Hand. Erst jetzt wurde ihr klar, wie viel Leid sie tatsächlich verursacht hatte.

„Erinnere mich nur nicht an diesen Artikel", erwiderte Peggy mit einem lauten Schnaufen. „Alan hat sich über diese reißerische Überschrift ‚Paläontologe auf Abwegen' mächtig aufgeregt!"

„Nicht nur er, mir ging es genauso", bemerkte Thomas mit einem Kopfschütteln. Nach einer Pause fuhr er fort. „Letztendlich habe ich meinen Vater noch einmal auf den Abend angesprochen. Ich weiß nicht, warum, er hatte der Polizei bei der Vernehmung bereits alles gesagt … aber aus irgendeinem Grund konnte ich einfach nicht damit abschließen." Thomas stockte kurz, dann sah er Amy mitfühlend an. „An diesem Tag hat er mir alles gestanden. Amy, es tut mir so unendlich leid."

Amy winkte ab, sie wollte nicht mehr an diesen Abend denken. Es war schon schlimm genug, dass nun auch Thomas wusste, zu welchen Taten sein Vater fähig gewesen war – der angesehene Bänker.

„Außerdem kam heraus, dass er die Polizei, was die Uhrzeit anging, belogen hatte. Er wollte unter keinen Umständen riskieren, dass man dein Verschwinden irgendwie mit diesem Vorfall in Zusammenhang brachte."

„Unglaublich! Das ist ja Behinderung von Polizeiarbeit!", entfuhr es Peggy lautstark und der ältere Herr gab ihr recht.

„Du hast unser Haus erst gegen Mitternacht verlassen und nicht schon um halb zwölf, stimmt's?", hakte Thomas nach einigen Sekunden mit bebender Stimme nach, die in ihrem Körper aus irgendeinem Grund ein unheilvolles Kribbeln auslöste.

„Ja es war nach Mitternacht, ich weiß es ganz genau", erwiderte Amy, als sie sich an den Glockenschlag der Wanduhr erinnerte, der kurz nach ihrer Ohrfeige eingesetzt hatte. Gleichzeitig fragte sie sich, warum dieser Punkt überhaupt so wichtig war. Wahrscheinlich wäre die genaue Uhrzeit für weitere polizeiliche Ermittlungszwecke wichtig gewesen.

„Mit diesen neuen Informationen habe ich mich schließlich an die Detektei gewandt", fuhr Thomas lächelnd fort. „Smitty stand in den Siebzigern in dem Ruf, wirklich alles und jeden aufzuspüren, auch wenn er dazu jeden Kieselstein in New York umdrehen musste."

Thomas verfiel in ein herzhaftes Lachen. „Ich hätte nie gedacht, dass er doch noch recht behalten würde. Seine Theorie mit der U-Bahn war dermaßen abgedreht."

„Eins nach dem anderen junger Mann", unterbrach ihn Peggy energisch. „So gut kann dieser Smitty ja nicht sein, wenn Amy immer noch wie das blühende Leben zwischen uns sitzt, während wir zwei Alten ..."

„Sagtest du gerade U-Bahn?", stammelte Amy, während sie versuchte, die Geschehnisse aus jener Nacht zu rekonstruieren. Sie erinnerte sich, dass sie wegen des Zwischenfalls auf eine andere Linie hatte ausweichen müssen, da sie ihre Bahn nach Hell's Kitchens knapp verpasst hatte.

„Ja, er erzählte mir etwas von einem Portal, das sich in den Fünfzigern kurz nach Mitternacht geöffnet hatte. Ich habe ihn nach diesem Satz wirklich für den größten Spinner gehalten!"

Erschrocken schlug sich Amy die Hand auf den Mund, als ihr klarwurde, dass es in dieser Nacht von Sonntag auf Montag genau so geschehen war.

14

Amy

Als Amy am nächsten Morgen erwachte, fühlte sie sich, als hätte sie kein Auge zugetan. Ein verrückter Traum hatte den anderen gejagt, in denen sich beide Welten miteinander vermischten. In einem davon hatte Mr. Lombardi seinen Obststand mitten auf dem Times Square aufgebaut und verkaufte dort fruchtige Smoothies. Mr. Sheng Wang dagegen war im Jahr 1959 gelandet und hatte in China Town einen neuen Laden eröffnet – dieses Mal ganz ohne Konkurrenz.

Am meisten verwirrt hatte sie allerdings der Traum in dem Mr. Carmichael in der *Ed Sullivan Show* aufgetreten war – zusammen mit Paul Anka.

All dieses Durcheinander konnte nur an der gestrigen Begegnung mit Thomas liegen. Sie war dermaßen verwirrt, dass sie kaum noch einen klaren Gedanken fassen konnte.

Für einen kurzen Moment überlegte sie ernsthaft, sich krank zu melden – zum ersten Mal in ihrem Leben –, doch keine Minute später verwarf sie die Idee wieder und quälte sich aus dem Bett. Es war sicher sehr unhöflich, dies direkt nach einem freien Tag zu tun.

Sie schlüpfte in ihre Pantoffeln und schlurfte in die Küche, um sich einen Tee aufzusetzen, während sich ihre Gedanken wie auch in der Nacht zuvor überschlugen.

Sollte dieser Smitty wirklich richtig liegen, dann war es ihr also jederzeit möglich wieder zurückzureisen. Sie brauchte nur um Punkt Mitternacht dieses Portal finden und die Sache war unwiderruflich geritzt. Unwiderruflich. Was so viel bedeutete, dass sie Alex und die Kinder nach dieser Entscheidung nie wieder sehen würde.

Peggy hatte ihr auf den ersten Blick angesehen, wie sehr sie diese Information erschüttert hatte. Aber was glaubte sie, dass sie einfach zwischen den Zeiten hin und her springen konnte, wie es ihr beliebte?

Immerhin wusste sie jetzt, dass es allein an ihr lag und nicht das Schicksal jederzeit zuschlagen könnte. Sie hatte es in der Hand und unter Kontrolle. Doch diese Tatsache machte alles nur noch schwieriger. Wenn sie sich entschied zu bleiben, musste sie Alex endlich die Wahrheit sagen und würde damit alles, was zwischen ihnen geschehen war, aufs Spiel setzen. Wie würde er reagieren? Sie wusste selbst, wie verrückt das alles klang. Besonders er als Anwalt, mit seinem logischen Verstand, würde ihr ja wohl kaum glauben.

Während sie den Wasserkessel füllte, wanderten ihre Gedanken wieder zu Thomas, der über ihre Begegnung so glücklich gewesen war. Endlich konnte er seine schlimmsten Befürchtungen loslassen, dass sie Opfer eines Gewaltverbrechens geworden war. Auch wenn die Vorstellung mehr als makaber war, musste sie dennoch über Thomas' Fantasie – sie als Wasserleiche – schmunzeln.

Sie hatten sich noch lange unterhalten und sogar noch etwas am Kiosk beim Bootsverleih gegessen, während Peggy die ganze Zeit über ein Auge auf den kleinen Tyler hatte. Mittlerweile wusste sie, dass Mr. Moore Senior bereits vor zwanzig Jahren verstorben war und auch Thomas regelmäßig den Barbershop in Greenwich Village besuchte. Außerdem war er, im Gegensatz zu seinem Vater, bereits seit vierzig Jahren glücklich mit ein- und derselben Frau verheiratet und hatte drei Enkelkinder.

All diese Informationen musste sie erst einmal verarbeiten. Besonders die Sache mit der Scheidung. Amy schüttelte verärgert den Kopf, als sie sich an Thomas' Worte zurückerinnerte. Sie war nicht die einzige Nanny gewesen, bei der er es probiert hatte. Kurz nachdem sie verschwunden war, hatte die Familie erneut eine *Midtown Nanny* unter Vertrag genommen. Im Gegensatz zu ihr hatten ihrer Kollegin Cindy die amourösen Avancen ihres Arbeitgebers sogar gefallen. Und auch Mr. Moore war der kurvigen Blondine schnell verfallen. Vermutlich wegen der Rocklänge, die sie einfach um eine Handbreit gekürzt hatte, oder der viel zu engen Bluse.

Diese heimliche Liebelei hatte letztendlich auch zur Scheidung geführt, und Mr. Moore hatte mit der Ehebrecherin die Stadt verlassen. Es tat ihr so unendlich leid für die Zwillinge und Mrs. Moore, aber wahrscheinlich war es am Ende besser so.

Das Pfeifen des Wasserkessels holte sie in die Gegenwart zurück. Kurz schüttelte sie über sich selbst den Kopf, da sie sich anstelle ihres morgendlichen Frappuccinos einen Kräutertee zubereitete. Ja, der gestrige Tag am *Conservatory Water* hatte sie wirklich aus der Bahn geworfen. Dennoch fühlte sie sich nach einigen Schlucken etwas besser, sodass sie sich entschlossen aufraffte. Eine halbe Stunde später saß sie bereits in der U-Bahn, die sie in die Upper West Side zu den Carmichaels brachte.

***

„Sie müssen heute nicht arbeiten?", hakte Amy irritiert nach, als sie Alex in die Küche folgte, in der es aussah, als hätte eine Bombe eingeschlagen. Auf dem Tresen stand eine Schüssel mit Teig, der gerade auf die Arbeitsplatte tropfte. Außerdem roch sie frisch gebratenen Speck.

„Nein", antwortete Alex mit einem breiten Grinsen, während er gut gelaunt zwei Scheiben Brot in den Toaster steckte.

Amy blinzelte verwirrt. Hatte sie irgendetwas durcheinandergebracht? Anders konnte sie es sich nicht erklären, warum der Tisch bereits gedeckt war und Mr. Carmichael in Bermudashorts anstatt in einem dunklen Anzug steckte. Immerhin hatte er heute überhaupt etwas an, ein weiterer Blick auf seine Unterwäsche hätte sie wohl noch mehr verwirrt.

Alex kam auf sie zu und platzierte sie bestimmt auf den Tresenstuhl. „Entspannen Sie sich, Miss Applebee.

169

Ursprünglich wollte ich ja in die Arbeit, aber dann habe ich mir heute einfach noch mal freigenommen."

„Noch mal freigenommen ...?", stammelte Amy. „Aber dann brauchen Sie mich heute doch gar ..."

Noch bevor sie den Satz beenden konnte, legte Alex ihr lächelnd den Zeigefinger auf die Lippen und brachte sie somit zum Schweigen. Bei seiner Berührung setzte ihr Verstand vollkommen aus. Unfähig einen klaren Gedanken zu fassen, sah sie ihn erstaunt an, dabei schlug ihr das Herz bis zum Hals.

„Lassen Sie sich überraschen", flüsterte er so nah an ihrer Wange, dass sie seinen Atem spürte.

Erst jetzt bemerkte sie, dass sie die ganze Zeit über die Luft angehalten hatte.

„Amy, du bist schon da!"

Schnell ließ Alex seine Hand sinken und nahm wieder seinen Posten hinterm Tresen ein.

Amy jedoch brauchte einen Moment, bis sie wieder in die Realität zurückfand. Erst als Lilly sie stürmisch umarmte, setzte auch ihr Verstand wieder ein. Ihre Gedanken überschlugen sich, als sie an die letzten Minuten mit Alex dachte. Noch nie hatte ein Mann sie derart berührt.

„Daddy macht Frühstück für uns alle und danach machen wir zusammen einen Ausflug!", informierte die Kleine sie mit aufgeregter Stimme.

Irritiert sah Amy zu Alex, der sie jungenhaft angrinste. „Tut mir leid, dass wir Sie so ins kalte Wasser werfen, aber es soll eine Überraschung sein."

Eine Überraschung? Kurz fragte sie sich, ob es nicht verwerflich war, ihre Arbeitszeit mit Ausflügen und einem ausgiebigen Frühstück zu verbringen. Die Eigentümerin der *Midtown Nannies* hätte darüber die Nase gerümpft.

„Wir fahren nach *Coney Island!*", platzte es aus Lilly heraus.

Coney Island gab es immer noch? Ihre Bedenken waren schlagartig vergessen und eine erwartungsvolle Aufregung machte sich in ihrem Körper breit. Sie liebte Coney Island!

„Peggy und ich waren jeden Sommer dort", informierte sie die beiden aufgeregt.

„Peggy und Sie?", hakte Alex mit amüsierter Stimme nach.

„Ähm ja, ich meine natürlich als sie noch etwas jünger war." Innerlich rief sie sich zur Ruhe, denn es war nicht das erste Mal, dass sie in ihrer Euphorie, ohne nachzudenken, plapperte.

„Dann freust du dich? Das Ganze war nämlich meine Idee!" Lilly sah sie strahlend an.

„Und ob ich mich freue! Ich kanns kaum erwarten, das *Wonder Wheel* wieder zu sehen. Aber woher hast du gewusst, dass ich das Meer und den Strand so liebe?"

Die Kleine verzog lächelnd das Gesicht. „Du hast so glücklich ausgesehen, als wir dir von unserem Ausflug in die Hamptons erzählt haben."

„Oh, Lilly!" Amy legte sich ergriffen die Hand auf die Brust. „Das ist dir aufgefallen?"

Das Mädchen nickte eilig. „Und da du so gerne Pizza isst und Eiskaffee trinkst, dachte ich mir, dass dir Coney Island bestimmt noch besser gefallen wird."

Amys Blick wanderte zu Alex, sie konnte nicht beschreiben, wie glücklich sie gerade war. Noch nie hatte jemand so etwas Wundervolles für sie geplant. Der Kloß in ihrem Hals machte es unmöglich zu antworten.

„Wir möchten uns einfach bei Ihnen bedanken, Miss Applebee – für alles." Alex schenkte ihr ein Lächeln, das mehr sagte als tausend Worte. In diesem Augenblick wurde Amy klar, dass es kein Zurück mehr gab. Sie musste ihm endlich die Wahrheit sagen, am besten noch heute.

Doch als sie das Haus zwei Stunden später gemeinsam verließen, stand ihr Geheimnis immer noch zwischen ihnen. Sie wusste nicht, wie sie ihm beibringen sollte, dass ihre Beziehung auf einer einzigen Lüge aufbaute.

Sie erreichten die U-Bahn-Station am Naturkundemuseum und nahmen von dort die Linie nach Hell's Kitchen, damit sich Amy ebenfalls für ihren Ausflug zum Strand wappnete. Während sie ein großes Handtuch, Badeanzug und sonstige Utensilien wie einen Sommerhut in ihre Badetasche packte, wartete Alex mit den Kindern und Peggy auf dem Gehsteig. Zum Glück hatte ihre Freundin, die zufällig am Briefkasten gewesen war, ihre missliche Lage direkt erfasst und die drei in ein Gespräch verwickelt. Nicht auszudenken, wenn sie mit ihr hinauf in die Wohnung gekommen wären. Alex hätte innerhalb von Sekunden erkannt, dass hier etwas ganz und gar nicht stimmte. Nach einem vielsagenden Blick von Peggy machten sie sich schließlich auf den Weg nach Coney Island.

Sie erreichten die Halbinsel in Brooklyn gegen elf und Amy war froh, dass sie ihr Kostüm gegen ein Sommerkleid ausgetauscht hatte. Hier am Strand hätte sie damit einfach nur lächerlich ausgesehen. Irritiert schaute sie sich um, denn das Erscheinungsbild der Promenade und des Vergnügungsparks hatten sich seit ihrem letzten Ausflug mit Peggy grundlegend verändert. Im Gegensatz zur Stadt herrschte hier geradezu eine gähnende Leere. Hatte Coney Island etwa an Beliebtheit verloren? Noch vor vier Wochen war es hier so voll gewesen, dass Peggy und sie ihre Mühe damit hatten, sich zwischen all den betrunkenen Besuchern der Bierlokale und den Hütchenspielern hindurchzuquetschen. Die Zirkuszelte mit den fliegenden Pferden und Riesenschlangen waren ebenfalls verschwunden, ebenso der Verkaufsstand mit Muschelsuppe.

Amy sah zum Strand, an dem sich heute Familien tummelten, wie es damals nur am Brighton Beach möglich gewesen war, frei von der Sünde und dem zwielichtigen Klientel, das sich auf der Promenade und vor den Buden herumgetrieben hatte. Sie war hin- und hergerissen, das hier war eindeutig nicht mehr das Coney Island, wie sie es kannte, erst recht nicht mit den tristen Wohnblöcken, die bedrohlich hinter dem Boardwalk aufragten.

„Ich will Riesenrad fahren!" Lilly hüpfte aufgeregt neben ihr auf und ab.

Erst jetzt fiel ihr auf, dass sie die ganze Zeit in Gedanken gewesen war. Sie musste Peggy fragen, was hier passiert war – oh, nein, es war doch nicht wieder ein Feuer ausgebrochen, das letztendlich alles zerstört hatte?

„Lasst uns erst mal einen Platz am Strand suchen", schlug Alex lächelnd vor, während er sich die Sneaker auszog.

„Gute Idee", erwiderte sie schnell und schob den Gedanken an das alte Coney Island erst einmal zur Seite. Sie würde eine Weile brauchen, bis sie sich an das ungewohnte Bild gewöhnte, auch wenn ihr die Ruhe schon jetzt ausgesprochen gut gefiel. Zum ersten Mal konnte sie bereits vom Boardwalk aus das Rauschen der Wellen hören. Ihr Gesicht hellte sich schlagartig auf, als sie in einiger Entfernung sogar ein Relikt von damals erkannte. *Nathan's Famous.* Ein saftiger Hotdog war ihr schon immer lieber gewesen als die Muschelsuppe, für die Peggy stundenlang in der brütenden Hitze Schlange stand. Nicht nur weil sie die Würstchen lieber mochte, sondern weil damit auch das Risiko einer Vergiftung völlig ausgeschlossen war. Vermutlich wurde der zwielichtige Bretterstand letztendlich genau aus diesen Gründen dichtgemacht. Arme Peggy.

„Wir können dort später gerne was essen gehen", holte Alex, der ihr Interesse bemerkt hatte, sie aus ihren Erinnerungen.

„Oh, das wär toll. Ich bin schon sehr gespannt, ob sie immer noch genauso schmecken wie damals."

Alex sah sie fragend an. „Sie meinen wie beim letzten Mal."

„Ja genau", erwiderte sie schnell und ärgerte sich erneut über ihre schwatzige Art. Unerwartete Hilfe kam jedoch von Lilly, die nun angewidert das Gesicht verzog.

„Mir schmecken die Hotdogs auch nicht immer. Besonders wenn zu viele Zwiebeln drauf sind."

„Dann isst du halt einen Muffin bei Starbucks", kommentierte Ryan das Gespräch mit einem Augenrollen.

Sofort schnellte Amys Kopf zurück. Hatte sie gerade richtig gehört. Hier direkt am Strand gab es sogar ein Kaffeehaus?

Als sie wenige Minuten später durch den Sand liefen, wanderte ihr Blick erneut zu Ryan, der sich zwischenzeitlich die abgesägten Zahnbürstenköpfe aus den Ohren genommen hatte – was so viel bedeutete, dass er ab sofort voll am Familienleben teilnehmen wollte.

Sie konnte immer noch nicht glauben, dass dieser Ausflug nur ihr galt und sich Mr. Carmichael dafür extra einen weiteren Tag freigenommen hatte. Für einige Sekunden beobachtete sie ihren Boss, wie sich dieser mit Lilly an der Hand durch den Sand kämpfte und dabei die große Strandtasche über der Schulter trug. Ihr Herz schmolz, als sie die drei so zusammen sah, glücklich und unbeschwert. Schnell holte sie ihr Zauberkästchen hervor und knipste ein Foto, vielleicht könnte Ryan es später ebenfalls ausdrucken und an den Kühlschrank hängen. In diesem Augenblick drehte Alex den Kopf und sah sie an. Bei seinem Schmunzeln, das offensichtlich ihrem Handy galt, setzte ihr Herz für einen Schlag aus. Da wurde ihr plötzlich klar, dass sie keinen anderen Mann je so lieben könnte wie ihn. Ein ungekanntes Kribbeln breitete sich in ihrem Körper aus, das sich sogar noch verstärkte, als er kurze Zeit später neben ihr auf seinem Badetuch Platz nahm.

Zwischenzeitlich hatte sich Alex die Bermudashorts ausgezogen und steckte in einer Badehose, die sie sofort an ihren Zusammenstoß in der Küche erinnerte. Nur war es jetzt um einiges intimer. Da waren kein Tresen und erst recht keine geblümte Schürze. Sie sah nackte Männerhaut, auf der sich dunkles Brusthaar leicht kräuselte. Dazu ein feiner feuchter Film: eine Mischung aus Sonnencreme und Schweiß.

Ein heftiges Kribbeln in ihrem Unterleib brachte ihre Beine auf einmal zum Zittern. Heilige Mutter Gottes, noch nie hatte sie etwas Derartiges gespürt.

Nur mit Mühe gelang es ihr, sich wieder auf Ryan und Lilly zu konzentrieren, die unweit von ihnen eine Sandburg bauten und von dem Knistern, das in der Luft lag, nichts mitbekamen. Ebenso wenig von den ungesagten Worten, die unter der Oberfläche brodelten. Alex beobachtete mit einem zufriedenen Lächeln im Gesicht seine Kinder und vermied ebenfalls jeglichen Blickkontakt.

War nicht jetzt der perfekte Zeitpunkt, um endlich mit der Wahrheit herauszurücken? Amy atmete einmal tief durch, dann drehte sie sich zu ihm um.

In diesem Moment griff Alex nach ihrer Hand, als hätte er nur auf ein Signal von ihr gewartet, und sah sie mit diesem Blick, der von Sehnsucht bis Liebe alles einschloss, an.

Ihr Verstand setzte schlagartig aus, denn seine warme Berührung machte es unmöglich, einen klaren Gedanken zu fassen.

„Amy, ich muss dir was gestehen." Seine Worte drangen wie durch einen Nebel zu ihr durch, dennoch fiel ihr sofort auf, dass er sie zum ersten Mal so vertraulich ansprach. Ihr Mund verzog sich zu einem verträumten Lächeln. Sie könnte es gleich noch mal hören. „Alex, ich möchte dir auch was ..."

Er legte ihr wie schon am Morgen lächelnd den Zeigefinger auf die Lippen und zwinkerte ihr frech zu. „Ich denke, das hat noch kurz Zeit."

Nach einem schnellen Blick zu Ryan und Lilly, die mittlerweile kopfüber in dem Sandloch gruben, wandte er sich wieder an Amy.

„Ich weiß, wir kennen uns kaum, und es verstößt bestimmt auch gegen deinen Kodex." Er fuhr sich mit der Hand nervös durchs Haar, ehe er nach ihren Händen griff. „Aber in den letzten Tagen ist mir klar geworden, wie sehr ich dich liebe."

Alex atmete einmal tief durch, dann fuhr er mit bebender Stimme fort. „Ich hätte nie gedacht, dass ich noch einmal so empfinden könnte. Du hast uns gezeigt, dass es da draußen immer noch Sonnenschein gibt. Dafür werde ich dir auf ewig dankbar sein."

Der Kloß in ihrem Hals machte es unmöglich, etwas zu erwidern. Vielleicht war das der Grund, warum sie all dies durchmachen musste. Sie war nicht umsonst hierhergekommen, sondern um einer Familie zu helfen, die Hilfe mehr als nötig hatte.

„Mir geht es ganz genauso", erwiderte sie mit einem liebevollen Lächeln. „Schon als du mit Lilly am ersten Tag die Treppe heruntergekommen bist."

Alex strahlte sie erleichtert an, ehe er auf dem Handtuch langsam näher rutschte und sie dabei nicht aus den Augen ließ. Sanft umfasste er ihr Gesicht und küsste sie, als sei sie das Kostbarste auf der Welt.

15

Alex

„Du hast Amy deine Gefühle gestanden?" Annalise sah ihren Sohn überrascht an.

Alex nickte. Er konnte es selbst immer noch nicht glauben, dass er sich wirklich getraut hatte. Aber was hätte es für einen Sinn gemacht, länger zu warten, an seinen Gefühlen würde sich nichts mehr ändern, im Gegenteil. Jeder weitere Tag mit ihr bestätigte nur seine Gefühle.

„Ich freu mich so für dich, Alex. Und die Kinder lieben sie ebenfalls. Hast du ihnen denn schon davon erzählt?"

„Ryan hat mich vor Kurzem gefragt, ob ich sie mag. Aber beide wissen nicht, wie ernst es mir mit Amy wirklich ist." Alex schnitt eine Grimasse, denn dieses Thema hatte er bis jetzt noch nicht angesprochen. Es war alles so unglaublich schnell gegangen. Dazu kam das schlechte Gewissen, wenn er an Megan dachte. Was hätte sie zu dieser Liaison gesagt? Er wusste, dass sie sich gewünscht hätte, dass er wieder glücklich wurde, aber mit der Nanny?

„Mach dir nicht zu viele Sorgen." Annalise legte ihm fürsorglich die Hand auf die Schulter. „Ich bin mir sicher, dass die beiden nichts dagegen haben. Ihr wollt ja nichts überstürzen."

Alex nickte. Seine Mom hatte recht. Sie mussten sich natürlich erst richtig kennenlernen. Auch wenn er für einen kurzen Moment mit dem Gedanken gespielt hatte, ihr vom Fleck weg einen Heiratsantrag zu machen. Aus irgendeinem Grund hatte er eine irrationale Angst, sie zu verlieren, nicht auf die Art, wie er Megan verloren hatte – nein, es war etwas anderes.

Alex nahm einen Schluck von seinem Kaffee und sah zu seinem Dad, der heute ebenfalls mitgekommen war und gedankenverloren die Fotos am Kühlschrank betrachtete.

„Sie macht euch auf jeden Fall sehr glücklich – und das ist es doch, was zählt."

Alex schenkte seinem Dad ein dankbares Lächeln, es bedeutete ihm unglaublich viel, diese Worte auch aus seinem Mund zu hören. Im Gegensatz zu seiner Mom, die seit ihrer ersten Begegnung mit Amy regelrecht verzaubert war, hielt sich sein Dad eher zurück. Das würde sich ganz sicher ändern, wenn er sie auch endlich kennenlernte.

„Irgendwie kommt sie mir bekannt vor", fuhr Walther nachdenklich fort.

„Bist du dir sicher?", hakte Annalise amüsiert nach. „Also an Amy würde ich mich ganz sicher erinnern."

„Sie erinnert dich bestimmt an Mary Poppins!"

Die Erwachsenen drehten sich nach Lillys Stimme um.

„Oh, guten Morgen, mein Schatz!", begrüßte Walther seine Enkeltochter mit einem herzhaften Lachen. „Ja, das tut sie allerdings. Aber ich bin mir sicher, auch dieses strahlende Lächeln habe ich schon einmal gesehen."

Alex schenkte seinem Dad einen schmunzelnden Blick. Sein alter Herr brachte da mit Sicherheit etwas durcheinander. Seit er im Ruhestand war, beschränkten sich seine Kontakte hauptsächlich auf alte Bekannte, die er beim Golfen traf. Es war sehr unwahrscheinlich, dass er Amy dort begegnet war. Allein der Gedanke, wie sie in Kostüm und Hütchen einen Schläger schwang, war zu komisch.

Die Kleine nahm ebenfalls am Tisch Platz.

„Ich dachte schon, du kommst heute gar nicht mehr zu uns", bemerkte Annalise mit einem Lächeln, während sie ihrer Enkeltochter eine selbst gebackene Waffel auflud. „Hast du gut geschlafen?"

Schlagartig hellte sich Lillys Gesicht auf. „Ja, und nach dem Aufstehen musste ich gleich meinen Traum malen, damit ich ihn nicht vergesse."

„Jetzt machst du mich aber neugierig. Hast du das Bild denn nicht mit heruntergebracht?"

Auch Alex' Neugierde war geweckt. Für gewöhnlich kam seine Tochter direkt nach unten, wenn sie die Waffeln ihrer Großmutter nur roch.

„Es ist noch streng geheim", erwiderte das Mädchen mit vollem Mund. „Na gut, eine Sache verrate ich euch ... es geht um die *Magnolia Bakery*."

Alex verzog lächelnd den Mund, denn es würde ihn nicht weiter wundern, wenn auch Amy davon geträumt hätte. Die junge Frau hatte die Bäckerei, die sich ebenfalls in der Upper West Side befand, erst gestern zufällig während ihrer Besorgungen mit Lilly entdeckt und kam aus dem Schwärmen nicht mehr heraus. Ob Amy wusste, dass Megan ebenfalls ein großer Fan der Konditorei gleich um die Ecke gewesen war?

„Oh, die Törtchen dort sind ein Traum. Wenn das Bild fertig ist, möchte ich es unbedingt sehen." Annalise streichelte Lilly übers Haar, ehe sie ihren Sohn amüsiert ansah.

„Ich hoffe, du hast schon Platz für eine neue Galerie gemacht?"

Alex schüttelte lachend den Kopf. „Nein, leider noch nicht."

„Ach, ich glaube, das *Metropolitan Museum of Art* hat für so eine aufstrebende Künstlerin wie unsere Lilly, sicher noch irgendwo ein Plätzchen frei." Walther zwinkerte der Kleinen, die sogar rosafarbenes Glitzerpuder auf der Nase hatte, liebevoll zu.

„Dasselbe hat Miss Applebee auch gesagt. Sie glaubt an mein Talent und ist überzeugt davon, dass meine Bilder irgendwann einmal ausgestellt werden. Deshalb werd ich auch gleich weitermachen."

Mit einem Schmunzeln verfolgte Alex, wie seine Tochter kurze Zeit später den Tisch verließ, um wieder zu malen. „Ich fürchte, sie braucht bald mehr Glitzerpuder."

„Wenn's sein muss, kauf ich den ganzen Laden leer. Sie blüht regelrecht auf", erwiderte Annalise mit bebender Stimme.

Für einige Augenblicke hing jeder seinen eigenen Gedanken nach, bis Alex sich als Erster meldete.

„Mom, da fällt mir noch was ein. Du hast nicht zufällig einen Kontakt bei den *Midtown Nannies*?"

„Leider nein. Ich bin davon ausgegangen, dass ihr alles Weitere miteinander klärt“, erwiderte Annalise etwas irritiert.

„Das haben wir natürlich, gleich am nächsten Tag. Allerdings wurde Amys Gehalt immer noch nicht abgebucht und ich wollte nachhaken. Leider ist der Anschluss, der auf dem Kärtchen steht, tot.“

„Mmh seltsam. Hast du in dieser Ledermappe nachgesehen? Vielleicht findet sich dort eine E-Mail-Adresse.“

Alex schmunzelte, als er sich daran erinnerte. Neben einem alt anmutenden Zertifikat mit Siegel hatte er darin auch mehrere, leicht modrig riechende, Empfehlungsschreiben entdeckt. Unter anderem von einer Familie Moore aus der Upper East Side, die wohl viel Wert auf Moral und liebevolle Strenge legte. Die Agentur zog ihre altmodische Corporate Identity wirklich in allen Bereichen durch.

„Nein, auch in der Mappe war nichts drin“, erwiderte Alex und schnappte sich anschließend das Tablet vom Küchentresen, um den Namen *Midtown Nannies* bei Google einzugeben.

„Ja genau, im Internet wirst du bestimmt fündig. Heutzutage hat ja jeder Imbiss eine eigene Website.“ Walther, der zwischenzeitlich aufgestanden war, rückte sich die Lesebrille zurecht und warf einen neugierigen Blick über Alex' Schulter.

„Hm, sehr seltsam“, bemerkte dieser kurze Zeit später, nachdem er sich erfolglos durch fünf Seiten gescrollt hatte. „Irgendwie finde ich nichts Passendes.“

„Nichts Passendes?", hakte Annalise amüsiert nach. „Ja, die Agentur ist etwas altmodisch, aber eine Internetseite sollten sie doch zumindest haben. Wie sieht es mit einer Telefonnummer aus?"

Alex schüttelte den Kopf. „Auch das nicht. Zu diesem Namen gibt es lediglich ein paar alte Bilder mit Zeitungsberichten aus den Fünfzigern ... und einen Artikel, dass die *Midtown Nannies* bereits in den Siebzigerjahren geschlossen haben."

Annalise lachte herzhaft auf. „Bist du dir sicher, dass es dabei um die Agentur in New York geht? Bestimmt haben sie mehrere Standorte."

„Oder sie haben wirklich keinen Webauftritt." Walther verzog nachdenklich den Mund.

„Es wird wohl am besten sein, wenn ich Amy am Montag einfach frage", entgegnete Alex ebenfalls mit einem amüsierten Lachen. „Nach dieser antiquierten Mappe und den Uniformen wundert mich rein gar nichts mehr. Amys Chefin hinkt ihrer Zeit wohl etwas hinterher."

„Moment mal. Ich hab da eine Idee." Annalise zückte ihr Handy. „Ich rufe einfach bei Mel an."

Stimmt, über die Freundin seiner Mutter war dieser Kontakt doch erst zustande gekommen und das auch noch sehr schnell, nachdem sie monatelang vergeblich nach einer passenden Nanny gesucht hatten.

„Das wär super, Mom." Er verfolgte, wie seine Mutter wählte und nach etwas Small Talk schließlich die Frage nach der Agentur stellte.

Doch nach einigen Augenblicken verzog Annalise irritiert das Gesicht. „Ihr seid gar nicht bei den *Midtown Nannies*?" Sie wechselte einen seltsamen Blick mit Alex, der seinen Herzschlag kurz aussetzen ließ. „Ich dachte, du hättest das arrangiert? Miss Applebee stand schon einen Tag nach unserem Gespräch vor der Tür", stammelte Annalise und wirkte auf einmal ziemlich beunruhigt. Mit den Worten „Nein, nein alles okay, es handelt sich bestimmt nur um ein dummes Missverständnis", legte sie kurze Zeit später auf.

„Mel hat nichts mit der Vermittlung zu tun?", hakte nun auch Walther sichtlich verwirrt nach.

„Nein, ihre Agentur ist in Brooklyn und vermittelt gerade auch gar keine neuen Stellen."

Alex' Gedanken überschlugen sich, während er nach einer plausiblen Erklärung suchte und kurz darauf erneut nach dem Tablet griff.

„Also Amy ist bestimmt nicht wie Mary Poppins vom Himmel gefallen. Bestimmt habe ich etwas übersehen."

Er scrollte erneut durch sämtliche Einträge und entdeckte einige Seiten später ein altes Gruppenfoto. Darauf waren gleich zehn strahlende Nannies in identischen Uniformen abgebildet. Es war dasselbe Blusenkleid, wie Amy es auch heute noch trug.

„Ich versteh das alles nicht." Alex schüttelte ungläubig den Kopf. „Immer wieder komme ich auf diesen einen Zeitungsartikel aus den Fünfzigern zurück."

Er zeigte seinen Eltern das Foto, bei dem es ihm plötzlich eiskalt den Rücken herunterlief. Die junge Frau in der ersten Reihe hatte nicht nur eine unheimliche Ähnlichkeit mit Amy, nein sie war ihr auch wie aus dem Gesicht geschnitten und trug voller Stolz eine Anstecknadel am Hütchen.

„Nun, da ich nicht an Zeitreisen glaube, kann es eigentlich nur eins bedeuten“, bemerkte Walther mit bebender Stimme. „Diese Frau hat uns die ganze Zeit über etwas vorgemacht.“

Annalise war mittlerweile einer Ohnmacht nahe. „Aber warum sollte sie denn so etwas tun?“

Auch Alex wollte nicht glauben, dass Amy zu so etwas fähig war. Die Nanny seiner Kinder war der bezauberndste Mensch auf der Welt. Sie wäre nie dazu fähig, andere zu täuschen. An manchen Tagen wirkte sie so unschuldig und naiv, dass er sie am liebsten vor allem beschützt hätte.

Ein anderer Gedanke formte sich in seinem Kopf, der ihm schlagartig das Blut in den Adern gefrieren ließ. Vielleicht war Amy auch ganz einfach nur verrückt. Alex erinnerte sich an eine Frau, die jahrelang als Krankenschwester gearbeitet hatte, obwohl sie gar keine war. Diese Theorie beruhigte ihn nicht wirklich, im Gegenteil, sie war mehr als beängstigend – würde aber Amys seltsames Verhalten zumindest erklären. Von wegen Zauberkästchen und *Ed Sullivan Show*. Diese Frau war vermutlich psychisch krank und in ihrer Besessenheit für diese *Midtown Nannies* völlig in ihrer Rolle aufgegangen.

Und er war es gewesen, der sie in seiner Verzweiflung nicht nur in sein Haus, sondern auch in sein Herz gelassen hat. Ein Glück war nichts Schlimmeres passiert. Er hätte es sich niemals verziehen, hätte er Ryan und Lilly in Gefahr gebracht.

„Alex?“ Annalise holte ihn aus den Gedanken. „Ich denke, wir sollten die Polizei verständigen. Vielleicht ist sie ja bekannt?“

Sein Kopf fuhr hoch, doch irgendetwas in seinem Inneren sträubte sich gegen diesen Schritt. Er war trotz allem davon überzeugt, dass Amy nicht bösartig war. Vielleicht brauchte sie nur Hilfe, und nach allem, was sie für ihn und die Kinder getan hatte, wollte er sich ihre Version der Geschichte wenigstens anhören. Vielleicht weil ein klitzekleiner Teil in ihm immer noch darauf hoffte, dass alles nur ein blödes Missverständnis war.

Doch sollte sich sein Verdacht bewahrheiten und Amy war tatsächlich eine skrupellose Betrügerin, die sogar vor Urkundenfälschung nicht zurückschreckte – keine harmlose Frau konnte so etwas perfekt hinbekommen –, stand sein Entschluss bereits fest. Er würde ihr die gefälschte Mappe mit den modrigen Empfehlungsschreiben zurückgeben und sie anschließend feuern. Alles in seinem Inneren sträubte sich dagegen und sein Herz zerbrach in diesem Moment in tausend Stücke.

16

Amy

Sogar jetzt, fünf Tage später, spürte Amy immer noch Alex' Kuss auf ihren Lippen und die sanften Berührungen auf ihrer Haut.

Zum ersten Mal in ihrem Leben war sie von einem Mann auf diese Weise geküsst worden. Eine Mischung aus Leidenschaft und Zärtlichkeit. Allein die Erinnerung an ihren Nachmittag auf *Coney Island* löste ein Flattern in ihrer Magengrube aus. Es hatte sich so ganz anders angefühlt als mit Danny ... kein klebriger Schmatzer mit Eis.

Auch am Wochenende waren ihre Gedanken nur bei Alex, Lilly und Ryan gewesen und ihrem Ausflug zum Strand. Sie konnte es kaum mehr erwarten, die drei heute endlich wiederzusehen. Selbst Peggy hatte ihre Bedenken mittlerweile aufgegeben und freute sich über ihr Liebesglück.

Amy schüttelte schmunzelnd den Kopf. Natürlich hatte ihre Freundin sie noch am selben Abend nach Mr. Carmichaels Konstitution ausgefragt und im selben Atemzug von diesem Arzt aus Seattle geschwärmt. Als die Frage nach Alex' Körperbau endlich geklärt gewesen war, hatte Peggy sie über den einst überfüllten Strandabschnitt auf den neuesten Stand gebracht. Es gab wirklich keine Hütchenspieler, Elefanten und Muschelsuppe mehr.

Für einige Minuten hatte sie den alten Zeiten hinterhergetrauert, in denen es wie auf einem bunten Jahrmarkt zugegangen war. Aber nach dem letzten großen Feuer – die Holzhütten brannten wirklich schnell – hatte man den Großteil der Buden nicht mehr aufgebaut.

Die Lautsprecherdurchsage kündigte die nächste Station an und holte Amy wieder in die Gegenwart zurück. Weg von den nostalgischen Attraktionen am Strand und direkt auf den Bahnsteig. Durch den Regen der letzten Nacht war die Luftfeuchtigkeit so hoch, dass sie eilig die U-Bahn-Station am Naturkundemuseum verließ. Doch auch die kleinen Wölkchen am Himmel konnten ihre gute Laune nicht trüben. Sie war geradezu beschwipst vor Glück und ihre Hormone spielten vollkommen verrückt. Nicht mehr viel und sie hätte wie ein Musicalstar auf dem Gehsteig getanzt. Ihre neuen marinefarbenen Ballerinas, zu deren Kauf Peggy sie ermuntert hatte, waren wie dafür gemacht – außerdem harmonierten sie perfekt mit ihrem Kostüm. Amy lächelte zufrieden und bog in die West 81st Street ab. Es schien beinahe so, als ob sich auch die Vögel in den ahornblättrigen Platanen für sie freuten, selbst das Haus der Carmichaels wirkte mit seinen einladenden Margeritenstämmchen freundlicher als je zuvor.

So fühlte es sich also an, wenn man verliebt war und alles durch die rosarote Brille sah. Amys Mund verzog sich zu einem strahlenden Lächeln, ehe sie beschwingt die Stufen zur Haustür hinauflief. Sie holte den Schlüssel aus der Tasche und steckte ihn ins Schloss, doch aus irgendeinem Grund ließ sich dieser nicht drehen. Amy sah sich irritiert um. Nein, sie hatte sich nicht an der Tür geirrt, obwohl sich die Häuser in dieser Straße sehr glichen. So berauscht war sie nun auch wieder nicht. Gerade als sie es erneut versuchen wollte, öffnete Alex von innen die Tür.

„Guten Morgen, Alex, ich fürchte, irgendetwas stimmt mit meinem ..." Sein versteinertes Gesicht brachte sie schlagartig zum Verstummen. Es musste etwas Schreckliches passiert sein, selbst bei ihrer ersten Begegnung hatte er nicht derart erschüttert ausgesehen. Automatisch griff sie nach seiner Hand, doch Alex trat blitzschnell einen Schritt zurück, als hätte er sich verbrannt. Sein anklagender Blick nahm ihr beinahe die Luft zum Atmen.

Panisch schaute sie zwischen ihm und Annalise hin und her, die gerade aus dem Wohnzimmer kam und sie ebenfalls ansah, als hätte sie das Goldlager in Fort Knox ausgeraubt.

„Alex", versuchte sie es ein weiteres Mal und hörte selbst, wie verzweifelt ihre Stimme dabei klang. „Bitte sag doch etwas."

Doch der drehte sich nur mit einem Kopfschütteln um und verließ eilig den Flur.

„Wir müssen reden, Amy", kam es stattdessen von Annalise, die ihr ein gequältes Lächeln schenkte.

Amy nickte nur, dann folgte sie ihr wie in Trance ins Wohnzimmer. Gegen die Übelkeit ankämpfend nahm sie auf dem Sessel Platz und fühlte sich plötzlich wie in einem Kreuzverhör.

Amy erstarrte, als ihr Blick auf den Couchtisch fiel. Dort lag nicht nur die Mappe mit den Empfehlungsschreiben, sondern auch ein ausgedruckter Artikel mit der Schlagzeile. „New Yorks renommierte Agentur der *Midtown Nannies* schließt – eine Ära geht zu Ende."

Die Erkenntnis, dass Alex hinter ihr Geheimnis gekommen war, noch bevor sie ihn aufklären konnte, traf sie mit voller Wucht. Halt suchend klammerte sie sich mit der Hand an die Lehne, weil sich der Raum plötzlich um sie herum drehte.

„Alex, ich...", stammelte sie unter Tränen. Wo sollte sie nur anfangen?

„Wie dreist kann man sein, in so eine Rolle zu schlüpfen? Ich habe dir meine Kinder anvertraut", unterbrach er sie harsch, doch der Schmerz in seinen Augen strafte seine Rüge Lügen.

„Alex, es ist nicht so, wie du denkst", erwiderte sie mit verzweifelter Stimme. „Ich bin in keine Rolle geschlüpft ... Ich bin wirklich eine Nanny, eine *Midtown Nanny*."

Alex schüttelte sarkastisch auflachend den Kopf und wirkte dabei, als hätte er den Verstand verloren. „Ja, und sag bloß noch, eine aus den Fünfzigerjahren!"

Amy nickte eilig. Alex starrte sie fassungslos an, dann wandte er sich an seine Mutter. „Ich hab dir doch gesagt, dass sie Hilfe braucht. Sie glaubt es wirklich."

Annalise schenkte der jungen Frau einen Blick, der einer Mischung aus Mitleid und Hilflosigkeit gleichkam, ehe sie Alex mit entschlossener Stimme antwortete: „Ich denke, wir sollten die Polizei rufen."

„Ich bin nicht verrückt!", erwiderte Amy mit Nachdruck und zog das Zwischenzeugnis der Moores aus dem Stapel. „Meine Zertifikate sind alle echt."

Alex sprang wütend vom Sofa auf. „Willst du mich für dumm verkaufen? Und ich fand deine unbeholfene Art auch noch süß, ich dachte wirklich, du hast noch nie ein Smartphone in der Hand gehabt."

„Aber ich", versuchte es Amy erneut und mit Tränen in den Augen, während sie in ihrer Tasche panisch nach ihrem Ausweis suchte. Im selben Moment gab sie es auf, denn der Ausweis würde seine Theorie mit der Irren nur untermauern – er würde ihr kein Wort glauben. Trotzdem ließ sie sich nicht so leicht abspeisen, er musste sich wenigstens ihre Version der Geschichte anhören ... das war er ihr nach all dem, was zwischen ihnen passiert war, schuldig.

Amy wischte sich die Tränen aus dem Gesicht, anschließend sah sie Alex fest an. „Ich habe dich nicht angelogen, nie, ich bin Amy Applebee, Jahrgangsbeste der *Midtown Nannies* 1959 und vor zwei Wochen gab es noch keine Handys. Glaub mir oder nicht, aber ich bin keine Lügnerin und erst recht nicht verrückt! Ich bin nur in die falsche U-Bahn gestiegen und am nächsten Tag in diesem Schlamassel aufgewacht."

Alex' kalter Blick erschütterte sie bis ins Mark. Nach einigen Sekunden, die sich wie eine Ewigkeit anfühlten, erwiderte er. „Ich möchte, dass du gehst, sofort."

Unter Tränen sammelte sie ihre Unterlagen ein und stopfte sie mit zittrigen Händen in ihre Tasche. Sie wusste selbst, wie verrückt alles klang – sie war an jenem Morgen ebenso schockiert gewesen –, aber dennoch schmerzte sie es, dass er sie einfach aus seinem Leben verstieß.

Gerade als sie sich erhob und Alex einen letzten Blick schenkte, kam Lilly ins Zimmer. Die Kleine trug bereits ihr gelbes Sommerkleid und strahlte Amy übers ganze Gesicht an, als sie sie entdeckte.

„Du bist ja doch da! Daddy meinte, du kommst heute nicht."

Diese Worte versetzten Amy den letzten Dolchstoß. Alex hatte sie bereits vor ihrem Gespräch abgeschrieben – ohne irgendeine Erklärung ihrerseits.

Um Fassung ringend schnappte sie nach Luft, da spürte sie Lillys kleinen Körper, der sich zur Begrüßung an sie schmiegte. Es fühlte sich so gut an.

„Lilly, komm bitte zu mir!", forderte Alex seine Tochter mit bebender Stimme auf. Amys Kopf schnellte zu ihm. Dachte er allen Ernstes, sie könnte den Kindern auch nur ein Haar krümmen?

Wie durch einen Nebel drangen Lillys Worte zu ihr durch. „Aber ich möchte Amy doch mein neues Bild zeigen."

„Nein, heute nicht, mein Schatz."

Es fühlte sich an, als würde ihr Herz für einen Schlag aussetzen, um anschließend in tausend Stücke zu zerbrechen. Alex kam eilig auf sie zu und zog Lilly von ihr weg.

„Aber ich will zu Amy", protestierte die Kleine unter Tränen und sah irritiert zwischen ihrem Dad und ihrer Nanny hin und her.

Obwohl Amy selbst kaum mehr Herr ihrer Lage war, lächelte sie Lilly tapfer an. „Es wird alles gut werden, mein Schatz."

Sogar jetzt konnte Amy an nichts anderes denken als an das Wohlergehen „ihrer Kinder". Mit all ihrer Kraft zwang sie sich, einen Fuß vor den anderen zu setzen. Sie musste gehen, jede Sekunde würde den Abschied nur schwieriger und hässlicher machen.

Mit zusammengepressten Lippen schenkte sie Alex einen letzten Blick, der all ihre Gefühle ausdrückte. Doch gegen die Mauer, die er wieder aufgebaut hatte, kam sie nicht an. Sie schien noch höher als zu ihrer ersten Begegnung. Was hatte sie nur angerichtet? Anstatt zu helfen, hatte sie dieser Familie letztendlich nur noch mehr Schaden und Kummer zugefügt. Erst jetzt wurde ihr die komplette Tragweite ihrer unbedachten Aktion bewusst. „Es tut mir so unendlich leid". Ihre Worte waren nicht mehr als ein Flüstern, als sie wie in Trance das Zimmer und anschließend das wunderschöne Brownstone in der Upper West Side verließ.

Erst als sie den Central Park erreichte, blieb sie atemlos stehen. Das Herz schlug ihr nach ihrem Sprint bis zum Hals. Wie war sie nur darauf gekommen, dass sie ins heutige New York passte? Wütend holte sie ihr Handy aus der Tasche und schleuderte es in den nächsten Mülleimer. Sie wollte dieses Teufelsding nicht mehr haben. Es hatte sie ebenso verzaubert wie das Kaffeehaus und die Pizzen samt Koffeinbrause. Mal ganz zu schweigen von den unzähligen technischen Errungenschaften, die an jeder Straßenecke auf sie lauerten und sie von ihrem ursprünglichen Plan abgelenkt hatten. Amy setzte sich wieder in Bewegung und lief weiter, Block für Block. Sie brauchte frische Luft und sie war sich sicher, dass sie eine Fahrt in der U-Bahn nicht überstanden hätte. Als sie schließlich den Columbus Circle erreichte, hielt sie es in ihren neuen Schuhen kaum noch aus. Ihre Füße brannten schon nach dem kurzen Marsch und das, obwohl sie kilometerlange Touren seit jeher gewohnt war. Doch die wunden Stellen und Blasen waren nichts gegen den Schmerz, den sie dieser unschuldigen Familie angetan hatte. Zwischenzeitlich zweifelte sie sogar an ihrer Qualifikation als Nanny.

Amy zog sich den Hut vom Kopf, mit dem sie sich auf einmal selten dämlich fühlte, dabei lachte sie sarkastisch auf. Was Ms. Watson, die Inhaberin der *Midtown Nannies*, wohl über sie denken würde? Man hatte ihr nicht nur zweimal innerhalb kürzester Zeit gekündigt, nein, sie hatte auch gegen den Kodex verstoßen und sich in ihren Boss verliebt. Sie würde wohl als die schlechteste Mitarbeiterin in die Geschichte der Agentur eingehen – direkt nach Cindy mit dem gekürzten Saum.

Erneut traten ihr Tränen in die Augen, denn dies war die einzige Sache, die sie nicht bereute. Ihre Gefühle für Alex waren echt, und sie hätte für ihn, ohne zu zögern, ihren Job aufgegeben. Abrupt hielt Amy inne. *Nein, nicht auch das noch.* Sie drehte den Hut mehrmals um, dann griff sie sich automatisch ins Haar. Doch auch hier konnte sie die goldene Anstecknadel nicht finden. Panisch suchte sie ihren Ausschnitt ab, aber auch dorthin hatte sich der kleine Stecker nicht verirrt. Sie hatte ihn verloren! Wahrscheinlich auf ihrem abgehetzten Fußmarsch vom Museum bis hier her!

Kurz war sie versucht umzukehren, erkannte jedoch im selben Augenblick, wie sinnlos diese Idee war. Die Anstecknadel konnte überall sein, vielleicht hatte sie sie auch schon heute Morgen in der U-Bahn verloren. Amy atmete mehrmals tief durch, um sich zu fassen, dann setzte sie ihren Weg nach Hell's Kitchen fort. Konnte es noch schlimmer kommen? Sie hatte innerhalb einer Stunde alles verloren, was ihr jemals wichtig gewesen war. Beim Gedanken an Alex, Ryan und Lilly verfiel sie in ein hemmungsloses Schluchzen.

Amy erreichte den Starbucks unweit ihrer Wohnung, schenkte ihm jedoch keinerlei Beachtung. Dieses Teufelsgebräu hatte ihr von allem noch am meisten den Verstand vernebelt. Sie warf einen missbilligenden Blick zur Scheibe, dann lief es ihr eiskalt den Rücken hinunter. Nein, das konnte nicht sein. Für einen Moment hoffte sie, ihre Augen spielten ihr einen Streich. Doch als sie näher an die Scheibe trat, um sich den jungen Mann im roten Blouson genauer anzusehen, wusste sie, dass sie nicht träumte. Danny, es war Danny, der gerade genauso verwirrt wirkte wie sie an ihrem ersten Tag!

17

Alex

„Ich konnte mich nicht einmal von ihr verabschieden, es ist wie bei Mom!"

Ryans anklagende Worte trafen Alex bis ins Mark. Was das anging, musste er seinem Sohn recht geben. Jetzt im Nachhinein war ihm selbst klar, dass er ihm wenigstes die Chance dazu hätte geben müssen.

Lilly, die neben ihm am Frühstückstisch saß, schluchzte bei Ryans Worten leise auf. Es brach ihm das Herz, seine Kinder erneut in diesem Zustand zu sehen. Wie nach dem Unglück vor einem halben Jahr, als für sie alle die Zeit stehen geblieben war. Nur trug er dieses Mal selbst die Schuld an ihrem Leid.

„Was hat Amy denn so Schlimmes getan?" Seine Tochter sah ihn vorwurfsvoll an.

Alex zuckte unter ihrem Blick unmerklich zusammen. Er konnte seinen Kindern kaum den wahren Grund der Kündigung nennen. Beruhigend streichelte er Lilly über den Rücken, während seine Gedanken erneut zu Amy wanderten. Wie so oft in den letzten achtundvierzig Stunden, in denen er die Situation wieder und wieder durchgegangen war. Für einen Augenblick fragte er sich ernsthaft, ob eine verrückte, aber liebenswerte Nanny wirklich so schlimm war. Sie hatte Lilly und Ryan glücklich gemacht, und war es nicht das, was wirklich zählte?

Umso mehr er an ihre letzte Begegnung dachte, desto mehr hasste er sich für sein Verhalten. Er hätte das Ganze anders regeln müssen. Weniger emotional und aufwühlend und vor allem ohne seine Kinder. Er konnte nicht vergessen, wie erschüttert Amy gewesen war. Besonders nachdem er ihr indirekt unterstellt hatte, dass sie eine Gefahr für seine Kinder sei. Es war ihm in seiner Wut einfach herausgerutscht, dabei wusste er tief in seinem Inneren, dass sie nie zu so etwas fähig war. Ihre gemeinsame Zeit lief plötzlich wie ein Film vor seinem inneren Auge ab und machte ihm nur allzu deutlich bewusst, was er verloren hatte.

Da war ihre erste Begegnung im Flur, als sie sich das Familienfoto angesehen hatte. Schon dort war es ihm nicht gelungen, seine Trauer um Megan vor ihr zu verbergen. Sie hatte ihn nur angesehen und seinen Schmerz gespürt.

Alex' Mund verzog sich zu einem Lächeln, als er sich an ihren ersten Arbeitstag erinnerte. Sie war hereingekommen und hatte sich über das herrliche Wetter und Theodor Roosevelt gefreut. Ob ihr wohl aufgefallen war, dass er extra für sie einen Haken an der Garderobe frei gemacht hatte, damit sie ihr Hütchen aufhängen konnte?

Seine Gedanken wanderten weiter zu Macy's, als er sie in ihrem vanillegelben Kleid nicht wiedererkannte.

Zu dem Knistern zwischen ihnen, als sie ihn in nichts weiter als Boxershorts in der Küche überraschte. Und letztendlich zu ihrem Ausflug nach *Coney Island* und ihrem Kuss, der ihn wieder Leidenschaft fühlen ließ. Auch wenn ihre Erklärungen mehr als verrückt waren, änderten sie nichts an der Tatsache, dass er sie liebte. Das war ihm in den letzten schlaflosen Nächten klar geworden.

Er hatte sie in sein Zuhause und in sein Herz gelassen – doch jetzt war dort nur eine unerträgliche Leere.

Alex sah zu Ryan, der sich von seinem Stuhl erhob und wortlos das Wohnzimmer verließ, kurz darauf sprang auch Lilly auf und verkrümelte sich wieder an den Couchtisch, um weiterzumalen. Wie auch auf den letzten Bildern war Amy darauf zu sehen. Heute in einer Gondel im *Wonder Wheel* am Strand. Natürlich hatte auch dieses Bild wieder eine großzügige Portion Glitzerpuder abbekommen. Es würde ebenfalls einen Platz in der Bildergalerie im Flur bekommen und ihn jeden Tag, wenn er die Treppe herunterkam, verfolgen. Doch auch ohne Lillys Bilder war Amy überall präsent. Es reichte der Gedanke an seine Kreditkarte, die sie so kreativ zweckentfremdet hatte, oder auch nur ein einzelner Pappbecher mit Kaffee. Noch heute rollten sich ihm die Zehennägel auf, wenn er an das klebrige Getränk nur dachte. An jenem Tag war sie auch mit den Kindern in der Kanzlei vorbeigekommen – nach Ryans Friseurbesuch. Bittersüße Erinnerungen stiegen in ihm auf, als er an den Auftritt der Doo-Wop-Sänger im Washington Square Park dachte. Es war, als hätte diese Musik sie tief in ihrer Seele berührt.

Alex erstarrte. War es vielleicht doch möglich, dass sie die Wahrheit sagte? Nein, diese ganze Theorie war zu absurd. Dennoch war da dieses Knistern gewesen, eine Art Magie, die diesen Moment zu etwas ganz Besonderem machte.

Automatisch wanderte sein Blick zum Kühlschrank, an dem immer noch der erste Schnappschuss von ihr mit seinen Kindern hing. Es war ihr erster Tag gewesen und das erste Mal, dass er seine Kinder nach Megans Tod wieder so glücklich sah. In diesem Augenblick wusste er, was zu tun war. Er wollte Amy helfen, so wie sie ihm geholfen hatte. Denn war es nicht die Liebe, die alle Schwierigkeiten überwand?

Die Ohnmacht, die er in den letzten Tagen verspürt hatte, fiel mit einem Mal von ihm ab und machte einer ungekannten Hoffnung Platz. Alex erhob sich, dabei flatterte Lillys Serviette zu Boden und landete halb unter dem Kühlschrank. Alex bückte sich danach, dann hellte sich sein Gesicht schlagartig auf. Amys goldene Anstecknadel!

***

Als Alex eine Stunde später das Mietshaus in Hell's Kitchen erreichte, schlug ihm das Herz bis zum Hals. Nicht nur weil er sich so sehr beeilt hatte herzukommen, sondern weil er nicht wusste, wie ihn Amy nach ihrer letzten Begegnung empfangen würde. Er konnte verstehen, wenn sie ihm die Tür vor der Nase zuschlug, aber Gott sei Dank hatte er die goldene Anstecknadel dabei. Er war sich sicher, dass sie diese Auszeichnung gerne zurückhaben wollte. Ihr blieb also gar nichts anderes übrig, als ihm zu öffnen und ihm zuzuhören.

Alex drückte den Klingelknopf und wartete. Als sich nach einer gefühlten Ewigkeit nichts tat, läutete er erneut. Doch auch dieses Mal ohne Erfolg. Etwas hilflos sah er sich um, entdeckte jedoch nur einen asiatischen Markt, der einige sehr gewöhnungsbedürftige Auslagen im Schaufenster bereithielt. Er wechselte kurz die Straßenseite, um von dort aus einen besseren Blick auf Amys Wohnung zu bekommen. Entweder war sie wirklich nicht zu Hause oder wollte ihm nicht öffnen. Eine Bewegung hinter dem Fenster in der Wohnung nebenan weckte seine Aufmerksamkeit. Peggy? Er hatte die ältere Dame nur zweimal kurz gesehen, erkannte sie aber trotz der Lockenwickler auf dem Kopf sofort wieder. Noch bevor Alex reagieren konnte, riss Peggy das Fenster auf und winkte ihm aufgeregt zu. „Alex! Gott sei Dank!"

Irgendetwas in ihrer Stimme ließ ihn sofort aufhorchen. Warum war die alte Dame so erleichtert, ihn zu sehen? Seine Gedanken überschlugen sich geradezu, als er die Straße überquerte und die Tür aufstieß, die mit einem Surren geöffnet wurde. War Amy etwas zugestoßen, als sie sich vor zwei Tagen auf den Heimweg gemacht hatte? Sie hatte ja völlig neben sich gestanden. Es lief ihm eiskalt den Rücken herunter, als er nur daran dachte. Wenn dem wirklich so war, dann wusste Peggy noch nicht einmal von der Kündigung und dem hässlichen Vorfall, der sich zwischen ihnen abgespielt hatte.

Mittlerweile rannte Alex die Treppen nach oben, während die nackte Angst in ihm hochkroch. Als er

Peggy erreichte, erkannte er in ihren kummervollen Augen sofort, dass er recht hatte.

„Oh, Alex, ich bin so froh, Sie zu sehen." Der Dame, die bei ihren letzten Begegnungen ziemlich tough gewirkt hatte, schossen Tränen in die Augen. „Amy ist seit Montag nicht mehr zurückgekehrt."

Peggys Information zog ihm beinahe den Boden unter den Füßen weg. Die Worte „nicht mehr zurückgekehrt", hallten in seinem Kopf nach und lösten ein schreckliches Kopfkino in ihm aus. Er allein trug die Verantwortung dafür, schließlich hatte er gewusst, wie krank sie war. Amy hatte Hilfe gebraucht und er hatte sie weggejagt.

„Sie haben doch sicher die Polizei verständigt?", hörte er sich fragen.

Peggy schüttelte energisch den Kopf, ehe sie mit seltsamer Stimme erwiderte. „Nein, habe ich nicht."

Alex starrte sie an, für einen Moment dachte er, er hätte sich verhört, als ihm klarwurde, dass bereits zwei wertvolle Tage verstrichen waren, in denen man nach Amy hätte suchen können. Er zwang sich zur Ruhe, dann griff er nach seinem Handy.

„Nein, nicht!" Peggys Stimme klang panisch, als ihre Hand nach vorne schnellte.

Was hatte das zu bedeuten? Der Gedanke, den er in den letzten Tagen versucht hatte zu verdrängen, kam wieder an die Oberfläche. Amy war doch nicht irgendwo ausgebrochen und die alte Dame schützte sie?

„Aber wir müssen die Polizei rufen, Peggy!", erwiderte Alex mit Nachdruck in der Stimme.

Peggy verzog betrübt das Gesicht. „Es würde nur alles komplizierter machen und ohnehin nichts bringen."

Alex verfolgte, wie die Frau einen Schlüssel aus ihrer Jackentasche zog und dann an ihm vorbei auf die gegenüberliegende Wohnung zutrat. Nachdem sie aufgeschlossen hatte, drehte sie sich mit einem traurigen Lächeln zu Alex um. „Kommen Sie mit, junger Mann, es wird höchste Zeit, dass ich Sie über alles aufkläre."

Sie wollte ihm jetzt allen Ernstes Amys Wohnung zeigen? Doch als Alex ihr folgte und schlagartig ein seltsames Kribbeln seinen Körper durchströmte, wusste er, dass kein Weg daran vorbeiführte.

Amy stand wohl auf den Vintagestil. Beim Anblick der antiquierten Garderobe im Flur musste er trotz seiner widersprüchlichen Gefühle kurz schmunzeln, denn ganz offensichtlich lebte sie diese Zeit mit jeder Faser ihres Körpers. Sogar die Böden und Wände versprühten Nostalgie pur, auch wenn dadurch ein leicht muffiger Geruch in der Luft hing. Fasziniert lief Alex weiter. Selbst die Küche wirkte wie aus einer längst vergangenen Zeit. Auf den ersten Blick erkannte er, dass es sich auch hierbei nicht um nachgemachte Dekostücke handelte, sondern um Originale.

„Bitte setzen Sie sich." Peggy, die zwischenzeitlich auf dem Sofa Platz genommen hatte, holte ihn in die Wirklichkeit zurück.

Alex kam ihrer Aufforderung nach, dabei sah er sich weiterhin fasziniert um. Er hatte so etwas noch nie gesehen. Ja, er wusste, dass es Liebhaber gab, die solche Dinge auf Flohmärkten sammelten, aber diese Wohnung wirkte so richtig echt. Es passte einfach alles zusammen. Das Kristallschälchen mit Nüsschen auf dem Tisch, eine Zeitung aus dem Jahr 1959, ja sogar die Bilder an den Wänden, die leicht vergilbt waren. Alex erstarrte als er auf einem Foto Amy erkannte. Zusammen mit anderen jungen Frauen, die alle in identischen Uniformen steckten, posierte sie vor der Geschäftsstelle der *Midtown Nannies*. Es war dasselbe Gebäude, das er erst vor Kurzem im Internet gesehen hatte und bereits in den Siebzigerjahren geschlossen hatte. Es lief ihm eiskalt den Rücken hinunter. Nein, so etwas konnte unmöglich sein.

„Für uns war es ebenso ein Schock", murmelte Peggy, als Alex sich wie in Trance erhob und auf das Bild zulief. „Glauben Sie mir, als Amy vor etwa zwei Wochen wie das blühende Leben vor mir stand, dachte ich, ich sehe einen Geist."

Alex fuhr herum. „Sie kennen sich von früher?"

Peggy nickte eilig, dann breitete sich ein wehmütiges Lächeln auf ihrem Gesicht aus. „Amy war meine beste Freundin, bis sie von einem Tag auf den anderen einfach verschwunden war."

Langsam hob Alex die Hand und strich mit der Fingerkuppe über das Foto. Amy sah darauf so stolz und glücklich aus. Da jede der Frauen eine Art Zertifikat in der Hand hielt, konnte es sich nur um einen bestandenen Abschluss handeln. Seine Vermutung bestätigte sich, denn kurz darauf entdeckte er auch das gerahmte Schriftstück. Beim Anblick des Ausstellungsdatums 1959 schnürte es ihm beinahe die Luft ab. Amy hatte die Wahrheit gesagt, sie war nicht verrückt.

„Alles in Ordnung, junger Mann?"

Alex kehrte um Fassung ringend zum Sofa zurück und nahm wieder Platz. Was hatte er nur angerichtet?

Er schüttelte über die ganze Situation fassungslos den Kopf, dann klärte er Peggy mit stockender Stimme auf.

„Sie wollte mir am Montag alles erklären, aber ich habe ihr nicht geglaubt. Ich habe sie für verrückt gehalten und ihr einfach gekündigt."

„Was das angeht, brauchen Sie sich wirklich keine Vorwürfe machen. Die Geschichte ist ja auch verrückt!" Peggy machte eine kurze Pause, nach einem langen Seufzer fuhr sie fort. „Ich vermute, dass sie nicht wiederkommt. Wenn man zurückreist, ist es für immer vorbei."

„Zurückreist?", wiederholte Alex ihre Worte mit bebender Stimme.

Allein der Gedanke, dass er Amy niemals wiedersehen würde, löste einen Schmerz in seinem Körper aus, wie er ihn nur bei Megans Tod erlebt hatte.

Peggy dagegen wirkte ob der Situation ziemlich gelassen. Beinahe so, als hätte sie schon damit gerechnet, dass dieser Fall irgendwann eintreffen würde.

Er wusste selbst, wie verrückt das alles klang, und als Anwalt verließ er sich normalerweise auf knallharte Fakten, dennoch hörte er sich fragen. „Zurückgereist? Wie soll das gehen? Es soll ja Forscher geben, die sich mit so etwas beschäftigen, aber ehrlich gesagt, fehlt mir hierzu schlichtweg die Vorstellungskraft." Alex lachte nervös, er konnte nicht glauben, dass er mit der alten Dame tatsächlich dieses Gespräch führte.

„Aber genau so ist es passiert. Sie war zur falschen Zeit am falschen Ort … und ist in diese verfluchte Lok gestiegen, die sie direkt ins Jahr 2022 gebracht hat."

Okay, das klang ziemlich abgedreht und erst recht nicht konnte er sich vorstellen, dass es im New Yorker

U-Bahn-Netz irgendein geheimes Portal geben sollte, mit dem Zeitreisen möglich waren.

Alex fuhr sich nervös durchs Haar, dann erhob er sich. Allein diese Situation war schon surreal genug. Mit großen Augen verfolgte er, wie sich Peggy eine Handvoll Nüsschen aus dem Kristallschälchen schnappte und diese gründlich kaute. Diese Frau hatte wirklich Nerven. Nicht nur, dass sie sich überhaupt nicht um ihre Freundin zu sorgen schien, nein, auch was die alten Nüsse anging, hatte sie wohl keinerlei Bedenken. Wie viele Jahre waren seit damals vergangen?

„Ich habe ihr von vornherein gesagt, dass die Idee verrückt ist. Aber sie wollte ja nicht auf mich hören." Peggy schnaufte kurz auf. „Es wäre am besten gewesen, wenn ich sie einfach hier eingesperrt hätte."

Für einen Moment starrte Alex die Dame an, die es anscheinend völlig ernst meinte. Doch er musste ihr recht geben. Amy hatte sich mit ihrer unbeholfenen und naiven Art in Gefahr gebracht. Erst jetzt wurde ihm die ganze Tragweite überhaupt bewusst. Während sie für ihn und seine Kinder da gewesen war, hatte sie selbst am meisten Hilfe gebraucht. Doch er hatte sie vergrault, ihr nicht mal eine Chance gegeben, nach allem, was zwischen ihnen geschehen war. Tränen traten in seine Augen, als ihm klarwurde, was sie in den letzten Wochen selbst durchmachen musste.

„Wo ist dieses Gleis?", fragte Alex mit einem Kloß im Hals, der ihm das Sprechen schwer machte.

„Schlagen Sie sich das gleich aus dem Kopf", erwiderte Peggy eilig. „Wie gesagt, es gibt kein zurück. Sie haben Kinder, die Sie noch brauchen."

Alex blies laut die Luft aus. Peggy hatte recht. Er konnte unter keinen Umständen riskieren, dass seine Kinder auch noch ihn verloren. Dennoch wollte er sich mit dem Unvermeidlichen nicht abfinden. Er griff in seine Jackentasche und fischte den kleinen goldenen Anstecker der *Midtown Nannies* heraus, der ihm sofort wieder Tränen in die Augen trieb. Nein, nicht Amy. Nach Megan wollte er sie nicht auch noch verlieren. Wenn sie irgendwo da draußen war, würde er sie finden.

Ein kleiner Hoffnungsschimmer machte sich schlagartig in seinem Körper breit, denn plötzlich sah auch er gewisse Zeichen, die sich nicht mehr leugnen ließen. Amy war nicht ohne Grund zu ihnen gekommen. Er drehte die filigrane Nadel zwischen seinen Fingern und spürte, wie sein Körper auf einmal zu kribbeln begann – jetzt machte alles einen Sinn. Irgendetwas hatte Amy zu ihnen geführt, ob es nun Magie war oder doch nur ein glücklicher Zufall. Sein Mund verzog sich zu einem Lächeln. Magie hätte Amy bestimmt gefallen. Seine Gedanken wanderten zu Lillys Bildern, die mittlerweile den ganzen Flur schmückten und nur so funkelten. Mit viel Liebe, Glitzerstaub und etwas Magie würden sie Amy zurückholen. Dessen war er sich sicher.

„Thomas kann Ihnen vielleicht mehr zum Portal sagen", holte ihn die alte Dame nach einigen Minuten des Schweigens aus seinen Gedanken. „Er hat die Suche nach ihr in all den Jahren nie aufgegeben."

Alex' sah ruckartig auf. „Thomas?"

„Keine Sorge, kein alter Liebhaber." Peggy lachte herzhaft. „Amy hat an jenem Tag, als sie verschwand, auf die Moore-Zwillinge aufgepasst. Stellen Sie sich vor, Thomas hat sogar einen Privatdetektiv angeheuert. Nur die Theorie mit dem Portal hat er nie geglaubt, bis Amy ihm neulich im Park gegenüberstand."

Thomas Moore ... irgendwie kam ihm der Name bekannt vor. Genau, die Moores waren die Familie aus dem modrigen Empfehlungsschreiben. Alex' Gesicht hellte sich auf. Sollte an dieser Theorie wirklich was dran sein, dann bedeutete diese Neuigkeit so viel, dass Amy noch am Leben war.

18

Amy

New York 1959

Unruhig wälzte sich Amy im Bett, ehe sie durch einen Albtraum aufgeschreckt die Augen öffnete und für einige Sekunden benommen an die Decke starrte. Wie lange hatte sie geschlafen? Ihr Kopf brummte und ihre Glieder fühlten sich ungewohnt steif an. *Hat man etwa schon wieder die Straße gesperrt?*, schoss es ihr durch den Kopf, denn wie auch wenige Tage zuvor drangen die Geräusche von draußen nur gedämpft zu ihr hindurch.

Amy setzte sich auf, dann begann sich das Zimmer um sie herum zu drehen. Schnell suchte sie am Nachttischchen halt und atmete mehrere Male ruhig ein und aus, bis sich der Schwindel langsam legte. Hatte sie sich etwa etwas eingefangen? So schlecht hatte sie sich zuletzt gefühlt, als sie auf Coney Island ein einziges Mal von Peggys Muschelsuppe gekostet hatte und sich kurz darauf hinter der Wahrsagerinnen-Bude übergab.

Wasser, sie musste etwas trinken. Amy erhob sich und wankte in die Küche.

„Guten Morgen, Dornröschen!“

Amy erstarrte, als sie Danny in voller Montur am Küchentisch entdeckte. Dieser trug nicht nur ein ähnlich rotes Blouson wie sein Idol James Dean, sondern hatte auch sein Haar mit viel schmieriger Pomade in Form gebracht. Amy schnappte nach Luft, denn plötzlich wurde ihr klar, dass ihr Traum kein Albtraum gewesen war, sondern Realität. In Sekundenschnelle lief der gestrige Vormittag wie ein Film vor ihrem geistigen Auge ab. Alex’ kalter Blick und die Ohnmacht, die sie bei seinen anklagenden Worten verspürt hatte. Lilly, die sich weinend an sie geklammert hatte und die Welt nicht mehr verstand. Ihr abgehetzter Fußmarsch nach Hell’s Kitchen, als sie ihr kostbarstes Schmuckstück verlor, und schließlich Danny, der sie in den ehemaligen Räumlichkeiten der *Midtown Nannies* gesucht hatte. Erneut begann sich das Zimmer um sie herum zu drehen, als sich ein unheilvoller Gedanke in ihr formte.

„Ich denke, du solltest dich lieber setzen, du bist etwas blass um die Nase. Kein Wunder, nach all dem, was du durchgemacht hast.“ Der junge Mann kam ihr eilig entgegen und bot ihr ganz gentlemanlike den Arm an. „Ich habe mir erlaubt, die Nacht bei dir zu bleiben. Du warst gestern einfach zu aufgelöst.“

Amy starrte ihn an, während sich ihre Gedanken wie wild überschlugen. Sie erinnerte sich, wie froh sie gewesen war, ihn wiederzusehen. Er war genau in dem Moment aufgetaucht, als ihre Welt und all das, an was sie glaubte, in Stücke brach.

Erneut kamen ihr die Tränen und sie ließ ihnen freien Lauf, bis ihr Körper unter ihren Krämpfen bebte.

Auch wenn sie es längst ahnte, sie musste sich mit eigenen Augen davon überzeugen. Mit wackeligen Beinen lief sie zum Fenster und schob die Gardine zur Seite – dann setzte ihr Herz für einen Schlag aus. Sie erkannte Mr. Lombardis hellblauen Pritschenwagen, der bis oben hin mit Wassermelonen beladen war. Doch der Anblick von Peggy, die plötzlich auf die gegenüberliegende Straßenseite stöckelte, um kurz darauf schamlos mit dem Obsthändler zu flirten, brachte sie vollends aus dem Konzept. Ihre Freundin war wieder jung und verdrehte den Männern in der Straße den Kopf. Sie fühlte gleichermaßen Freude und Trauer, als sie ihre Freundin ungläubig anstarrte. Freude, dass ihre Freundin noch ihr ganzes Leben vor sich hatte, und Trauer, weil sie die „alte" Version von Peggy bereits jetzt vermisste.

„Ich dachte, du freust dich, wieder hier zu sein", holte Danny sie aus ihrer Starre. „Wo du es gestern noch so eilig hattest wegzukommen."

Amys Kopf fuhr herum und auf einmal tat es ihr leid, dass sie ihm nicht die Gelegenheit gegeben hatte, sich alles in Ruhe anzuschauen. Er war von all den Hebeln und dampfenden Maschinen im Kaffeehaus genauso überwältigt gewesen wie sie an ihrem ersten Tag. Doch am meisten hatten ihn diese neuartigen Automobile fasziniert. Sie kamen ganz ohne Benzin aus und bewegten sich nahezu lautlos. Auch wenn die futuristischen Karossen wohl die Zukunft bedeuteten, machten sie ihr eine höllische Angst. Erst gestern hatte sich eines davon besonders unauffällig von hinten an sie rangeschlichen. Danny dagegen konnte gar nicht genug von all

den Raumschiffen und lächerlichen Tretrollern bekommen. Er hätte sich selbst am liebsten einen davon
im Central Park ausgeliehen, um genauso albern aus-
zusehen, wie all die Männer in ihren schicken Anzügen. Mr. Moore hätte sich einmal im Grabe umgedreht,
wenn er wüsste, dass sein Berufsstand mittlerweile
samt Kaffeebecher zur Arbeit rollte und den Eingang
der Bank of Manhattan mit Tretrollern versperrte.

Sie dagegen wollte nur noch weg, weg, damit sie nicht
noch mehr Schaden anrichtete oder wundervollen
Menschen zusätzlichen Kummer bereitete. Es hatte
sich in dem Augenblick so gut angefühlt, sich selbst zu
bestrafen, schließlich hatte sie es nicht anders verdient.
Doch mit jeder weiteren Minute wurde ihr klar, wie unwiderruflich ihre Entscheidung gewesen war. Sie
würde Alex, Lilly und Ryan nie wieder sehen.

Amy nahm das Glas Wasser entgegen, das Danny ihr
fürsorglich aufgefüllt hatte, und setzte sich. Erst jetzt
entdeckte sie die Zeitung auf dem Tisch, die bewies,
dass sie sich wieder im Jahr 1959 befand.

„Wie hast du es herausgefunden?", fragte Amy nach
einem Schluck Wasser und etwas gefasster.

„Es war reiner Zufall. Ich bin jeden Abend die Strecke
zur Station abgelaufen und eines Tages, als ich ganz allein war, öffnete sich das Portal."

Danny hatte jeden Abend nach ihr gesucht? Eine Art
freundschaftliche Zuneigung stieg in ihr auf, als sie den
jungen Mann nun zum ersten Mal direkt ansah. Doch
sie fühlte nichts. Das Flattern, das sich noch vor einiger
Zeit in ihrer Magengrube ausgebreitet hatte, war verschwunden. Lediglich das rote Blouson erinnerte sie an

den Grund ihrer Schwärmerei. Schließlich konnte niemand leugnen, dass Danny darin aussah wie der junge Rebell aus Hollywood höchstpersönlich.

Alex war es jedoch, der ihr Herz zum Hüpfen brachte, wenn er sie nur ansah. Ungeachtet der Tatsache, was er ihr an den Kopf geworfen hatte, liebte sie ihn noch immer. Vielleicht war sie nicht dazu bestimmt, die Liebe zu bekommen, die sie sich wünschte. Es war so schon kompliziert und zwischen zwei verschiedenen Welten schier unmöglich. Vielleicht lag ihre Bestimmung in ihrem Beruf als Nanny, auch wenn sie darin in letzter Zeit redlich versagt hatte. *Die Midtown Nannies,* schoss es ihr durch den Kopf. Ihre Agenturchefin würde sie umbringen, wenn sie von der verlorenen Nadel erfuhr! Und was würde sie vor allem Peggy erzählen, wo sie sich die ganze Zeit über herumgetrieben hatte, während alle nach ihr suchten?

Panisch sah sie zu Danny. „Weiß noch jemand von dem Portal?"

„Nein, niemand", erwiderte er schnell, „und ich denke, es ist auch besser so."

Amy nickte ihm dankbar zu. Man würde ihr ohnehin nicht glauben. Genauso wenig wie Alex ihr geglaubt hatte. Tränen schossen ihr in die Augen, sie vermisste ihn bereits jetzt. Die Sehnsucht nach ihm verursachte ihr nahezu körperlichen Schmerz und sie hätte alles getan, um ihn noch einmal zu sehen.

Das Foto vom Strand. Automatisch wanderte ihr Blick zur Arbeitsplatte, doch da fiel ihr ein, dass sie ihr Handy in ihrer Wut unterwegs entsorgt hatte. Vielleicht war es besser so. Sie würde damit nur Aufsehen erregen. Aber eines konnte man ihr nicht nehmen, die

Erinnerung an jenen Tag im Washington Square Park. Sie war sich sicher, dass sie ihren Lieblingssong niemals wieder hören konnte, ohne das Kribbeln zu spüren, das er an jenem Tag in ihr ausgelöst hatte.

Als Danny eine Stunde später nur widerwillig ihre Wohnung verließ – nachdem sie ihm mehrmals versicherte, dass sie klarkam –, schaltete sie das Radio an. Es dauerte nur einige Songs, bis auch Bobby Darins Hit gespielt wurde ... und Amy in ein herzzerreißendes Schluchzen verfiel.

„Amy?" Ein lautes Trommeln an ihrer Haustür holte sie in die Gegenwart zurück. „Amy, bist du das?", hörte sie Peggys aufgeregte Stimme.

Für einige Sekunden war Amy wie erstarrt, ihre Freundin hatte bestimmt das Radio gehört. Erst jetzt realisierte sie, dass Peggy krank vor Sorge sein musste.

Sie stand auf und lief zur Tür, während widersprüchliche Gefühle in ihr kämpften. Sie hatte sich so sehr an die ältere Version von ihr gewöhnt, dass sie jetzt sogar etwas Angst hatte, der jungen Peggy gegenüberzutreten. Amy öffnete, im selben Moment fiel ihr die Freundin freudestrahlend um den Hals.

„Du lebst! Oh, Amy, ich dachte, ich würde dich nie wieder sehen!" Peggy schob sie etwas von sich weg und musterte sie eingehend. „Geht es dir gut, du bist doch nicht verletzt?"

Amy fühlte sich wie gelähmt, es war alles so surreal. Noch gestern Morgen hatten sie genau hier gestanden und sich unterhalten. Peggys Gesicht war voller Falten gewesen und sie hatte sich auf ihren Gehstock gestützt.

Ohne eine Antwort drehte sich Amy um und taumelte in die Küche. So langsam wurde ihr alles zu viel.

„Hat es dir die Sprache verschlagen?“, hörte sie ihre Freundin direkt hinter sich fragen. „Dir ist doch nichts Schlimmes passiert, oder?“ Peggy schlug sich erschrocken die Hand vor den Mund.

„Nein, nein, es geht mir gut“, erwiderte Amy schnell. „Ich war nur für einige Zeit an einem anderen Ort.“

„Du bist weggefahren? Aber warum hast du mir denn nicht Bescheid gesagt? Ich war krank vor Sorge! Die Polizei sucht ebenfalls nach dir und Doktor Strand hat eine Anzeige in der New York Times geschaltet.“

Automatisch verzog sich Amys Mund zu einem Lächeln. „Ich freu mich so für euch! Er wird dich sehr glücklich machen.“

„Was, du denkst, wir sind ein Paar? Nein, wie kommst du denn darauf?“ Peggy sah sie besorgt an. „Bist du sicher, dass mit dir alles in Ordnung ist?“

Anstelle einer Antwort wurde Amys Lächeln nur noch breiter.

„Also so langsam machst du mir Angst. Du weißt doch, dass er nur seine geliebten Fossilien im Kopf hat.“

Amy verfolgte, wie ihre Freundin den Wasserkessel auffüllte und passend zur Musik im Radio mit dem Hintern wackelte. Sie musste sich erst wieder an Peggys Kurven gewöhnen ... die noch gestern in einem plüschigen Hausanzug steckten.

Für einen Augenblick schien es, als wäre sie nie fortgewesen. Dennoch war alles anders. Wie konnte sie einfach weitermachen, als wäre nichts geschehen? Für einen Sekundenbruchteil war Amy versucht, ihrer Freundin alles zu erzählen, biss sich in letzter Sekunde jedoch auf die Zunge. Die junge Peggy würde sie nicht verstehen. Im besten Fall würde sie sich über ihre blühende Fantasie amüsieren oder sie aber zu einem Doktor schleppen, der neurologische Tests an ihr vornahm. Nein, sie würde dieses Geheimnis für sich behalten, auch wenn sie ihrer lieben Freundin nur zu gerne von den Zauberkästchen, Frappuccinos und vor allem von Alex und den Kindern erzählt hätte. Allein der Gedanke an die drei trieb ihr wieder Tränen in die Augen.

„Willst du mir nicht endlich erzählen, was los ist?", hakte Peggy erneut nach, als sie Platz nahm.

„Ich kann nicht, es ist alles so schwer zu verstehen." Amy griff nach Peggys Hand, ehe sie mit Tränen in den Augen fragte. „Tut es im Herzen immer so weh, wenn man jemanden liebt?"

Ein mitfühlendes Lächeln huschte über Peggys Gesicht. „Wenn es echt ist, ja." Nach einigen Augenblicken hakte sie argwöhnisch nach. „Du bist doch nicht etwa mit Danny durchgebrannt?"

Trotz ihrer Traurigkeit musste Amy laut auflachen. „Nein, Danny ist es nicht. Sein Name ist Alex und er ist der wundervollste Mensch, dem ich je begegnet bin."

„Ach, Amy, wenn ich dir doch nur irgendwie helfen könnte. Und dieses Mal hilft wohl auch keine Tasse Tee, nicht wahr?"

Amy schüttelte traurig den Kopf, denn sie würde Alex und die Kinder nie wieder sehen.

„Weißt du, was am besten gegen Herzschmerz hilft?", fragte Peggy, als sie kurz darauf zwei Tassen füllte. „Ein langer Spaziergang im Park und ein Abstecher bei *Macy's*."

Obwohl Amy gerade nach gar nichts der Kopf stand, hatte Peggy vermutlich recht. Sie musste sich über kurz oder lang wieder mit ihrem alten Leben arrangieren und nach vorne sehen. Sonst würde sie an ihrem Kummer zerbrechen.

Dankbar nahm sie die Tasse Tee entgegen und betrachtete ihre Freundin für eine Weile. „Peggy, hab ich dir eigentlich schon mal gesagt, wie viel du mir bedeutest?“ Schon wieder war es Peggy, die ihr in ihrer schlimmsten Zeit zur Seite stand.

„Du bedeutest mir auch unendlich viel“, entgegnete Peggy mit einem lauten Schniefen. „Und ich kann gar nicht beschreiben, wie glücklich ich bin, dich wieder bei mir zu haben.“

Für einige Augenblicke hingen die Frauen ihren Gedanken nach, als sie von einem grellen Hupen aufgeschreckt wurden.

„Lombardi!“, entfuhr es Peggy laut. „Du hast ja gar nicht mitbekommen, was hier in den letzten Tagen los war.“

Amy lächelte unter Tränen, denn sie wusste nur zu gut von der Hassliebe zwischen Peggy und dem Obsthändler. In einem Moment wurde Peggy mit exotischen Früchten überschüttet und im nächsten Moment stritten sie sich wie zwei Hafenarbeiter.

„Was hat er denn schon wieder angestellt“, hakte Amy amüsiert nach.

„Er hat jetzt zwei von diesen Pritschenvespas“, erwiderte Peggy mit verheißungsvoller Stimme. „Sein Neffe aus Neapel wohnt jetzt ebenfalls hier und hat sein Gefährt gleich auf dem Schiff mitgebracht.“

„Oh, aber das ist doch schön, dass er jetzt Verwandtschaft hier hat, oder etwa nicht?“ Amy wusste, wie sehr der Obsthändler oft von Heimweh geplagt wurde.

Peggy schüttelte aufgebracht den Kopf. „Für ihn schon, aber seit Angelo hier wohnt, habe ich keine ruhige Minute mehr. Nicht nur dass er mich permanent mit Litschis überschüttet – er nennt sie Liebesfrucht –, nein, er raubt mir mit seinem verfluchten Gefährt auch meinen nächtlichen Schönheitsschlaf."

Wie zum Beweis ertönte auf einmal ein abgehacktes Begrüßungshupen, gefolgt von einem Schwall italienischer Wörter. Amy konnte nicht anders als zu grinsen, denn Mr. Lombardi und seine exotischen Früchte, die jeden Morgen pünktlich um vier Uhr am New Yorker Hafen eintrafen, waren ihr eindeutig lieber als die ausgehängten Hühner von Mr. Sheng Wang.

Peggys Mund verzog sich zu einem verschmitzten Lächeln. „Du solltest ihn mal sehen. Ich glaube, er imitiert diesen Bernardo aus der West Side Story."

Amy schmunzelte, denn sie wusste nur zu gut, dass ihre Freundin beim Akzent des Bandenführers weiche Knie bekam.

Ihre Gedanken wanderten erneut zu Alex und die Sehnsucht nach ihm wurde geradezu übermächtig. Warum war sie Danny nur zum Gleis gefolgt? In ihrer Verzweiflung war es ihr aber genau richtig erschienen. Doch machte es überhaupt einen Sinn, weiter darüber nachzugrübeln? Alex hatte ihr klar zu verstehen gegeben, was er von ihr hielt. Auch wenn sie geblieben wäre, hätte sich nichts an der Tatsache geändert, dass er sie nicht mehr in seinem und dem Leben seiner Kinder haben wollte.

„Du denkst schon wieder an ihn, hab ich recht?", hakte Peggy mitfühlend nach.

Amy nickte.

„Komm, lass uns ein wenig raus gehen, das wird dich auf andere Gedanken bringen."

Macy's, selbst das Kaufhaus würde sie ab jetzt immerzu an ihn erinnern. Nach einigen Sekunden der Stille stimmte Amy jedoch zu. Peggy hatte recht, sie musste sich ablenken, bevor sie der Gedankenstrudel noch weiter runterzog – sie hatte ohnehin keine Wahl.

Als die Frauen eine halbe Stunde später das Mietshaus verließen, hellte sich ihre Stimmung beim Anblick des so vertrauten Straßenbilds schlagartig auf. Sie entdeckte nicht nur den neuen Pritschenwagen, sondern auch die Nachbarskinder, die auf dem Treppenabsatz Karten spielten. Über all dem lag ein nostalgischer Filter. Die Szenerie wirkte so friedlich wie auf einer vergilbten Ansichtskarte – sie war wieder in ihrer heilen Welt zurück. Aber auch die exotischen Gerüche, die vom Stand des Obsthändlers zu ihr herüberwehten und Peggys Bodylotion waren ihr so vertraut. Ihr Herz zog sich schmerzhaft zusammen, wie war sie nur darauf gekommen, dass das neue New York mit seinen Frappuccinos und Zauberkästchen so viel besser war als das?

Sie gehörte hierher und morgen würde sie sich gleich auf den Weg zu den *Midtown Nannies* machen und ihrer Chefin eine plausible Erklärung auftischen. Vielleicht könnte sie die Ausrede mit der kranken Tante hervorholen, die Cindy so gerne nahm.

Beim Bimmeln des Eiswagens, der in diesem Augenblick in das kleine Sträßchen einbog, machte ihr Herz einen Hüpfer. Limoneneis! Wie sehr hatte sie es vermisst. Mit einem amüsierten Lächeln verfolgte sie, wie die Kinder bei diesem Signal aufgeregt aufsprangen

und losrannten – die Karten und Murmeln waren auf
einmal vergessen.

„Komm, Peggy, das Eis geht heute auf mich!"

19

Alex

Es war nahezu unmöglich, nicht an Amy zu denken, wenn er morgens die Treppe herunterkam. Sie lächelte ihn von allen Bildern, die Lilly gezeichnet hatte, an. Doch auch ohne die Glitzerbilder galt sein erster Gedanke nach dem Aufstehen nur ihr. Wie könnte es anders sein, wenn sie ihn sogar bis in seine Träume verfolgte. Träume in denen sie wieder glücklich waren, wie noch vor einer Woche, vor ihrem hässlichen Streit.

Als Alex die Küche betrat, verstärkte sich das Gefühl der Einsamkeit noch mehr. Kein herzliches „Guten Morgen, Mister Carmichael" oder der köstliche Duft von gebratenem Speck und Waffeln, an den er sich so schnell wieder gewöhnt hatte. Sein Blick fiel auf ihre Schürze, die immer noch an einem Haken neben den Geschirrtüchern hing. Die vanillegelben Butterblumen darauf versprühten wenigstens ein bisschen Fröhlichkeit. Die Schürze passte so gut zu Amy und war – wie er nun wusste – ebenfalls ein Relikt aus alten Zeiten, wie auch ihre gesamte Einrichtung in der kleinen Wohnung im Herzen von Hell's Kitchen. Er erinnerte sich an die passenden Topflappen und Untersetzer im selben Design, die er bei seinem letzten Besuch auf dem Küchentisch entdeckt hatte. Automatisch griff er nach dem Stoff und wusste im selben Moment, dass er sich nur weiter quälte. Aber er konnte nicht anders, als noch einmal ihren ganz eigenen Duft einzuatmen – eine Mischung aus Zimt und Gänseblümchen. Die Erinnerung an sie brachte ihn fast um den Verstand. Er konnte nicht sagen, wie lange er einfach nur da gestanden hatte, denn plötzlich holten ihn Lilly und Ryan, die dem Geräuschpegel nach aufgewacht waren, aus seinen Gedanken. Schnell hängte er die Schürze wieder an den Haken und öffnete den Kühlschrank. Schon jetzt wusste er, dass seine Kinder wieder nur halbherzig im Rührei herumstochern würden – damit kam er mittlerweile klar – aber nicht mit ihren vorwurfsvollen Blicken und dem Schweigen. Vielleicht war die Idee seiner Mutter gar nicht mal so schlecht. Sie wollte die beiden für ein paar Tage zu sich holen, bis sich alles etwas abkühlte. Momentan kochten die Gefühle und Schuldzuweisungen im Stundentakt hoch. Besonders Ryan war, was Amy anging, ungewohnt emotional.

Alex schüttelte über sich und die ganze Situation verärgert den Kopf. So hatte er sich seinen Sommerurlaub mit den Kindern ganz sicher nicht vorgestellt. Er hätte genauso gut arbeiten können. Stattdessen war er nun zwei Tage allein. Allein mit seinen quälenden Gedanken, die ihm den Schlaf raubten.

Wenn er doch nur etwas tun könnte. Zwischenzeitlich hatte er mit Thomas Moore Kontakt aufgenommen, doch der ältere Herr hatte ihm nur bestätigt, was ihm Peggy bereits gesagt hatte. Es gab kein Zurück mehr. Seine Wut auf sich selbst vermischte sich mit Schmerz, als ihm klar wurde, dass Amy genau gewusst hatte, was sie tat. Sie hatte zurückgewollt und es war ihr gar nicht schnell genug gegangen. Sie hatte ihm nicht einmal die Gelegenheit gegeben, darüber nachzudenken oder sich seine Fehler einzugestehen.

„Ist Grandma schon da?" Ryans Stimme holte ihn aus den Gedanken.

„Guten Morgen, Ryan." Und auch sein Sohn hatte es offensichtlich genauso eilig von ihm fortzukommen. „Sie ist in einer halben Stunde da."

Ryan schnitt eine Grimasse, die eine Mischung aus Unmut und Frust ausdrückte, und setzte sich anschließend zu Alex' Überraschung an den Tresen.

„Ich hätte ihr geglaubt", murmelte der Teenager, als Alex einige Augenblicke später das Ei in die Pfanne gab. „Sie war doch schon immer ..." Ryan machte eine Pause, als suchte er nach einer schmeichelhaften Beschreibung.

„Du meinst, etwas seltsam und naiv?", beendete Alex lächelnd seinen Satz.

Ryan nickte wehmütig, dann fuhr er mit leuchtenden Augen fort. „Sieht ihre Wohnung wirklich so aus wie damals?"

„Sie sieht nicht nur so aus wie damals. Sie ist von damals", erwiderte Alex amüsiert, als er sich an die Nüsschen auf dem Couchtisch und Amys Mobiliar erinnerte. „Aber bitte erzähl Lilly nichts davon, es ist einfach zu verrückt."

Alex hatte mit sich gehadert, ob er seinem Sohn überhaupt etwas von seinem Abstecher bei Peggy erzählen sollte. Doch aus Angst, dass Ryan zufällig hinter sein

Geheimnis kommen könnte, hatte er ihn schließlich eingeweiht. Von der gefundenen Anstecknadel bis hin zum Portal, durch das Menschen aus den 50ern in die Zukunft gelangten. Aber vor allem, dass es ihm unendlich leidtat und er alles daran setzte, um Amy wiederzufinden.

„Keine Sorge, ich halte dicht. Irgendwie erinnert mich das Ganze ein bisschen an *Flash*. Ob sie wohl auch in einem Paralleluniversum abhängt?", sinnierte der Junge gedankenverloren.

„Ehrlich gesagt, möchte ich es mir gar nicht vorstellen, solche Dinge fand ich schon immer etwas abgedreht", erwiderte Alex ehrlich und spielte auf die Fernsehserie an, die Ryan ihm ans Herz gelegt hatte, um Zeitreisen besser zu verstehen. Was die Vorstellungskraft anging, war sein Sohn da eindeutig offener, nein, er war förmlich von diesem Thema besessen.

„Sonst noch eine Idee, was wir machen könnten?", hörte er sich fragen, als er kurz darauf zwei Teller mit Rührei füllte.

„Ehrlich gesagt, Nein. Sie ist ja kein Speedster wie Flash, der mit seiner Schnelligkeit Zeitlinien überwinden kann. Miss Applebee kam mit der Bahn und ich habe sie auch nie rennen gesehen, es ist eher so eine Art tänzeln, wenn sie sich bewegt", antwortete Ryan mit vollem Mund und löste mit seinem lässigen Geplapper einen Sturm der Erleichterung in Alex aus. Es war das erste Mal seit Tagen, dass sie sich so ungezwungen miteinander unterhielten.

Alex griff nach der Anstecknadel, die er seit gestern bei sich trug, und auch jetzt löste sie in seiner Hand ein warmes Kribbeln aus. Auch wenn er sonst nicht an derart Hokuspokus glaubte, spürte er, dass von dem kleinen goldenen Regenschirm eine unbändige Energie ausging. Ob es einen Unterschied machte, wenn ein persönlicher Gegenstand eines Zeitreisenden in der Zukunft verblieb? Ein Funken Hoffnung breitete sich in ihm aus, als er den Gedanken zu Ende spann. Thomas Moore dagegen war sich sicher, dass es kein Zurück mehr für Amy gab. Alex hoffte, dass er sich irrte.

„Hast du mir neues Glitzerpuder bestellt, Daddy?", begrüßte ihn Lilly mit einem herzhaften Gähnen.

Glitzerpuder, seine Tochter hatte nichts anderes mehr im Kopf als überall dieses Zeugs zu verteilen.

„Mach ich heute, versprochen." Sein Mund verzog sich zu einem schmerzhaften Lächeln, als er in ihrer Hand ein weiteres Bild entdeckte. Mit viel Fantasie erkannte er darauf die Doo-Wop-Gruppe aus dem Washington Square Park und Amy, die sich mit schwingendem Kleid ausgelassen zur Musik drehte. Die Musik! Amy hatte so stark darauf reagiert. Vielleicht war es möglich, dass sie dort, wo sie war, irgendetwas davon spürte. Auch wenn die Idee mehr als skurril war, würde er noch heute die Gruppe aufsuchen um ... Okay, der Gedanke war mehr als verrückt, aber dennoch wollte er nichts unversucht lassen.

Mit neuer Hoffnung verfolgte er, wie Lilly das Bild mit einem Magneten am Kühlschrank befestigte und für einen Augenblick wehmütig ansah, ehe sie auf den Barhocker kletterte.

Auch wenn er seine Tochter gerne in seine Pläne eingeweiht hätte, so konnte er ihr kaum erzählen, dass er dank ihr gerade mit dem Gedanken spielte, die Doo-

Wop-Gruppe für einen mitternächtlichen Gig am Gleis anzuheuern. Es brach ihm das Herz, sie so im Unklaren zu lassen, aber letztendlich war es besser, Lilly nicht zu viel Hoffnung zu machen, nur für den Fall, dass sein Plan kläglich scheiterte. Dabei wünschte er sich nichts mehr, als seine Kleine endlich wieder glücklich zu sehen. Doch nach dem hässlichen Zwischenfall vom Montag konnte er es ihr nicht verübeln, dass sie kaum mehr mit ihm redete und lieber zu ihren Großeltern wollte.

Nachdem Alex seiner Tochter ebenfalls eine Portion Rührei aufgeladen hatte, sah er erneut zum Kühlschrank. Beim Anblick der Buntstiftzeichnung, die Amy in ihrem vanillegelben Petticoatkleid zeigte, verzog sich sein Mund zu einem liebevollen Lächeln. Er würde alles dafür tun, um diese Frau wieder ins 21. Jahrhundert zurückzuholen, auch wenn er sich dazu völlig zum Narren machen musste.

***

Kurz nachdem seine Kinder mit ihren Großeltern das Haus verlassen hatten, machte auch Alex sich auf den Weg. Für gewöhnlich traf man die Acapella-Gruppe am Washington Square Park, aber es gab noch zwei weitere Stationen, an denen sie sich regelmäßig aufhielten. Vor den Stufen des *Metropolitan Museum of Art* oder unterhalb der *Bethesda Terrace* im Central Park, die aufgrund ihrer Akustik gerne von Musikern ausgewählt wurde.

Da das *Met* direkt auf der gegenüberliegenden Seite des Parks lag, wollte er sein Glück zuerst dort versuchen. Nach einem fünfzehnminütigen Fußmarsch über die 79th St Transverse erreichte er schließlich sein Ziel, doch schon von Weitem erkannte er, dass sich die Gruppe heute nicht vor dem weltbekannten Kunstmuseum aufhielt. Etwas enttäuscht machte er kehrt und lief wieder in den Park hinein. Nach einer weiteren Viertelstunde passierte er den *Bethesda Fountain*, einen beeindruckenden Springbrunnen samt Bronzefigur, die vor allem bei Regisseuren, Touristen und Brautpaaren sehr beliebt war. Er befand sich in unmittelbarer Nähe zu seiner zweiten Station – der *Bethesda Terrace*, die zu beiden Seiten von mächtigen Treppen umsäumt wurde.

Alex' Gesicht hellte sich auf, als er im darunterliegenden Arkadengang die fünfköpfige Gruppe erkannte. So wie es aussah, hatten die Männer noch nicht angefangen, denn der Kontrabassist holte gerade sein Instrument aus dem Koffer, während sich die Sänger einstimmten. Dabei waren die Rollen ganz klar verteilt. Der Mann mit der tiefsten Stimme sang den Bariton, ein weiterer den Tenor, der nächste den Lead-Gesang, aber es war der Falsett-Sänger, der Alex immer wieder aufs Neue faszinierte. Der ältere Mann, der stets ein breites Lächeln im Gesicht hatte, traf die hohen Töne besser als Alvin das Wörtchen Hula-Hoop im Chipmunk-Song.

Alex stellte sich ebenfalls zu den Zuschauern, die erwartungsvoll die Handys bereithielten oder schon Videos der beeindruckenden Architektur des Durchgangs samt Deckenfliesen aufnahmen. Vom Tenor wusste er, dass diese Aufnahmen fleißig auf YouTube geteilt wurden und sie mittlerweile Fans auf jedem Kontinent hatten. Die Glücklichen darunter, die es dann doch einmal nach New York schafften, fieberten nicht selten einem persönlichen Treffen entgegen – das auch gerne als Vorwand für einen Heiratsantrag genutzt wurde.

Alex verzog lächelnd das Gesicht, als ihm mal wieder bewusst wurde, wie gesegnet er war. Er hatte nicht nur den Central Park direkt vor der Haustür, sondern führte mit seinen Kindern ein Leben, um das ihn viele beneiden würden. Nach außen hin. In seinem Inneren sah es jedoch ganz anders aus. Er hatte nicht nur Megan auf tragische Weise verloren, sondern nun auch Amy, und daran war ganz allein er schuld. Heiße Tränen brannten in seinen Augen, doch hier im Schatten des Arkadengangs und hinter seiner Sonnenbrille bekam niemand mit, wie zerrissen er sich wirklich fühlte.

Die ersten Akkorde von „Duke of Earl", die gleichzeitig in den verschiedenen Stimmlagen erklangen, trafen ihn mitten ins Herz und weckten in ihm eine schmerzliche Sehnsucht nach einer Frau, die er im Grunde kaum kannte. Jeder weitere Takt verstärkte dieses Gefühl in seinem Körper, und für einen Moment fühlte es sich fast so an, als stünde Amy wieder neben ihm und hielte seine Hand. Doch als er sich umsah, stellte er enttäuscht fest, dass weit und breit niemand war.

***

„Schon heute um Punkt Mitternacht?", hakte der Mann im tiefsten Bariton verwundert nach und

227

tauschte einen Blick mit seinen Kollegen, als Alex sie eine halbe Stunde später endlich angesprochen hatte. „Das ist ganz schön spontan."

„Ich weiß, und es hört sich auch mehr als merkwürdig an, aber wie soll ich sagen", er lachte nervös, „es ist sozusagen ein Insider zwischen meiner Freundin und mir." Alex hielt abwartend die Luft an und hoffte, dass diese kleine Notlüge, die eigentlich keine war, die Männer überzeugen konnte.

Der Leadsänger zuckte mit den Schultern. „Mir solls recht sein, wir haben früher oft an U-Bahn-Stationen gesungen und die Gründe gehen uns nichts an."

Der Falsett-Mann lachte laut auf. „Solange es um kein ‚I'm-sorry-Baby' geht, das kann nämlich böse enden. Erst neulich hat uns ein Typ engagiert, weil er Mist gebaut hat."

„Genau, für Ehebrecher singen wir nicht", mischte sich nun auch der Bassist lautstark ein.

Okay, ein Ehebrecher war er nicht, aber, ob Amy ihn trotzdem zurückhaben wollte, konnte er dennoch nicht voraussagen.

„Nein, nein", erwiderte er stattdessen schnell. „Sie war nur für eine lange Zeit verreist und ich will sie einfach überraschen."

Der Tenor atmete erleichtert aus, ehe er geschäftsmännisch nachhakte. „Irgendeinen besonderen Wunsch? Elvis vielleicht?"

Alex schüttelte den Kopf, denn er wusste schon seit dem Morgen, als Lilly ihn auf die Idee gebracht hatte, welches Lied er für dieses Vorhaben auswählen würde. Nach einigen weiteren Details und dem Angebot der

Männer, sich zu diesem Anlass extra in Schale zu werfen, verabschiedete sich Alex kurze Zeit später von ihnen und machte sich mit einem Schmunzeln auf den Weg nach Downtown – um Lillys Glitzerpuder zu besorgen. Bei dieser Gelegenheit wollte er noch einmal in Hell's Kitchen bei Peggy vorbeischauen, nur für den Fall, dass er bei seinem letzten Besuch etwas übersehen hatte.

Alex verließ den Park und nahm die 5th Avenue, die direkt am Plaza Hotel vorbeiführte und der schnellste Weg zum Rockefeller Center war. Dort befand sich Lillys Lieblingsladen, das *FAO Schwarz*, in dem es nicht nur eine gigantische Auswahl an Glitzerpuder gab, sondern auch alles, was kleine Mädchenherzen höherschlagen ließ. Alex verzog den Mund zu einem liebevollen Lächeln, als er an seine Tochter dachte, die nicht genug von diesem Spielzeugparadies bekommen konnte. Neben einem begehbaren Prinzessinnenschloss hatte es ihr der Craftbereich besonders angetan.

Alex verließ die 5th Avenue und bog auf Höhe der *St. Patrick's Cathedral* nach rechts zum *Rockefeller Plaza* ab, an dem zur Weihnachtszeit der weltbekannte Weihnachtsbaum erleuchtet wurde. Heute jedoch schmückten gelbweiß gestreifte Markisen den Bereich der Eislauffläche und luden in den Sommergarten ein. Was hätte er dafür gegeben, mit Amy hier einen eisgekühlten Frappuccino mit Dreifach-Topping genießen zu können und ihrem munteren Geplapper zuzuhören. Bei der Erinnerung an das klebrige, zuckersüße Getränk verzog er kurz das Gesicht, dann betrat er das Spielwarengeschäft, das sich direkt am Rockefeller Plaza befand. Wenig später hatte er gefunden, was er gesucht hatte, und verließ mit seiner Ausbeute an Glitzerstiften, Zeichenpapier und röhrchenweise Puder das Gebäude. Nach einem schmunzelnden Blick in die Papiertüte schüttelte er über sich selbst und seine Eskalation kurz den Kopf. Er hatte zugeschlagen, als hinge sein Leben von diesem Einkauf und Lillys Kunstwerken ab.

Auf dem Weg nach Hell's Kitchen stoppte er spontan bei der ehemaligen Geschäftsstelle der *Midtown Nannies*. Als er in dem Gebäude jedoch nur einen weiteren Starbucks entdeckte, wusste er, dass er hier keine Antworten finden würde. Wahrscheinlich war die Agentur auch eine von Amys ersten Anlaufstellen gewesen, als sie an jenem Morgen aufgewacht war und nach Erklärungen gesucht hatte. Sein Mund verzog sich zu einem amüsierten Lächeln, als er sich vorstellte, wie sie sich hier ihren ersten Kaffee bestellt haben könnte.

Alex lief weiter und erreichte kurze Zeit später die kleine Nebenstraße, in der sich Peggys Wohnung befand. Schon von Weitem erkannte er die alte Dame, die neugierig einen Blick aus ihrem Fenster warf und das Treiben auf dem Gehsteig verfolgte.

Als sie ihn entdeckte, winkte sie ihm freudig zu und verließ dann ihren Posten, um ihm zu öffnen.

„Gibt es irgendwelche Neuigkeiten?", kam sie bereits im Treppenhaus auf den Punkt. „Haben Sie mit Thomas gesprochen?"

„Hallo, Peggy! Ja, hab ich, aber er hat mir nur bestätigt, was Sie mir bereits sagten – dass es kein Zurück mehr gibt."

„Das tut mir leid, aber ich hatte es fast schon befürchtet." Sie schnitt eine Grimasse und schenkte Alex einen mitfühlenden Blick. „Sie müssen lernen, damit abzuschließen, auch wenn es schwerfällt. Glauben Sie mir, mir ging es damals nach Amys Verschwinden genauso."

„Ich kann nicht mit ihr abschließen", erwiderte Alex mit bebender Stimme, dabei warf er einen Blick auf die Tür hinter ihm. „Ist es wohl möglich, dass ich noch einmal in ihre Wohnung darf?"

„Natürlich, wenn es Ihnen hilft." Peggy verschwand kurz im Flur und kam mit einem Schlüssel zurück, den sie Alex überreichte. „Klingeln Sie einfach, wenn Sie fertig sind."

Als Alex kurz darauf den Schlüssel ins Schloss steckte, bemerkte er erst, wie seine Hand vor Aufregung zitterte. Was glaubte er, hier zu finden? Dennoch zog ihn heute etwas mit aller Kraft hinein, er fühlte sich wie energetisiert, als er die Wohnung betrat. Ja, er konnte Amys Präsenz geradezu spüren und nahm sogar einen feinen Hauch ihres Parfums wahr. Dinge, die er gestern überhaupt nicht bemerkt hatte. Beim Gedanken daran, dass Amy irgendwo hier war, er sie nur nicht sehen konnte, breitete sich wieder dieses Kribbeln in seinem Körper aus und auch die Anstecknadel, die er seit Tagen bei sich trug, machte sich plötzlich bemerkbar. Alex blies die Luft aus, um sich zu beruhigen, denn dieses Zeichen konnte er nicht ignorieren, es war einfach zu real. Er spürte, wie sich die Nadel in seiner Brusttasche aufheizte und zu glühen begann. Doch genau in dem Augenblick, als er sie herausholen wollte, wurde er von einer lautstarken Anmoderation aus dem Radio beinahe zu Tode erschreckt, sodass ihm die Papiertüte aus der Hand fiel. Die Anstecknadel war vergessen, denn das, was er hörte, war unmöglich. Wie gebannt lief er zu dem kleinen türkisfarbenen Radio, während der Sprecher, durch ein Knistern und Knacken begleitet, den Wetterbericht vom 20. August 1959 herunterleierte. Im Anschluss wies er die männlichen Zuhörer noch auf die Notwendigkeit einer Kopfbedeckung im Freien hin, da das Thermometer heute wohl auf über 30 Grad im Schatten steige. Kurz darauf folgte Jerry Lee Lewis' Hit „Great Balls of Fire", endete jedoch genauso abrupt in dem Moment, als der hämmernde Rhythmus des Pianos einsetzte.

Alex taumelte zurück, schnappte sich die Tüte vom Boden und verließ die Wohnung so schnell, wie er konnte. Was war hier gerade geschehen?

20

Amy

Der Traum war so real gewesen. Alex und sie unter der *Bethesda Terrace*, die Doo-Wop-Gruppe, die wieder so schön gesungen hatte. Sie konnte seine Hand immer noch an ihrer spüren, ja sogar sein Parfüm hatte sie in der Nase, als sie an diesem Morgen ihre Küche betrat. Auch wenn sie in den letzten beiden Tagen versucht hatte, sich mit dem Unvermeidlichen abzufinden, wusste sie jetzt, dass es ihr niemals gelingen würde.

Amy drehte das Radio an und wurde von einem gut gelaunten Sprecher begrüßt, der mit knarziger Stimme den heutigen Wetterbericht herunterleierte. Als er die männlichen Zuhörer im Anschluss darauf hinwies, nicht ihre Hüte zu vergessen, schüttelte Amy amüsiert den Kopf. Keine Sorge, Mr. Moore würde seinen teuren Hut, den er in der 5th Avenue beim besten Herrenausstatter in ganz New York gekauft hatte, bestimmt nicht vergessen.

Jerry Lee Lewis' Hit „Great Balls of Fire", setzte ein, doch Amy schaltete das Radio beim hämmernden Rhythmus des Pianos schnell wieder aus. Heute war sie nicht in der Stimmung, bereits am Morgen von dem leicht eskalierenden Sänger begrüßt zu werden, der seine helle Freude daran hatte, sein Piano in Brand zu stecken. Sie war immer noch zu aufgewühlt von dem Traum, der sie schmerzvoll an ihren Verlust erinnert hatte. Ob es ihr überhaupt jemals gelingen würde, wieder glücklich zu sein, wenn sie jeden Morgen von derart intensiven Gefühlen geweckt wurde? Anstatt den Wasserkessel aufzusetzen, nahm Amy auf dem Küchenstuhl Platz und starrte für einige Minuten vor sich hin, als ein Glitzern am Boden ihre Aufmerksamkeit erregte. Sie kniff die Augen zusammen und schaute ungläubig auf das pinkfarbene Puder, das sich direkt vor ihren Füßen auf dem Linoleumboden befand. Das konnte unmöglich sein! Dieses Glitzerpuder gab es nur im *FAO Schwarz* am Rockefeller Center – und zwar genau sechzig Jahre später. Wie kam Lillys Glitzerpuder auf ihren Küchenfußboden?

Amy schnappte sich ein Taschentuch und sammelte damit den kostbaren Puder ein, als handelte es sich dabei um Goldstaub. Mit offenem Mund starrte sie fasziniert auf ihr funkelndes Taschentuch. War Lilly ihr etwa gefolgt? Unmöglich, Alex und seine Kinder wussten nicht einmal von dem Portal. Aber wie kam das Glitzerpuder dann in ihre Wohnung? Ehe Amy weiterrätseln konnte, schlug die Haustür mit einem lauten Knall zu.

„Peggy, bist du das?" Amys Herz klopfte ihr bis zum Hals. Es konnte für all das nur eine einfache Erklärung geben. Doch als sie auf den Flur und ins Treppenhaus hinaustrat, fehlte nicht nur von ihrer Freundin jede Spur, nein etwas anderes ließ ihr Herz für einen Schlag aussetzen. Alex' Aftershave, das in der Luft hing und das sie unter Tausenden wiedererkennen würde. War es doch möglich, zwischen den Zeiten hin- und herzureisen? War Alex irgendwo da draußen und suchte sie gerade? Allein dieser Gedanke ließ ihren ganzen Körper vor Aufregung kribbeln. Hatte Smitty sich womöglich geirrt? Selbst wenn es nur den Hauch einer Chance gab, zu Alex zurückzukehren, würde sie es versuchen, gleich heute um Mitternacht.

„Amy, ich wollte eben zu dir!" Erschrocken sah Amy auf, als Peggy ebenfalls auf den Flur trat. „Hast du es schon gehört? Es kam gerade im Radio!" Peggy wirkte aufgeregt.

Für einen Augenblick rechnete Amy mit einer Fahndungsdurchsage wie: „Leicht verwirrter Mann aus der Zukunft mit Zauberkästchen gesichtet. Halten Sie bitte Abstand und wählen Sie die 911, er könnte gefährlich sein."

Als Amy immer noch nicht antwortete, packte Peggy sie am Arm und schüttelte sie leicht. „Jerry Lee Lewis. Er ist in der Stadt."

„Der Sänger?", stammelte sie etwas begriffsstutzig.

„Natürlich der Sänger. Er gibt heute Abend ein spontanes Konzert im Klub." Peggys Stimme überschlug sich bei dieser Neuigkeit geradezu.

„Hm, ich weiß nicht", erwiderte Amy skeptisch, die Gedanken immer noch bei ihrem Vorhaben um Mitternacht.

„Das ist jetzt nicht dein Ernst. Den Auftritt können wir uns nicht entgehen lassen. So eine Chance bekommt man nur einmal im Leben!“

Amys Herz zog sich zusammen, als ihr klar wurde, dass es vielleicht auch ihr letztes gemeinsames Konzert sein könnte.

„Du hast recht, Peggy. Lass uns hingehen“, erwiderte Amy so fröhlich sie konnte, und ließ das Stofftaschentuch, das sie zwischenzeitlich zusammengefaltet hatte, hinter ihrem Rücken verschwinden.

„Wirklich?“ Peggy fiel ihr stürmisch um den Hals. „Dann lass uns gleich mit den Vorbereitungen anfangen.“

„Mit den Vorbereitungen?“, hakte Amy skeptisch nach.

„Sag mir nicht, dass du dich mit diesem Kleid dort blicken lassen willst? Das Fernsehen wird ebenfalls da sein.“ Peggy sah sie tadelnd an.

„Aber was stimmt nicht mit meinem Kleid?“, hakte Amy vorsichtig nach.

„Du trägst es auch zur Arbeit und es sieht ziemlich bieder aus.“ Peggy schenkte ihr ein entschuldigendes Lächeln. „Und mit deinen Haaren müssen wir auch noch was machen.“

Was hatte sie nur angestellt? Es würde keine Minute dauern, bis ihre Freundin mit ihrer Avon-Zeitschrift herüberkam, um sie in etwas zu verwandeln, das sie nicht war. Zum Beispiel in eine zweite Marylin mit wasserstoffblonden Haaren.

Kaum hatte sie den Gedanken zu Ende gedacht, war Peggy in ihrer Wohnung verschwunden. Doch als ihre

Freundin wenige Minuten später in Amys Küche auftauchte, hatte sie nicht nur die neueste Modezeitschrift
im Gepäck, sondern auch ihr pinkfarbenes Beautycase
samt Haartrockenhaube und Ständer. Ein leichtes Pa-
nikgefühl machte sich in Amy breit, denn ihr schwante
Böses.

„Ist es nicht praktisch, dass du eine Freundin wie
mich hast? Du sparst dir teures Geld für einen Besuch
im Schönheitssalon." Peggy legte ihr Equipment auf
dem Küchentisch ab und sah Amy freudestrahlend an.
In diesem Moment waren all ihre Bedenken vergessen.
Wie könnte sie ihrer Freundin an ihrem letzten Tag
auch nur irgendetwas abschlagen?

„Versprich mir aber nur eins, dass du es nicht über-
treibst."

Peggy zwinkerte ihr zu. „Du wirst es lieben, vertrau
mir!"

Während ihre Freundin alles aufbaute, blätterte Amy
die Zeitschrift mit den neuesten Frisuren neugierig
durch. Audrey Hepburn – genau so wollte sie aussehen.

„Hätte ich mir ja denken können", kommentierte
Peggy ihre Auswahl mit einem Schmunzeln. „Na gut,
ich denke, das bekomme ich hin."

Amy nickte zufrieden und entspannte sich auf ihrem
Stuhl. Vielleicht war es gar nicht so verkehrt, wenn sie
bei ihrer Versöhnung mit Alex so wunderschön aussah
wie der Filmstar aus Hollywood.

***

Als die Frauen gegen acht Uhr das Mietshaus verließen, konnte Amy nicht sagen, wer von ihnen aufgeregter war. Seit dem Vormittag kreisten ihre Gedanken nur noch um Alex und das Glitzerpuder und darum, dass sie alle schon bald wieder verlassen würde – dieses Mal für immer.

Für Thomas und Sarah hatte sie jeweils ein Schreiben verfasst, in dem sie ihnen mitteilte, dass es ihr gut ging und sie sich nicht um sie sorgen mussten – denn irgendwann würden sie sich alle wiedersehen. Dieses Mal wollte sie alles richtig machen und niemanden im Unklaren lassen. Sie hatte Thomas' Kummer gesehen, selbst Jahrzehnte später, neulich im Park.

Auch für Peggy hatte sie einen langen Abschiedsbrief aufgesetzt. Ja, es war feige, aber bei ihr fiel es ihr besonders schwer. Peggy war nicht nur ihre beste Freundin, sondern auch wie die Schwester, die sie niemals hatte. Eine sehr lautstarke Schwester, die gerade mit viel Charme ihr fehlendes Taktgefühl überspielte.

„Hey, Angelo, sag bloß, so was trägt man zurzeit in Neapel?"

Gerade als Amy ihrer Freundin den Brief überreichen wollte, trat der Neffe des Obsthändlers in einem strahlendweißen Anzug aus dem Laden. Sein schmaler Schnurrbart war frisch getrimmt und sein schwarzes Haar mittig gescheitelt. Wenn Amy nicht alles täuschte, glänzte darauf sogar etwas schmierige Pomade.

„Angelo Lombardi begleitet uns?" Amy blinzelte mehrmals, als ihr Blick auf das rosafarbene Hemd und die roten Lackschuhe fiel. Der Italiener hatte wirklich

Nerven. Er würde unter den anderen Burschen herausstechen wie ein bunter Pfau.

Peggy schnitt eine Grimasse. „Er hat sich selbst eingeladen ... und Danny kommt auch. Tut mir leid, aber die beiden haben sich während deiner Abwesenheit angefreundet."

Angelos Blick fiel schmachtend auf Peggy, die heute in ihr hübschestes Kleid geschlüpft war. Ihre Freundin war bestens auf einen Schwenker des Kameramanns vorbereitet. Und wie sie vorbereitet war, sie hatte den überraschten Blick sogar vor dem Spiegel im Flur einstudiert. Amy kicherte, denn Angelo machte auf sie ebenfalls den Eindruck, als ob er seine Posen heimlich vor dem Spiegel übte. Sein Zwinkern und das synchrone Schnalzen der Zunge waren fast hollywoodreif.

„Einen wunderschönen Abend, die Ladys", begrüßte er sie mit stark italienischem Akzent und zauberte hinter seinem Rücken eine Handvoll Litschis hervor.

Nur mit Mühe gelang es Amy, nicht laut loszuprusten, als sie eine der ihr angebotenen Kugeln entgegennahm. Sie war eindeutig überfordert mit dieser exotischen Liebesfrucht, die nicht nur stachelig war, sondern auch einen harten Panzer besaß. Peggy, die ihre Not erkannt haben musste, kam ihr jedoch zu Hilfe, indem sie sich schnell eines der Früchtchen schnappte. Mit den Zähnen knackte sie es auf, entfernte die Schale und drehte das glitschige Etwas daraufhin mehrmals im Mund, während Angelo fasziniert an ihren Lippen hing. Mit einem wenig damenhaften Plopp spuckte sie den Kern kurz darauf wieder aus.

So langsam wurde Amy klar, warum der junge Mann ihre Freundin immer wieder mit diesem sündhaften

Obst versorgte. Es war eindeutig nicht jugendfrei und sie bezweifelte, dass Mr. Lombardi überhaupt wusste, was sein Neffe mit diesen Früchtchen so trieb.

Nein, sie würde ganz gewiss nicht davon kosten, weswegen sie Danny, der kurz darauf ebenfalls erschien, ihre Frucht in die Hand drückte.

„Wir müssen reden“, zischte sie ihm zu, als sie sich schließlich auf den Weg zur U-Bahn-Station machten.

„Du denkst, dieser Alex war hier?“, fragte Danny wenige Augenblicke später, nachdem sie ihn ins Bild gesetzt hatte. Dabei sah er sie genauso entgeistert an, wie sie vermutet hatte.

„Ich habe sonst keine andere Erklärung“, erwiderte sie mit gesenkter Stimme, damit Peggy und Angelo sie nicht hörten.

Nach einem Moment der Stille hakte Danny argwöhnisch nach. „Warum beschleicht mich gerade das ungute Gefühl, dass du mir das nicht ohne Grund erzählst?“

Amy lächelte ihn zerknirscht an, doch ehe sie etwas erwidern konnte, kam er ihr zuvor.

„Du hast dich in diesen Mann verliebt und willst wieder zu ihm zurück.“ Seine Stimme klang bei dieser Feststellung überraschenderweise sehr gefasst.

„Du bist mir nicht böse?“, hakte Amy ungläubig nach.

Danny schüttelte lächelnd den Kopf. „Ich habe dir doch schon am nächsten Morgen angesehen, dass nicht ich es bin, der dein Herz höherschlagen lässt.“

„Oh, Danny.“ Amy fühlte sich schlecht. Vor allem weil sie wusste, dass er immer noch etwas für sie empfand.

„Hey, es ist okay", entgegnete er schnell und wischte ihr dabei eine Träne aus dem Gesicht. „Ich muss zugeben, dass ich auch gerne noch etwas länger dortgeblieben wäre. Nur mit diesen Frappuccinos könnte ich mich wohl nie anfreunden."

Amy lachte herzhaft, als er auf das Getränk anspielte, das sie ihm auf dem Weg zur U-Bahn-Station besorgt hatte. Der Arme war so überwältigt gewesen, dass er kurz vor einem Kreislaufkollaps gestanden hatte.

„Du siehst heute übrigens sehr hübsch aus", bemerkte Danny während der Fahrt leise und brachte sie mit seinem Kompliment kurz in Verlegenheit. Entgegen ihrer Befürchtung hatte das Umstyling ein gutes Ende genommen und sie fühlte sich mit der Ponyfrisur und dem leichten Make-up heute sehr wohl.

„Wie Audrey Hepburn, nicht wahr?", entgegnete Peggy und zwinkerte ihrer Freundin verschwörerisch zu, ehe sie sich an ihren Begleiter wandte. „Ist sie in Italien genauso beliebt?"

Der junge Mann hielt sich lachend den Bauch. „Wir lieben sie, besonders seit den Dreharbeiten in Rom. Sie ist einfach bezaubernd, im Gegensatz zu diesem Mister Peck."

„Sag mir nicht, dass du bei den Aufnahmen dabei warst?" Peggy starrte den Italiener ungläubig an, während Amy schmunzelnd verfolgte, wie dieser in den Augen ihrer Freundin mit jedem Wort interessanter wurde.

„Hinter den Kulissen. Ich war verantwortlich für die Vespas. Wartung und Reparatur. Ein Job mit viel Verantwortung."

Auch Amy musste zugeben, dass sie über diese Information sichtlich beeindruckt war. Nicht auszudenken, wenn der netten Schauspielerin auf ihrer Fahrt durch Rom etwas passiert wäre. Mit diesen knatternden Motorrollern war nicht zu spaßen, besonders nicht auf alten, holprigen Kopfsteinpflastern.

Mittlerweile schmachtete Peggy Lombardis Neffen an, als wäre er Gregory Peck höchstpersönlich. Der leicht trottelige Nachbar von gegenüber hatte sich innerhalb von Sekunden zum Filmstar gemausert. Oh je, aktuell hatte Dr. Alan Strand aus dem Naturkundemuseum eher schlechte Karten. Da konnte er noch so viele Fossilien nach Peggy benennen.

***

Eine halbe Stunde später erreichten sie den Klub in Brooklyn, vor dem es vor Leuten nur so wimmelte.

„Ziemlich voll hier. Ich frag mich, ob man uns überhaupt noch reinlässt", sprach Angelo laut aus, was Amy sich dachte.

„Keine Sorge." Peggy zwinkerte ihm frech zu. „Dafür habt ihr ja mich." Mit erhobenem Haupt schritt sie durch die Menge, als sei sie selbst der Stargast auf dieser Veranstaltung.

Wie sehr hatte sie diese junge Version von Peggy in den letzten Tagen vermisst, die mit einem einzigen Augenaufschlag und ihrem Charme einfach so Türen öffnen konnte – und auch Angelo staunte nicht schlecht, als man ihnen wenige Minuten später Zutritt zum Klub gewährte.

Sie kämpften sich bis zu der kleinen Bühne durch, auf der bereits ein Piano und ein Kontrabass bereitstanden und auf den Star warteten.

Peggy hatte recht gehabt, so eine Chance bekam man nur einmal im Leben und sie würde jede einzelne Minute des Abends mit ihrer Freundin genießen, bis es Zeit wurde zu gehen. Amy warf einen schnellen Blick auf ihre Armbanduhr. Noch drei Stunden bis Mitternacht, wenn sie sich um elf verabschiedete, schaffte sie es locker in die Upper East Side zum Portal.

„Hast du heute noch was vor?", holte Danny sie aus den Gedanken, der wohl bemerkt haben musste, dass sie nachdenklich auf ihre Uhr sah.

Sie schenkte ihm ein Lächeln, denn es tat gut, wenigstens einen Verbündeten zu haben, wenn sie schon Peggy nicht erzählen konnte, was sie vorhatte.

„Ich will es gleich heute versuchen", flüsterte sie ihm zu, als plötzlich das Licht ausging und ein ohrenbetäubendes Pianogehämmer einsetzte. Mit offenem Mund starrte sie zur Bühne und auf den eskalierenden Sänger, der wie besessen sein Instrument bearbeitete.

„Du willst später noch zum Portal?", hörte sie Danny gegen die Beschallung anschreien.

„Ja, ich kann nicht länger warten", rief sie freudestrahlend zurück und fühlte sich dabei so lebendig wie noch nie. Am liebsten hätte sie ihr Glück lauthals herausgeschrien, dass es jeder in diesem Saal hörte.

„Dann komm ich mit!"

„Du kommst mit?" Amy starrte Danny an.

Der junge Mann lachte herzhaft. „Nur zum Bahnsteig. Es ist doch viel zu gefährlich, wenn du nachts alleine unterwegs bist."

Freundschaftliche Zuneigung durchflutete sie, Danny war wirklich zu süß und dazu noch ein echter Kavalier. Dennoch mischte sich etwas Bedauern unter ihre Freude, weil sie sich für einen Moment gewünscht hatte, dass er sie begleitete – als guter Freund.

„Danke, das ist so lieb von dir", erwiderte Amy mit einem breiten Lächeln und war für einen Augenblick versucht, ihn zu fragen, ob er es sich nicht doch anders überlegen wollte. Er hatte in der kurzen Zeit längst nicht alles gesehen ... Doch Amy verwarf den Gedanken schnell, denn im Grunde konnte sie sich den jungen Mann im James Dean Blouson nicht wirklich im Big Apple vorstellen. Er wirkte zum Teil noch unbeholfener und naiver als sie.

„Dann lass uns die restlichen Stunden genießen", schlug sie nach einem Blick auf Peggy und Angelo amüsiert vor, die mittlerweile eine heiße Tanznummer aufs Parkett legten. Amy dagegen konnte sich kaum die Schritte eines einfachen Boogie-Woogies merken, geschweige denn ihre Füße so bewegen, dass es auch wirklich gut aussah. Peggy wirkte, als hätte sie nie etwas anderes gemacht, und auch ihrem neuen Nachbarn war der Rhythmus ganz offensichtlich schon in die Wiege gelegt worden.

Amy griff nach Dannys Hand, der glücklicherweise genauso untalentiert war wie sie, und ließ sich von ihm im Kreis drehen. Ja, drehen konnte sie sich, was ja auch keine Kunst war. Auch wenn sie neben Peggy und Angelo wie zwei absolute Anfänger wirkten, hatte sie dennoch ihren Spaß und genoss jede einzelne Sekunde, die ihr mit ihren Freunden noch blieb.

„Er macht es wirklich!", rief Peggy auf einmal aufgeregt neben ihr und starrte zur Bühne, auf der das Piano plötzlich Feuer fing, während Jerry Lee Lewis unbeeindruckt weiterspielte.

Amy war ebenso fasziniert wie entsetzt, als sie das Spektakel wenige Meter vor ihr verfolgte. Der Typ war wahnsinnig! Nicht nur weil er sich einer großen Gefahr aussetzte, das Feuer kam seiner blonden Schmalzlocke immer näher, sondern weil Amy es auch missbilligte, dass man ein Instrument einfach der Show wegen zerstörte.

Sie spürte, wie hinter ihr weitere Zuschauer in den Saal drängten und sich die Stimmung zusätzlich zum lodernden Feuer aufheizte. Panik stieg in ihr auf, als Jerry Lee Lewis plötzlich die Bühne verließ und das lichterlohbrennende Piano zurückließ. Glücklicherweise wurde das Feuer einen Augenblick später von mehreren Männern gelöscht und die Tür endlich geschlossen, sodass weitere Zuschauer daran gehindert wurden, hereinzudrängen.

Okay, sie hatte genug gesehen! Und konnte gut auf eine weitere Einlage dieser Art verzichten.

Amy warf einen Blick auf Dannys Chronografen, den er stolz am Handgelenk trug, und erkannte mit Entsetzen, dass es höchste Zeit wurde zu gehen. „Danny, wir müssen los!" Sie zupfte ihrem Freund energisch am Ärmel, der immer noch leicht verstört auf das verkohlte Instrument starrte, das zwischenzeitlich in einer Pfütze Wasser stand.

„Ja, ja lass uns gehen", erwiderte er geistesabwesend.

„Was, ihr wollt schon gehen?" Peggy zog eine Schnute, ganz offensichtlich konnte ihre Freundin nicht genug von diesem Rebellen bekommen.

Amy nickte eilig, ehe sie einen Brief aus ihrem Handtäschchen hervorholte und ihn Peggy überreichte. „Ich muss los! Zurück zu Alex!"

„Okay, und das hat nicht bis morgen Zeit?", hakte Peggy schmunzelnd nach, während sie den Brief neugierig beäugte.

Amy schüttelte den Kopf, bevor sie ihre Freundin ein letztes Mal fest in die Arme schloss. „Ich liebe ihn und halte es keinen Tag länger ohne ihn aus."

Amy wischte sich die Abschiedstränen aus dem Gesicht, dann nickte sie Danny zu, dass sie bereit war zu gehen.

21

Alex

Was war heute Vormittag in Amys Wohnung passiert? Alex hatte immer noch keine logische Erklärung dafür, warum das Radio von jetzt auf nachher losgegangen war und ihm einen „Beinahe-Herzinfarkt" beschert hatte. Jetzt im Nachhinein konnte er zwar über seinen fluchtartigen Abgang lachen, doch in jenem Moment war er nicht zum Scherzen aufgelegt gewesen. Er hatte Peggy den Schlüssel auf die Fußmatte gelegt und war aus dem Haus gerannt, als sei der Teufel höchstpersönlich hinter ihm her – oder der Radiosprecher, der sich ganz offensichtlich einen Scherz erlaubt hatte. Doch mit jeder weiteren Minute rückte die einzig rationale Erklärung, dass der Sender nur einen Original-Einspieler aus den 50er-Jahren ausgestrahlt hatte, in den Hintergrund. Die Situation war mit dem Knistern des Radios und der aufgeladenen Spannung einfach zu real gewesen. Magisch, wie Amy es nennen würde.

Sein Mund verzog sich automatisch zu einem Lächeln, als er an die Frau dachte, die er heute um Mitternacht mit viel Romantik und Bobby Darin zurückholen wollte. Einen Versuch war es zumindest wert. Davor hatte er allerdings noch einiges zu tun. Zuerst wollte er sich um das Malheur in der Einkaufstasche kümmern, die ihm vor Schreck in Amys Küche aus der Hand gefallen war. Alex lief zum Tisch und verzog beim Anblick des offenen Röhrchens Glitzerpuder, dessen Inhalt sich in der gesamten Papiertüte verteilt hatte, skeptisch das Gesicht. Am besten fischte er alles heraus, was noch zu retten war und entsorgte den Rest.

Einige Minuten später hatte er den Zeichenblock vom größten Glitzerstaub befreit, ebenso die Stifte und die anderen Röhrchen, die Gott sei Dank noch unbeschadet waren. Lilly konnte also direkt weitermalen, wenn sie wieder zu Hause war. Dennoch wünschte er sich, dass ihre Obsession, was das Zeichnen von Amy anging, allmählich etwas nachließ. Er wurde das Gefühl nicht los, dass sie damit ihren Verlust zu kompensieren versuchte. Schließlich hatte es erst nach Amys Verschwinden so richtig angefangen.

Alex sammelte die Malutensilien zusammen und verließ damit die Küche, um alles nach oben in Lillys Zimmer zu bringen. Auf der Treppe blieb er wie angewurzelt stehen, als er ein ihm unbekanntes Bild entdeckte. Es konnte sich dabei nur um ihr streng geheimes Kunstwerk von neulich handeln, denn er erkannte darauf die blaue Markise mit dem Schriftzug der *Magnolia Bakery*. Augenblicklich zog sich sein Herz zusammen, als er hinter der Scheibe, zwischen zwei gerafften Gardinen, Megan und Amy beim Kaffeetrinken entdeckte. Ein kleines blondes Mädchen saß am Tisch zwischen ihnen und stellte zweifelsohne die Künstlerin höchstpersönlich dar.

Es war ein seltsames Gefühl, die drei so vertraut zusammen zu sehen, wo sie sich nicht einmal kannten. Dennoch sah er die Freude in ihren Gesichtern ... sie schienen sich über etwas köstlich zu amüsieren.

Lilly hatte sich mit diesem Bild selbst übertroffen, denn im Hintergrund erkannte er auch die detailgetreue Einrichtung der kleinen Bäckerei. Diese bestand aus mehreren nostalgischen Kuchenvitrinen und pastellfarbenen Schränken, die unter dem Angebot der gefüllten Etageren und altmodischen Tortenständer ächzten.

Sein Blick wanderte zurück zum kleinen Bistrotisch, auf dem sich drei filigrane Teetassen und mehrere kunstvoll verzierte Törtchen befanden. Auf all dem lag wie immer ein pinkfarbener Glitzerregen, mit dem seine Tochter nicht gespart hatte. Was würde Megan wohl zu all dem sagen und vor allem zu seiner verrückten Idee, die er für heute um Mitternacht plante?

Doch damit auch wirklich alles perfekt wurde, musste er das Haus noch einmal verlassen. Schnell legte er die Malsachen auf der Kommode ab und schlüpfte in seine Sneaker. Keine Minute später verließ er das Haus in entgegengesetzter Richtung wie üblich, zur Columbus Avenue. Hier befanden sich einige kleine Supermärkte und Geschäfte, unter anderem der Blumenladen an der Ecke.

Da er nun wusste, dass Amy aus einer anderen Zeit stammte, wollte er an diesem besonderen Tag auf keinen Fall etwas falsch machen. War es damals nicht so gewesen, dass man zu einem ersten richtigen Date auch Blumen mitbrachte? Aber nicht irgendwelche. Es mussten kirschrote Tulpen sein. Warum wunderte es ihn nicht, dass Amy Tulpen lieber mochte als Rosen? Er hatte diese Information eher zufällig während eines Gesprächs zwischen ihr und seiner Tochter aufgeschnappt. Mit einem breiten Lächeln betrat Alex den kleinen Laden. Nachdem er sich etwas umgesehen hatte, entschied er sich letztendlich nur für ein kleines Kärtchen, das er ihr zusammen mit den Blumen überreichen wollte. Auch wenn der Platz darauf nicht annähernd ausreichen würde, um auszudrücken, was er für sie empfand, wollte er es dennoch versuchen. Alex verließ den Blumenladen wenige Minuten später und hakte auch diesen Punkt gedanklich auf seiner Liste ab. Jetzt konnte er nur noch hoffen, dass Amy ebenfalls zur Station in der 77th Street kam und ihm seinen großen Fehler verzieh.

***

Als Alex einige Stunden später in seinen Anzug schlüpfte, stieg seine Aufregung ins Unermessliche. Nicht einmal bei seinem ersten Date vor vielen Jahren war er so nervös gewesen wie heute. Er griff nach seiner Krawatte, legte sie aber kurz darauf wieder zurück, da er sich damit doch zu förmlich vorkam. Wahrscheinlich hätte er selbst auf einen Anzug verzichtet, aber da sich die Doo-Wop-Gruppe heute wie zu ihren formellen Auftritten in Schale werfen wollte, wäre er sich in Jeans und T-Shirt etwas underdressed vorgekommen. Ein Accessoire durfte jedoch nicht fehlen – Amys Anstecknadel, die er jetzt in der Innentasche seines Jacketts verschwinden ließ.

Wenige Augenblicke später machte er sich auf den Weg nach unten und verließ mit dem Strauß Tulpen in der Hand das Haus. Als Alex die Tür hinter sich abschloss, fragte er sich, wann er sich zuletzt um diese Uhrzeit irgendwohin auf den Weg gemacht hatte. Die Straße lag beinahe völlig im Dunkeln und wurde nur vereinzelt von den Laternen beleuchtet, die die Brownstones in ein gespenstisches Licht tauchten.

Vermutlich war es zu Halloween gewesen, schoss es Alex amüsiert durch den Kopf, als sie zu einem Streifzug in die Nachbarschaft aufgebrochen waren, um die Dekorationen und Kürbisse auf den Steintreppen zu bewundern. Heute allerdings war er so ziemlich der Einzige, der sich auf den Weg zur Central Park West machte. Als er am Naturkundemuseum vorbeikam, warf er automatisch einen Blick auf die Statue von Theodor Roosevelt, die ihn sogleich an den Film „Nachts im Museum" mit Ben Stiller und Robin Williams erinnerte. Doch im Gegensatz zum Hollywoodstreifen, in dem alle Figuren und Ausstellungsstücke nachts zum Leben erwachten, waren der Präsident und sein Pferd nach wie vor wie versteinert, ebenso schliefen auch die Dinosaurierskelette und anderen Exponate – und er glaubte kaum, dass sich daran um Punkt Mitternacht etwas ändern würde.

Obwohl sich die Haltestelle genau auf der gegenüberliegenden Seite in der 77th Street befand, verzichtete er auf einen nächtlichen Spaziergang quer durch den Park und nahm stattdessen die U-Bahn. Dort traf er auf einige Nachtschwärmer, für die der Tag vermutlich erst jetzt anfing. Kurz fragte er sich, ob die jungen Leute irgendeinen angesagten Klub besuchen wollten oder einen Abstecher zum hell erleuchteten Times Square planten, der niemals schlief. Um diese Uhrzeit brach rund um diesen Bereich die Hölle los, da auch die Broadwaybesucher nach den Vorstellungen aus den Theatern stürmten, um noch irgendwo einen Happen essen zu gehen. Auf dieses Gedränge konnte er gut und gerne verzichten, vor allem mit Kindern.

Für einen Moment spielte er mit dem Gedanken, Amy in eine Show auszuführen. Sein Mund verzog sich zu einem Lächeln, denn er sah die junge Frau geradezu bildlich vor sich, wie sie mit großen Augen die meterhohe Leuchtreklame bewunderte und während eines Musicals mitsang. Er konnte sich nur ansatzweise vorstellen, wie überwältigend das alles für sie sein musste, schließlich hatte sie immer noch die alten Bilder im Kopf. Der Times Square war Ende der 50er-Jahre nicht mehr als eine Vintage Kulisse aus überdimensionalen Werbeschildern gewesen. Auf alten Fotos hatte er riesige Pepsi-Banner entdeckt und Mr. Peanut, eine menschliche Erdnuss mit Zylinder und Monokel, die damals als Maskottchen für ein Food-Unternehmen warb. Mittlerweile reihte sich jedoch kein nostalgisches Kino mehr an das andere und auch die Autos mit Haifischflossenhecks waren im Straßenbild verschwunden.

Die Ansage kündigte die Haltestelle 77th Street an und Alex verließ mit einem aufgeregten Flattern im Bauch die U-Bahn. Schon von Weitem erkannte er die fünf Männer samt Kontrabass, die in ihren schicken Anzügen ganz anders wirkten als noch heute Morgen unter der *Bethesda Terrace*. Wenn er es nicht besser wüsste, hätte er sie für ein professionelles Ensemble der Symphony Hall gehalten und nicht für eine eingeschworene Gruppe, die bei Wind und Wetter New Yorker und Touristen unterhielt. Alex warf einen Blick auf die Uhr, es war halb zwölf, und auch, was die Pünktlichkeit anging, hatten sie Wort gehalten, was er ihnen hoch anrechnete.

„Hallo, Alex", wurde er vom Leadsänger freundlich begrüßt. „Schick sehen Sie aus!"

„Das kann ich nur zurückgeben", erwiderte Alex lächelnd, als er näher kam. Wie lange es wohl dauern würde, bis einer von ihnen merkte, dass nach Mitternacht gar kein Zug mehr fuhr?

Der Bahnsteig räumte sich mit jeder weiteren Minute, bis er die Wartenden an einer Hand abzählen konnte. Es waren nur noch die Männer und er.

„Ich denke, wir können jetzt loslegen", schlug Alex mit aufgeregter Stimme vor, bevor sich die Gruppe noch wundern konnte, warum niemand mehr die U-Bahn-Station betrat.

„Alles klar!" Der Tenor nickte ihm zu, kurz darauf legte der Bassist mit einem Intro los, in das die Männer mehrstimmig einfielen.

Es war der erste Song von fünf und schon bei diesem hier fing Amys Anstecknadel wieder an zu glühen. Dabei war es noch nicht einmal Bobby Darins Hit, den sie zum Besten gaben. Mittlerweile wusste er auch, dass die Nadel ihn nicht ernsthaft gefährden konnte. Sie erhitzte sich zwar stark, dennoch verursachte sie auf dem Stoff oder in seiner Hand keinerlei Brandspuren. Er konnte sich immer noch nicht erklären, wie dies möglich war, aber spätestens seit seinem ersten Besuch in

Amys Wohnung hatte er aufgehört, Fragen zu stellen oder eine logische Erklärung für alles zu finden.

Umso weiter der Minutenzeiger auf die Zwölf zusteuerte, desto nervöser wurde er. Was, wenn der Plan nach hinten losging? Ihm war schon klar, dass auch Amy dazu bereit sein musste. Doch wo sonst, wenn nicht hier am Portal, sollte er sie besser erreichen können? In ihrer Wohnung neulich hatte er ihre Präsenz zwar sehr deutlich gespürt, aber auch die unüberwindbare Barriere, die sie aufgrund ihrer unterschiedlichen Welten trennte. Alex schüttelte über sich selbst schmunzelnd den Kopf. Mittlerweile war er ein Profi, was Zeitenwandler und Speedster anging, und konnte bei Ryan mit seinem neuerworbenen Fachwissen punkten, den er wenige Stunden zuvor während ihres Telefonats in seine Pläne eingeweiht hatte.

Als der Sekundenzeiger wie ein Countdown immer höher stieg, stimmten die Männer endlich den Song an, auf den er all seine Karten gesetzt hatte. *Dream Lover*. Angespannt hielt Alex die Luft an und trat näher ans Gleis, während er geistesgegenwärtig die mittlerweile rotleuchtende Anstecknadel hervorholte. Unendliche Sekunden verstrichen, in denen er nicht wusste, ob ihm dieser verrückte Plan das totale Glück bescheren würde oder nur eine peinliche Ernüchterung. Die herzzerreißenden Chords drangen wie im Nebel zu ihm durch, während er gleichzeitig hoffte und betete, dass sich endlich dieses Portal öffnete.

Erst als die Männer erneut dasselbe Lied anstimmten, bemerkte Alex, wie lange er schon an der Kante des Bahnsteigs gestanden hatte – ohne dass irgendetwas geschehen war.

Mutlos ließ er den Strauß mit Tulpen sinken und drehte sich zu den Männern um, die ihn betreten ansahen. Der Tenor fasste sich als Erster ein Herz und kam auf ihn zu. „Tut mir leid, Mann, bestimmt hat sich ihr Flug verspätet."

Alex spürte dessen fürsorgliches Klopfen auf der Schulter und nickte nur. Er konnte ihnen wohl kaum den wahren Grund nennen – sie würden ihn allesamt für verrückt halten.

„Laut Plan fährt hier auch kein Nachtzug mehr!", rief der Bassist und hielt sein Handy in die Luft.

Es war zu offensichtlich, dass er nach einer plausiblen Erklärung für Amys Nichterscheinen suchte und nicht daran glauben wollte, dass man seinen Auftraggeber einfach so versetzt hatte. Alex schenkte ihm ein dankbares Lächeln, und auch wenn es kaum möglich war, wurden ihm die Männer, die sich rührend um ihn sorgten, nur noch sympathischer als sie es ohnehin schon waren.

„Kommen Sie", zwinkerte der Leadsänger ihm aufmunternd zu, „es ist schon spät und Sie sollten nach Hause zu Ihren Kindern gehen."

„Sie haben recht", erwiderte Alex nickend und verließ endlich seinen Posten am Bahnsteig. Kurz fragte er sich, was die Männer wohl über ihn dachten. Ob er womöglich nur so verpeilt war, den U-Bahn-Plan nicht richtig zu lesen oder ... im Grunde war es auch egal. Amy war nicht aufgetaucht und er hatte sich nur wegen all des Glitzers und der glühenden Anstecknadel zu dieser verrückten Idee hinreißen lassen.

Gemeinsam mit den Männern verließ er die U-Bahn-Station und machte sich, nachdem sie sich voneinander verabschiedet hatten, zu Fuß auf den Weg nach Hause. Erst jetzt fiel ihm auf, dass er die Anstecknadel immer noch fest mit der Faust umschlossen hielt. Er öffnete die Hand, doch die Nadel war kalt. Schnell ließ er sie in der Innentasche seines Anzugs verschwinden, denn für heute hatte er genug „Magie" gehabt. Für einen Augenblick überlegte er, die Blumen ebenfalls aus seinem Sichtfeld zu verbannen – doch er merkte selbst, wie kindisch das war. Weder die Blumen noch Amy konnten etwas für diese Situation. Er hatte zu viel Hoffnung in dieses Vorhaben hineingelegt und ärgerte sich nun über sich selbst.

Als Alex das Plaza Hotel erreichte, winkte er sich das erstbeste Taxi heran und stieg ein. Er war einfach zu müde, um den ganzen Weg bis hoch zum Naturkundemuseum zu laufen. Da auf den Straßen zu dieser Zeit kaum etwas los war, erreichte er eine knappe Viertelstunde später sein Zuhause. Als er eintrat, fiel sein Blick automatisch auf die Bildergalerie. Es wurde höchste Zeit, den Flur wieder in seinen ursprünglichen Zustand zurückzuversetzen. Dieser weitere Verlust war schon so schwer zu ertragen, ohne dass seine Kinder permanent an Nanny Applebee erinnert werden mussten. Und desto früher sie sich daran gewöhnten, dass sie womöglich niemals zurückkehrte, umso besser. Er hatte schon einmal eine Frau verloren und dieses Mal schwor er sich, nicht wieder in diese tiefe Trauer zu verfallen, die ihn mehrere Monate handlungsunfähig gemacht hatte. Er wollte für Lilly und Ryan da sein, damit sie es gemeinsam schafften, wieder glücklich zu sein.

Er legte die Blumen auf die Kommode und hängte anschließend ein Glitzerbild nach dem anderen ab. Doch als er mit dem Stapel wenige Minuten später das Wohnzimmer betrat, fühlte er sich kein bisschen besser, im Gegenteil. Er konnte sich noch so viel einreden, die Schmerzen waren immer noch da.

22

Amy

Selbst jetzt, Stunden später war Amy immer noch wütend, wütend auf den Türsteher, der sich ihr am Ausgang breitschultrig in den Weg gestellt hatte. Nach Jerry Lee Lewis' spektakulärem Auftritt hatte man die Türen ganz geschlossen, was so viel bedeutete, dass niemand mehr rein, aber auch niemand mehr raus kam. Zumindest nicht so lange, bis sich die ganze Lage etwas beruhigt hatte.

Enttäuscht hatten Danny und sie das Konzert von einem hinteren Platz aus weiterverfolgt, in der Hoffnung, dass sich die Türen doch noch für einen Sekundenbruchteil öffnen würden. Aber als der Zeiger immer weiter auf die Zwölf vorgerückt war, musste auch Amy sich eingestehen, dass sie es an diesem Abend nicht mehr in die Upper East Side schaffte.

Die Sehnsucht nach Alex war in dieser Zeit übermächtig geworden, besonders um Punkt zwölf. Kurz danach hatte man die Türen wieder geöffnet und Amy war in Begleitung von Danny traurig nach Hell's Kitchen zurückgekehrt. Sie hatte sich bei ihm ausgeheult und ihm alles von Alex und ihrer Zeit als Nanny erzählt. Sie konnte nicht beschreiben, wie sehr sie ihn währenddessen vermisst hatte. Danny hatte sie erst wieder verlassen, als Peggy und Angelo im Morgengrauen aufgetaucht waren ... leicht beschwipst. Mr. Lombardi war so wütend gewesen, weil er selbst zum Hafen fahren musste, um seine Früchte in aller letzter Minute beim Großmarkt abzuholen. Mit seinen italienischen Flüchen hatte er die ganze Straße geweckt, bevor er mit seinem knatternden Pritschenwagen eilig davongebraust war. Der beschwipste Angelo wollte ihm in seinem weißen Anzug tatsächlich folgen, hätte Peggy ihn nicht rechtzeitig mit ganzem Körpereinsatz gestoppt.

Nach dieser kurzen Nacht schwirrte ihr immer noch der Kopf. Peggy, die vor einer halben Stunde herübergekommen war, schenkte Amy einen mitfühlenden Blick. „Tut mir leid, dass es letzte Nacht nicht mehr mit Alex geklappt hat."

Auch wenn Amy frustriert war, erwiderte sie mit einem liebevollen Lächeln. „So können wir wenigstens noch einmal zusammen Kaffeetrinken und uns richtig verabschieden."

Peggy griff nach Amys Hand. „Da gebe ich dir vollkommen recht. Das Ganze war doch ziemlich überstürzt, du hattest ja noch nicht mal einen Koffer dabei."

Amy lächelte nur, denn wie sollte sie ihrer besten Freundin erklären, dass sie gar kein Gepäck brauchte? Sie würde auf der anderen Seite alles vorfinden, was sie zum Leben brauchte. Vor allem Alex, Lilly und Ryan ... aber auch die ältere Version ihrer lieben Peggy.

„Angelo hat richtig Ärger bekommen", lenkte Amy das Gespräch nun auf ein unverfänglicheres Thema, denn so, wie sie sich kannte, würde ihr bestimmt noch etwas herausrutschen, was sie später bereute.

„Der spinnt doch! In diesem Zustand noch Vespa fahren. Er hätte es nicht einmal zum Bryant Park geschafft, geschweige denn zum Hafen." Peggy stand auf und lief zum offenen Fenster. „Oh, da unten steht er doch."

Amy erhob sich ebenfalls und schaute hinaus. Ganz offensichtlich hatte er von seinem Onkel einen gehörigen Einlauf bekommen, denn heute wirkte er längst nicht so selbstbewusst wie sonst.

Gerade als sie sich wieder setzen wollten, sah der junge Mann auf und zeigte freudestrahlend auf eine Kiste voll kleiner Früchte am Stand.

„Also ich versteh wirklich nicht, was er nur mit diesen Litschis hat." Peggy schüttelte verständnislos den Kopf und lehnte sich kurz darauf schreiend aus dem Fenster. „Hey, Angelo, gab's heute denn keine Bananen?"

Amy hielt sich lachend den Bauch. Peggy konnte unmöglich so auf dem Schlauch stehen. Gleichzeitig war sie erleichtert, dass Mr. Lombardi nur selten „gelbe Gurken" vom Markt mitbrachte und seinem Neffen so weitere quälende Fantasien ersparte.

„Waren alle. Mein Onkel kam zu spät!", schrie der junge Mann mit starkem Akzent zurück.

Die beiden waren zusammen wirklich zu komisch und für einen Moment bedauerte Amy, dass sie alle bald verlassen würde.

„Nanu, was macht denn Danny schon wieder hier?" Peggy drehte sich überrascht zu ihrer Freundin um.

„Er begleitet mich später zum Bahnhof“, klärte Amy sie freudestrahlend auf.

Danny hatte wirklich Wort gehalten. Und ehrlich gesagt, fühlte sie sich auch wohler, wenn sie sich des Nachts nicht alleine am Bahnhof herumtrieb.

„Na, auf was warten wir noch? Feiern wir ’ne Abschiedsparty!“ Ehe Amy protestieren konnte, drehte Peggy das Radio so laut auf, dass sogar Angelo auf der gegenüberliegenden Seite alles mitbekam. Wenn nicht sogar sein Onkel, der nach dem Mittagessen neuerdings ein Schläfchen hielt, während sein Neffe für ihn arbeitete. Da sie unmöglich riskieren konnte, dass der junge Mann gleich zweimal an einem einzigen Tag Ärger bekam, verlegten sie die Party kurzerhand nach draußen auf die Straße. Es dauerte nicht lange, bis auch die Nachbarskinder neugierig aus den Häusern kamen und zu Elvis aus dem Radio tanzten. Es wurden Tische und Stühle angeschleppt und zum ersten Mal, seit sie in Hell’s Kitchen wohnte, saßen sie alle beisammen. Sie tranken Koffeinbrause aus Glasflaschen und Mrs. Lombardi ließ es sich nicht nehmen, zum Abschied eine selbst gebackene Pizza mit viel Peperoni aufzutischen.

Amy konnte nicht beschreiben, wie perfekt dieser Abend war – er brannte sich für immer in ihr Gedächtnis ein, wie ein nostalgisches Bild auf einer Postkarte.

Mit schwerem Herzen verabschiedete sie sich gegen halb elf von ihren Freunden und machte sich mit Danny schließlich auf den Weg zur Station 77th Street.

***

„Alles in Ordnung, du bist so ruhig?“, fragte der junge Mann nach einer Weile des Schweigens, als sie gerade das Plaza Hotel erreichten.

„Ja, ich musste eben nur daran denken, wie sehr ich euch alle vermissen werde.“ Amy drückte kurz seine Hand, denn nur Danny konnte wirklich verstehen, wie schwer ihr der Abschied tatsächlich fiel.

„Der Abend war sehr schön und vielleicht war es ja ganz gut, dass wir es gestern nicht geschafft haben. Heute konntest du dich immerhin richtig verabschieden.“

„Das stimmt. Aber irgendwie fühlt es sich heute ganz anders an.“

Sie konnte es nicht genau erklären, aber der starke Sog, der sie noch gestern mit aller Kraft zum Portal gezogen hatte, war verschwunden.

Amy blieb wie angewurzelt stehen, als sie sich plötzlich an ihren Traum aus letzter Nacht erinnerte. Okay, es war vielmehr am frühen Morgen gewesen, als sie nach Mr. Lombardis Geschrei etwas Schlaf gefunden hatte.

„Alles okay?“ Danny sah sie besorgt an.

„Ja, ich habe mich gerade nur an meinen verrückten Traum aus letzter Nacht erinnert“, klärte sie mit einem amüsierten Schmunzeln auf.

Danny hob fragend eine Augenbraue, deshalb fuhr Amy fort.

„Da war wieder diese Doo-Wop-Gruppe aus der Zukunft, die auch im Washington Square Park auftritt. Hab ich dir schon erzählt, dass Alex’ Kanzlei ganz in der Nähe liegt? Ebenso der Barbershop, in den Mister Moore immer geht. Ich sag nur Schnitt Nummer drei.“

„Das freut mich. Aber, Amy, komm endlich auf den Punkt“, erwiderte Danny mit einem herzhaften Lachen.

„Tut mir leid, aber ich bin so aufgeregt. Na, auf jeden Fall habe ich von ihnen geträumt. Sie waren am Gleis und steckten alle in schicken Anzügen, dabei sangen sie nicht mal vor Publikum!“

„Auf welcher Seite, hier oder dort?“, hakte Danny amüsiert nach.

„Auf welcher ...?“ Amy hielt abrupt inne, als ihr ein verrückter Gedanke durch den Kopf schoss. Hatte sie vielleicht gar nicht geträumt? War es möglich, dass dieser „Auftritt“ wirklich stattgefunden hatte und sie deswegen diesen starken Sog verspürte? Falls ja, gab es nur eine logische Erklärung dafür – Alex. Seit gestern Morgen, als sie das Puder vom Küchenboden aufgesammelt hatte, fühlte sie diese Verbindung zwischen ihnen. Wollte Alex ihr so mitteilen, dass er ihr zwischenzeitlich glaubte und dieses Zeitreisedings für ihn gar keine Rolle spielte? Ihr Herz machte einen Hüpfer.

„Komm, wir müssen weiter“, forderte Danny sie auf und verlagerte den kleinen Koffer, den sie in letzter Minute gepackt hatte, in die andere Hand. Darin befanden sich mehrere Flaschen Original Koffeinbrause und Peggys kostbarster Schatz ... das Kosmetik-Magazin. Amy war immer noch überwältigt, dass sie es ihr mitgegeben hatte, damit sie die neue Ponyfrisur jederzeit nachstylen konnte. Alex würde Augen machen, wenn er sie so sah. Ob er Audrey Hepburn kannte?

Die beiden überquerten die Straße und ließen das hell erleuchtete Plaza Hotel, vor dem ein nigelnagelneuer *Cadillac Eldorado* parkte, hinter sich. Wehmütig drehte sie sich ein letztes Mal nach der Haifischflosse am Heck des Autos um, dann verschwanden die beiden in der Dunkelheit der Nacht.

„Ich bin ja so aufgeregt! Ich hoffe nur, dass während der Reise nichts schiefgeht. Was ist, wenn ich in der Steinzeit lande", sie schlug sich erschrocken die Hand vor den Mund, „oder noch weiter in der Zukunft?"

Danny nahm sie beruhigend an die Hand, ehe sie die Stufen zur U-Bahn-Station hinunterstiegen. „Dann kommst du eben *wieder* zurück!"

Amy sah ihn entgeistert an. „Na du hast Nerven, ich hoffe, das war nur ein Witz."

„Mach dir keine Sorgen, es wird schon alles gut gehen." Er zwinkerte ihr kurz zu, dann stellte er den kleinen Koffer am Boden ab.

„Danke, Danny, für alles. Aber am meisten dafür, dass du Peggy nichts verraten hast."

„Ist doch klar. Nicht, dass sie dir die Geschichte geglaubt hätte, aber sie wär dir ganz sicher gefolgt."

An diese Möglichkeit hatte sie noch gar nicht gedacht. Nicht auszudenken, wenn ihre Freundin mit eingestiegen wäre!

„Es ist gleich zwölf!", wies Danny sie auf einmal aufgeregt auf die bevorstehende Öffnung des Portals hin.

Ein lautes Rattern lenkte ihre Aufmerksamkeit zum Gleis, und da sah sie die alte schwarze Lok, die dampfend aus der Dunkelheit kroch. Direkt vor ihnen kam das nostalgische Gefährt mit einem ohrenbetäubenden Quietschen zum Stehen. Erst jetzt fiel Amy auf, dass sie die ganze Zeit über angespannt die Luft angehalten hatte.

„Schnell, dein Koffer!" Danny drückte ihr das Gepäckstück in die Hand.

„Danke, für alles, du bist ein wahrer Freund." Sie schloss ihn stürmisch in die Arme, dann machte sie sich eilig auf den Weg.

23

Amy

New York 2022

Unruhig wälzte sich Amy im Bett, dann öffnete sie langsam die Augen. Doch bevor sie einen Blick auf den Wecker auf ihrem Nachtschränkchen werfen konnte, wurde sie von einem lauten Hupen direkt unter ihrem Fenster aufgeschreckt. Nach diesem Hupen ging es erst richtig los, als hätte der Verursacher damit eine Lawine ausgelöst. Es konnte sich dabei nur um Mr. Lombardi oder seinen Neffen Angelo handeln. Niemand sonst veranstaltete in der Straße in aller Herrgottsfrüh ein Hupkonzert. Schlagartig horchte Amy auf, denn dieses Geräusch klang eindeutig anders, und auch der Schwall italienischer Wörter, die neuerdings durch die Straße hallten, blieb aus.

Etwas benommen setzte sie sich auf und als ihr Blick am kleinen ledernen Koffer neben dem Bett hängen blieb, fiel es ihr wieder ein. Sie war gestern erneut in die schwarze Dampflok gestiegen und ... da endete auch schon ihr Erinnerungsvermögen. Sie wusste nicht einmal, wie sie des Nachts nach Hell's Kitchen gekommen war. Genauso wie beim letzten Mal war sie einfach am nächsten Morgen in ihrem Bett aufgewacht.

Kurz schnappte sie nach Luft, als ihr klarwurde, was das bedeutete. Sie war wieder zurück. Bei Alex, Ryan, Lilly und ihrer engsten Vertrauten! Amy sprang aufgekratzt aus dem Bett und lief zum Fenster, dann breitete sich schlagartig ein erleichtertes Lächeln auf ihrem Gesicht aus. Noch nie hatte sie sich so sehr gefreut, die roten Girlanden und Papierdrachen im Schaufenster gegenüber zu sehen. Und auch beim Anblick der fernöstlichen Spezialitäten am Haken drehte sich ihr Magen heute nur einmal um.

Amy stürmte aus der Küche hinaus auf den Flur und klingelte bei ihrer Freundin Peggy Sturm.

„Du bist wieder zurück! Oh, Amy, ich bin so froh, dich zu sehen!", begrüßte Peggy sie mit glänzenden Augen, während ihre Hand zitternd den Knauf ihres Gehstocks umschloss.

„Peggy!" Amy fiel ihrer Freundin um den Hals, es tat so gut sie wiederzusehen, auch wenn sie nur ein paar Stunden trennten.

„Jetzt wirst du mich nie wieder los", schniefte Amy zwischen zwei Schluchzern, „und es tut mir so leid, dass ich ohne eine Erklärung zurückgereist bin."

„Ich weiß schon Bescheid. Alex war hier und hat mir alles erzählt."

„Er war hier?" Amy schlug sich die Hand vor den Mund, als ihr klarwurde, was das bedeutete.

„Ja, vorgestern und auch den Tag davor. Allerdings hat er beim letzten Mal so schnell die Flucht ergriffen, ich hab nur noch die Tür knallen gehört."

Amy schnappte nach Luft, denn plötzlich fügte sich ein Puzzleteil ans andere. Wie in Trance lief sie an Peggy vorbei und setzte sich im Wohnzimmer auf die Couch. Sie hatte sich nichts eingebildet. Es war alles echt. Sein Aftershave, das an jenem Morgen in der Luft hing, das Glitzerpuder am Boden und das Zuschlagen ihrer Wohnungstür. Er war genau in jenem Moment in ihrer Küche gewesen, als die Ansage im Radio kam.

Auf einmal musste Amy herzhaft lachen. Oh je, sie hatte den armen Alex bestimmt zu Tode erschreckt.

„Alles okay?", hakte die alte Dame besorgt nach, als sie kurz darauf mit einem Glas Wasser das Zimmer betrat.

„Ich habe ihn gespürt", erwiderte Amy mit einem breiten Lächeln. „Alex, er war da, wir haben uns nur nicht gesehen."

„Bist du sicher, dass es dir gut geht, meine Liebe?" Peggy griff nach ihrer Hand.

„Ja, jetzt wo ich weiß, dass Alex mich nicht aufgegeben hat." Tränen der Erleichterung liefen ihr übers Gesicht. Dann war vielleicht auch ihr Traum wirklich passiert.

„Hast du ihm vom Portal erzählt?", fragte Amy mit angehaltenem Atem.

„Oh ja, und auch von Thomas! Aber Alex wollte sich nicht mit dem Gedanken abfinden, dass es kein Zurück mehr gibt. Ein Glück hat sich Smitty geirrt."

Amy lächelte ihre Freundin nur an, denn sie hatte, was das anging, eine andere Theorie. Sie war sich ziem-

lich sicher, dass es allein an der verlorenen Anstecknadel lag, dass sie ein zweites Mal ins Jahr 2022 reisen
konnte.

„Oh, ich hab dir was mitgebracht!" Amy sprang auf
und kehrte kurze Zeit später mit ihrem kleinen Koffer
zurück.

„Original Koffeinbrause und ein Avon-Magazin aus
den Fünfzigern? Dass ich das noch erleben darf!" Die
alte Dame freute sich über die Mitbringsel wie ein kleines Kind. „Nur die Uhr hier habe ich noch nie gesehen."

Amy schnappte nach Luft, als sie Dannys Chronografen in dem kleinen Innenfach erkannte.

„Oh mein Gott, die gehört Danny!" Ihr Herz setzte für
einen Schlag aus, als ihr bewusst wurde, was das bedeutete. Ihr Freund hielt sich ein Hintertürchen frei. Er
musste die Uhr auf ihrem Weg zur Station unauffällig
in ihren Koffer gesteckt haben.

„Danny? Sag bloß, du hast ihn wiedergetroffen?",
hakte Peggy mit großen Augen nach. „Und was hat er
mit deinem Koffer zu schaffen?"

„Danny weiß über alles Bescheid und er war so nett
und hat mich letzte Nacht zum Bahnhof begleitet",
klärte Amy sie freudestrahlend auf. Sie konnte immer
noch nicht glauben, dass der junge Mann seinen teuren
Chronografen als „Pfand" mitgegeben hatte.

„Okay, ich weiß nicht, ob es so schlau war, jemandem
von der anderen Seite etwas davon zu erzählen."

„Oh, nein, Danny hat das Portal selbst gefunden! Er
war auf einmal hier und hat nach mir gesucht", klärte
Amy ihre Freundin lächelnd auf.

Peggy klappte die Kinnlade runter. „Dann ist er also
schuld, dass du so schnell abgehauen bist?"

„Nein, nein er hat damit nichts zu tun." Amy machte eine kurze Pause, dann fuhr sie mit bebender Stimme fort. „Er war nur zur richtigen Zeit am richtigen Ort, als meine Welt in Stücke brach. Nach Alex' Worten und dem Chaos, das ich angerichtet hatte, wollte ich nur noch weg von hier."

Die alte Dame nickte verstehend. „Aber du hast es dir letztendlich anders überlegt."

„Ich liebe ihn, Peggy! Am liebsten wäre ich schon einen Tag früher zurückgekehrt, aber Jerry Lee Lewis musste ja unbedingt sein Piano in Brand stecken."

„Stop, eins nach dem andern", unterbrach Peggy sie aufgeregt. „Sag mir nicht, dass du auf diesem skandalösen Konzert in Brooklyn warst?" Die alte Dame fasste sich ans Herz, als stünde sie kurz vor einem Infarkt.

„Wir waren doch zusammen dort, erinnerst du dich nicht mehr? Zusammen mit Danny und Angelo."

Peggy lachte herzhaft. „Mal abgesehen davon, dass ich gar keinen Angelo kenne, würde ich mich garantiert an dieses Konzert erinnern. Aber zu diesem Zeitpunkt warst du bereits wochenlang verschwunden und Alan und ich haben verzweifelt nach dir gesucht."

Amy schnappte erschrocken nach Luft. Erst jetzt wurde ihr bewusst, wie verantwortungslos sie sich verhalten hatte.

Sie war in einer Zeitlinie gelandet, in der das Schicksal vermutlich einen ganz anderen Lauf genommen hätte. Amy fuhr sich müde übers Gesicht. „Es ist alles so verwirrend."

„Kein Wunder, so viel, wie du in letzter Zeit hin und her gereist bist!" Peggy lachte herzhaft.

Ihre Freundin hatte recht. Sie war in ihrem ganzen
Leben noch nie so oft verreist wie in den letzten Wochen mit dieser Lok. Aber damit war nun ein für alle
Mal Schluss, die Gefahr, irgendetwas am normalen Ab-
lauf zu stören, war einfach zu groß.

24

Alex

Alex blätterte den Ordner durch, in dem er Lillys Kunstwerke in Klarsichtfolien abgeheftet hatte. Alles zusammen wirkte es wie ein liebevoll zusammengestelltes Album aus tatsächlichen Begebenheiten und Fantasiebildern. Nanny Applebee neben einem Dinosaurierskelett im Naturkundemuseum, Nanny Applebee am Strand auf Coney Island, Nanny Applebee bei Starbucks ... Alex schmunzelte, als er zum nächsten Bild blätterte, auf dem Lilly ihre Nanny mit einem fliegenden Regenschirm abgebildet hatte, mit dem sie über den Times Square schwebte. Jetzt sah er die Dinge etwas klarer. Aber in der Nacht von Donnerstag auf Freitag, als er von seiner vergeblichen Mission am Bahnsteig zurückgekehrt war, hatten ihn die Emotionen überwältigt. Natürlich war er nicht so naiv zu glauben, dass er Amy mit einem einzigen Versuch zurückholen konnte, aber er hatte sich nichts mehr gewünscht. Und nach dem Vorfall mit dem Radio, das ihn beinahe zu Tode erschreckt hatte, war er sich sogar ziemlich sicher gewesen, dass es funktionieren könnte. Er hatte es irgendwie im Gefühl gehabt.

Alex klappte den Ordner zu und legte ihn auf dem Couchtisch ab. Was Lilly wohl gleich dazu sagen würde, wenn sie und Ryan wieder nach Hause kamen? Für einen kurzen Moment hatte er mit dem Gedanken gespielt, die Bilder wieder aufzuhängen, sich aber doch dagegen entschieden. So wie er seine Tochter kannte, würde sie sich direkt auf den neuen Block samt Glitzerpuder stürzen.

Alex' Mund verzog sich zu einem Lächeln, als er hörte, wie die Tür aufgeschlossen wurde, und seine Mom mit den Kindern hereinkam.

„Meine Bilder sind ja alle weg!"

Alex lief den drei eilig entgegen. „Hallo! Keine Sorge, ich hab nur etwas Platz gemacht, damit du dich weiter austoben kannst."

Ryan suchte seinen Blick, doch Alex schüttelte bedauernd den Kopf. Er sah ihm an, wie sich sein Gesichtsausdruck augenblicklich veränderte, und es brach ihm das Herz. Wahrscheinlich hatte auch er alles in seinen mitternächtlichen Ausflug zum Gleis gesetzt. Alex klopfte seinem Sohn zuversichtlich auf die Schulter, als dieser an ihm vorbei ins Wohnzimmer ging.

„Hi, Mom, ich hoffe, ihr hattet eine schöne Zeit?"

„Die hatten wir!", erwiderte Annalise mit einem breiten Lächeln, ehe sie einen dicken Stapel Papier aus ihrer Umhängetasche holte und ihn Lilly überreichte. Schmunzelnd wandte sie sich wieder an ihren Sohn. „Ich glaube, ihr habt heute noch einiges zu tun, wenn ihr die alle einsortieren oder aufhängen wollt."

„Daddy, hast du neues Glitzerpuder gekauft?"

„Und ob ich das hab. Schau mal auf dem Wohnzimmertisch."

Kaum hatte Alex seine Worte ausgesprochen, war Lilly im angrenzenden Zimmer verschwunden.

„Du hast Amy immer noch nicht erreicht?" Annalise sah ihren Sohn eingehend an.

Sollte er sie aufklären? Sie wusste ja nicht einmal etwas von seinem ersten Besuch in Hell's Kitchen, geschweige denn, was er bei seinem zweiten Besuch in Amys Wohnung erlebt hatte. Ebenso wenig hatte er ihr von der Anstecknadel erzählt, die in regelmäßigen Abständen zu glühen begann und erst recht nicht vom Portal. Tatsächlich hatte er diese Informationen nur mit Ryan geteilt. Seine Eltern wussten nur, dass er sich noch einmal in aller Ruhe mit Amy unterhalten wollte.

„Leider nicht." Als Alex in Annalises besorgtes Gesicht sah, fügte er schnell hinzu. „Aber es geht ihr gut, Peggy sagte mir, sie sei nur verreist."

Okay, richtigerweise „zeitverreist". Er fühlte sich in diesem Augenblick wieder wie der vierzehnjährige Teenager, der sich um Kopf und Kragen redete.

„Oh, na Gott sei Dank. Aber du solltest dich unbedingt bei ihr entschuldigen, sobald sie wieder da ist."

„Ich arbeite schon daran, Mom." Alex zwinkerte ihr zu.

Annalise nickte zufrieden, ehe sie lächelnd fortfuhr. „Ich hoffe wirklich, dass Amy zurückkommt. Nicht nur die Kinder lieben sie ..." Sie schenkte ihrem Sohn einen liebevollen Blick. „Ihr beiden passt auch wunderbar zusammen."

Alex' Gedanken wanderten zu Amy. Was sie wohl machte? Ob sie womöglich wieder zu den *Midtown*

Nannies zurückgekehrt war oder sogar für die Moores arbeitete? Der Gedanke war einfach zu verrückt, weil er Thomas als Großvater vor wenigen Tagen kennengelernt hatte. Oder saß sie mit Peggy in ihrer Wohnung? Er konnte sich die beiden Frauen bildlich vorstellen, wie sie zusammen Kaffee tranken, während aus dem kleinen türkisfarbenen Radio ein neuer Rock 'n' Roll Song erklang. Alex schüttelte kurz schmunzelnd den Kopf, als er sich an die Empfehlung des Moderators vor zwei Tagen erinnerte. Heute würde er eine Kopfbedeckung brauchen, denn sie hatten schönstes Sommerwetter und er wollte mit den Kindern unbedingt noch in den Park.

„Ich mach mich dann auf den Weg", holte Annalise ihn lächelnd aus den Gedanken. „Melde dich, wenn du was Neues weißt."

„Mach ich, Mom."

Er begleitete seine Mutter bis zum Auto, das vor dem Brownstone stand, und sah ihr noch nach, bis sie an der Central Park West abbog und aus seinem Blickfeld verschwand. Für eine Weile genoss er die wärmenden Sonnenstrahlen auf seinem Gesicht, die auch seine Laune schlagartig anhoben und Glücksgefühle in ihm weckten.

Was würde Amy bei diesem schönen Wetter tun? Ganz sicher wäre sie nicht im Museum, auch wenn Roosevelt heute wohl wieder übers ganze Gesicht strahlte. Nein, Amy liebte es, den Sommer im Park zu verbringen, und auch für ihn wurde es höchste Zeit, sich wieder dem Bereich am *Conservatory Water* zu stellen, obwohl die Statue immer noch mit bittersüßen Erinnerungen behaftet war. Aber er konnte nicht ewig einen Bogen um den Ort machen, an dem er um Megans Hand angehalten hatte. Tatsächlich fehlte Megan jeden Tag, und es machte keinen Unterschied, ob die Bilder am Treppenaufgang oder andere Dinge alte Erinnerungen hervorholten. Er musste nach vorne schauen, für sich, aber vor allem für seine Kinder.

Alex lief wieder ins Haus. „Was haltet ihr davon, wenn wir heute Nachmittag einen Ausflug zum *Conservatory Water* machen?"

„Yipieeh", rief Lilly erfreut und vergaß kurz die Stifte, die quer auf dem Tisch verteilt waren.

Alex sah zu Ryan, der erst zögerte, aber dann fragend eine Augenbraue hob. Alex zuckte mit den Schultern. Einen Versuch war es wert, auch wenn Amys Anstecknadel heute noch kein einziges Mal angeschlagen hatte.

***

Als die drei gegen Nachmittag das Haus verließen, hätte das Wetter nicht besser sein können. Jetzt fühlte er sich wirklich wie im Urlaub. Lilly steckte in einem Kleid und trug dazu ihre Sandalen von der Eisprinzessin, Ryan hatte seine coolen Jeans ebenfalls gegen Bermudashorts ausgetauscht und er selbst trug heute, anstelle eines dunklen Anzugs, ein Shirt der New York Yankees und eine passende Baseballcap.

Er fühlte sich heute so leicht und unbeschwert, beinahe wie zu der Zeit, als Amy noch bei ihnen gewesen war. Nicht einmal die Tatsache, dass er heute nach über einem Jahr wieder die Alice-Statue sehen würde, machte ihn nervös. Im Gegenteil, irgendetwas zog ihn auf magische Art und Weise auf die gegenüberliegende Seite des Parks.

Auf halbem Weg legten sie einen Stopp am Eisstand ein, an dem es vor Touristen, aber auch Einheimischen nur so wimmelte. Alex schmunzelte, denn der Park war bei diesem Wetter wirklich die einzige, vernünftige Idee. Wer bei dieser Hitze auf die Idee kam, die City zu erkunden, wo die Luft förmlich stand, dem war wirklich nicht mehr zu helfen. Dennoch gab es immer wieder Touristen, die darauf keine Rücksicht nehmen konnten, wenn die Reisezeit begrenzt war und noch so viele Stationen auf der To-do-Liste standen.

Wenige Minuten später setzten sie ihren Weg zum *Conservatory Water* fort. Vielleicht hatte Ryan heute – trotz seiner Teenielaunen – Lust, ein ferngesteuertes Segelboot auszuleihen. Früher hatte er es geliebt, ebenso wie er selbst zu seiner Kindheit. Bei der Alice-Statue blieben sie für einige Augenblicke stehen. Es war seltsam, an diesen Ort zurückzukommen, den er gemieden hatte, um sich nicht selbst zu quälen. Lilly dagegen konnte gar nicht schnell genug auf den Pilz klettern, wo sie sich direkt mit einem anderen Mädchen anfreundete.

„Ich musste gerade an deine goldene Kreditkarte denken", kam es von Ryan prustend zu seiner Linken.

Alex lachte bei dieser Erinnerung herzhaft auf. „Oja, da wäre ich zu gerne dabei gewesen."

„Und alles nur, damit ihrer Uniform nichts passiert", fuhr Ryan wehmütig lächelnd fort und es war unverkennbar, wie sehr er seine Nanny ins Herz geschlossen hatte. Vielleicht gerade weil sie so andersartig war.

„Ich werde weiter nach ihr suchen", bemerkte Alex entschlossen. „Dieser eine Versuch war nur der Anfang."

Ryan nickte, ehe er nach einem Moment zögernd fortfuhr. „Es hört sich komisch an, aber irgendwie bin ich heute richtig aufgeregt ... schon als ich bei Grandma aufgewacht bin. Wahrscheinlich, weil ich gehofft hatte, dass dein Plan wirklich funktioniert."

Alex sah seinen Sohn überrascht an. „Ich weiß, was du meinst. Mir geht es heute ganz ähnlich und das, obwohl ich letzte Nacht ziemlich niedergeschmettert war." Er zog die Nadel aus seiner Hosentasche. „Gestern am Bahnsteig hat sie so stark geglüht und heute hat sie sich nicht einmal bemerkbar gemacht."

„Wow, das hätte ich gerne gesehen!" Ryan warf einen Blick auf das Stück, doch jetzt war sie kalt.

Als Lilly auf sie zu rannte, ließ er den Anstecker wieder in seiner Tasche verschwinden.

„Na, eine neue Freundin gefunden?", fragte er amüsiert.

„Sie ist nur zum Urlaub hier und fliegt morgen leider schon wieder zurück", klärte Lilly ihren Dad auf. „Im Museum war sie auch schon und auf der Staten Island Ferry."

Alex lächelte, denn so, wie er seine Tochter kannte, hatte sie sicher schon ein paar ihrer Insidertipps mit dem Mädchen geteilt. Gemeinsam machten sie sich einen Augenblick später auf den Weg zum *Conservatory Water*. Es hatte etwas ungemein Beruhigendes, die kleinen Miniaturboote auf dem glitzernden Wasser schaukeln zu sehen. Wenn er es nicht besser wüsste, hätte er gedacht, dass er sich irgendwo außerhalb befand und nicht im Park inmitten der Stadt. Nur die exquisiten Wohnhäuser der Upper East Side, die hinter den Bäumen aufragten, erinnerten daran, wo sie sich tatsächlich befanden.

„Vielleicht leih ich mir heute auch mal ein Boot aus", holte Ryan ihn aus den Gedanken, als sie das *Kerbs Memorial Boathouse* erreichten.

Alex hätte nicht glücklicher sein können, denn sein Sohn beschäftigte sich seit Monaten nur noch mit Videospielen oder Serien, was hauptsächlich seinem Alter geschuldet war und der Tatsache, dass er nicht mit seinem alten Dad und einer kleinen Schwester abhängen wollte.

„Klar, dann besorgen wir gleich zwei", erwiderte Alex gut gelaunt, als sie sich in die Schlange einreihten. Glücklicherweise ging es zügig voran, sodass sie eine Viertelstunde später bereits die ferngesteuerten Boote zugewiesen bekamen. Etwas abseits nahm Alex auf einer Bank Platz und verfolgte, wie seine Kinder bei dem fast windstillen Wetter versuchten, ihre Segelboote zu lenken. Ryan hatte den Dreh innerhalb weniger Minuten raus, doch Lillys Boot wirkte führerlos ... und kollidierte kurz darauf mit Ryans. Ruckartig sprang Alex auf und lief zu seiner Tochter, um ihr zu helfen, obwohl sie eigentlich nie Hilfe wollte. Da erst bemerkte er, dass sie von all dem nichts mitbekommen hatte, und mit offenem Mund in die entgegengesetzte Richtung starrte.

Alex folgte ihrem Blick, dann setzte sein Herz für einen Schlag aus. Amy. Sie war tatsächlich zu ihnen zurückgekehrt!

Ein unbändiges Glücksgefühl durchströmte ihn, als er die junge Frau fasziniert ansah, die jetzt direkt auf sie zukam. Nur aus der Ferne drang Ryans Protest über Lillys Missgeschick zu ihm durch, während er den Blick nicht von ihr abwenden konnte. Lilly reagierte als Erste, ließ die Fernbedienung fallen und stürmte auf ihre Nanny zu, die sie freudestrahlend in die Arme schloss. Selbst aus dieser Entfernung erkannte Alex, dass Amy Tränen in den Augen hatte. Wie sehr hatte er diese Frau vermisst, er konnte seine Gefühle gar nicht in Worte fassen. Während er die beiden um Fassung ringend ansah, stürmte auch Ryan an ihm vorbei, um sie zu begrüßen.

Wie in Trance lief Alex auf die kleine Gruppe zu, während sein Herz wie wild pochte. War es nur Zufall, dass sie sich hier am *Conservatory Water* begegneten, oder hatte Amy gespürt, wie sehr er sie heute brauchte?

„Amy." Der Name kam flüsternd über seine Lippen, dennoch lag in ihm so viel Gewicht.

Amy sah lächelnd auf und in ihrem Blick erkannte er dieselbe Sehnsucht, die er bis in jede Faser seines Körpers spürte. Alex atmete einmal tief durch, dann machte er den letzten Schritt auf die Frau zu, die sein Herz und das seiner Kinder im Sturm erobert hatte.

„Amy, es tut mir so unendlich leid. Ich habe dir unrecht getan und dich vergrault. Mittlerweile weiß ich, dass alles wahr ist."

Er tauschte einen schnellen Blick mit Ryan und dieser verstand ihn glücklicherweise sofort. Gemeinsam mit Lilly ging er zurück zu den Booten.

„Ich war in deiner Wohnung, und erst als Peggy mir alles erzählt hatte und ich die alten Aufnahmen von dir sah, konnte ich es glauben." Alex wischte sich mit der Hand übers Gesicht. „Du hast die Wahrheit gesagt, dich nie verstellt, und warst für uns da, obwohl deine Welt auf dem Kopf stand.“

„Ohne euch hätte ich es nicht geschafft“, erwiderte Amy mit einem Lächeln. „An manchen Tagen habe ich sogar fast vergessen, dass ich nicht hierher gehöre.“

Alex griff automatisch nach ihrer Hand, denn dieser Satz löste sofort Panik in ihm aus. War Amy nur für einen kurzen Besuch zurückgekommen? Nein, er wollte es nicht glauben. Er konnte sie nicht noch einmal verlieren ... Plötzlich spürte er, wie sich die Nadel in seiner Hosentasche geradezu aufheizte. Blitzschnell zog er sie heraus, doch als er sie ansah, war sie kalt.

„Du hast meine Anstecknadel?“, rief Amy überrascht und starrte auf den kleinen goldenen Regenschirm in seiner Hand. „Ich dachte, ich hätte sie auf der Straße verloren!“

„Sie lag halb unter dem Kühlschrank“, erwiderte Alex lächelnd und reichte sie ihr. „Ich glaube, sie hat dich auch vermisst, sie hat sich immer wieder aufgeheizt.“

Amy schenkte ihm einen belustigten Blick. „Also, davon höre ich zum ersten Mal.“

„Doch, besonders am Gleis hat sie so stark geglüht, dass ich glaubte ...“

„Du warst am Portal?“ Amy schnappte überrascht nach Luft.

„Nicht nur ich, ich hatte auch Unterstützung dabei.“ Alex grinste verlegen. „Die Doo-Wop-Gruppe. Ich dachte, ich könnte dich so zurückholen.“

„Dann war es doch kein Traum, sondern echt“, stammelte Amy und zog ihr Taschentuch aus der Handtasche. Vorsichtig faltete sie es auseinander.

Alex' Gedanken überschlugen sich als er auf das Stück Stoff und das Glitzerpuder starrte, das von der Sonne reflektiert wurde. Nein, das konnte unmöglich sein ...

„Du warst noch einmal in meiner Wohnung, hab ich recht?", hakte Amy mit angehaltenem Atem nach.

„Ja, und ich habe dich gespürt! Dann ging plötzlich das Radio an."

„Jerry Lee Lewis?" Amy strahlte ihn an.

„Genau!"

Die beiden sahen sich ungläubig an, ehe Alex kopfschüttelnd fortfuhr. „Vielleicht hat es deswegen noch einmal geklappt." Er zeigte auf den kleinen vergoldeten Regenschirm. „Könnte eine Erklärung sein, oder nicht? Dieser Detektiv war sicher nicht allwissend!" Alex grinste frech, dann zog er Amy langsam an sich.

„Ich bin so froh, dass er sich geirrt hat", erwiderte sie atemlos und machte ihn in diesem Moment zum glücklichsten Mann der Welt. Vorsichtig hob er die Hand und strich ihr übers Gesicht, ehe er sie mit solch einer Zärtlichkeit küsste, als sei sie das Kostbarste auf der Welt.

ENDE

Nachwort

Nach so vielen Monaten in Little Falls, ist mir der Einstieg in dieses Buch nicht leicht gefallen. Ich musste mich nicht nur von lieb gewonnenen Charakteren, sondern auch von der idyllischen Kleinstadt in Connecticut trennen.

Gleichzeitig habe ich mich so sehr darüber gefreut, dass der dp Verlag meiner ungewöhnlichen Buchidee eine Chance gegeben hat. *Zeitreise ins Herz* ist ein absolutes Herzensprojekt. Es vereint gleich mehrere meiner Lieblingsthemen: New York, meine Liebe zu den 50er-Jahren und „märchenhafte" Geschichten.

Zwei Filme haben mich dann auf die Idee mit dem Portal gebracht. „Kate & Leopold" und „Verwünscht". Im letzteren spielte Patrick Dempsey die Hauptrolle, besser bekannt als „McDreamy", der mir auch als Vorlage für Alex diente.

Ich glaube, ich habe noch nie so viel recherchiert und gerechnet.

Neben realen Begebenheiten aus dem Jahr 1959 habe ich auch Erlebnisse aus meinem New York Urlaub im Jahr 2018 eingebaut. Manche Dinge allerdings sind frei erfunden oder haben so nie stattgefunden.

Die U-Bahn-Station am Naturkundemuseum befindet sich nicht vor dem Gebäude, sondern in einer Seitenstraße. Auch würde man die Statue, die Theodor Roosevelt auf einem Pferd darstellt, im August 2022 nicht mehr vor dem Eingang antreffen, da sie bereits im Januar entfernt wurde.

Die Haltestelle 77th Street, in der sich das Portal befindet, wird rund um die Uhr von Zügen angefahren, und nicht nur bis Mitternacht.

Zu guter Letzt noch ein paar Worte zu Jerry Lee Lewis. Im Jahr 1959 hätte kein Radiosender den Song „Great Balls of Fire" gespielt. Sämtliche Platten waren aus dem Programm genommen worden, weil der Sänger im Jahr zuvor einen unerhörten Skandal losgetreten hatte, von dem er sich erst Jahre später erholte.

Fast hätte ich's vergessen. Auf meinem Spotifykanal gibt es eine Playlist zum Buch, und wenn ihr wissen wollt, wie sich eine echte Doo-Wop-Gruppe aus New York live anhört, dann schaut doch mal bei „Acapella Soul" vorbei.

Danksagung

Ein dickes Dankeschön geht wie immer an meine Leserinnen und Leser. Ich bin schon so gespannt, wie euch dieses Buch gefallen hat. Deswegen wird es sicher wieder eine Leserunde auf Lovelybooks geben, damit wir uns direkt austauschen können.
Als Nächstes möchte ich mich beim dp Verlag bedanken, der dieses Projekt ermöglicht hat. Vielen Dank für euer Vertrauen in mich und meine Bücher.
Ein dickes Dankeschön geht an meine Lektorin Ulrike Maria Berlik und Coverdesign ARTC.ore Design.
Das Schlusswort habe ich mir wie immer für die zwei wichtigsten Menschen in meinem Leben aufgehoben – meinen Mann und unseren Sohn. Meine Liebe zu den 50er-Jahren macht auch vor ihnen nicht halt. Danke, dass ihr mir immer wieder so tolle Geburtstagsgeschenke macht. Ein Beach Boys Konzert oder sogar eine Fahrt im 63er Ford Mustang.
Alles Liebe
eure Karin